EDUARD BLUM

Bergisch
Beute

Zum Buch

Eigentlich hätte ein Toter gereicht. Kareen Wagenknecht, Chefin der Kripo Gummersbach, stellt da keine großen Ansprüche. Doch wer auch immer das Opfer aufgeschlitzt, ausgenommen und öffentlich abgelegt hat, sieht das wohl anders. Der flotte Spruch: »Ein Mal ist kein Mal«, wird mordsmäßig umgesetzt. Es wird fleißig Beute gemacht. Immer tiefer geraten Wagenknecht und ihr Team in den Sumpf, der klammheimlich unter der idyllischen Oberfläche des Bergischen dümpelt. Mord, skrupelloser Organhandel, Erpressung, alles vom Feinsten. Als dann noch Carl Blumberg beim Bierchen im Kölner Früh von seinem alten Kumpel erfährt, was für durchgeknallte Killer ihre Finger nach dem Bergischen ausstrecken, schmecken dem ehemaligen Chef der Mordkommission Köln selbst die leckeren Sauren Nierchen nicht mehr. Aber für ihn und Max, seinem Polizeihund in Rente, ist es Ehrensache, dass sie da noch ein Wörtchen mitreden werden.

EDUARD BLUM

Bergisch
Beute

Kriminalroman

Der zweite Fall für Hauptkommissarin
Kareen Wagenknecht & Co.

Bibliografische Information der Deutschen
Nationalbibliothek:
Die Deutsche Nationalbibliothek verzeichnet diese
Publikation in der Deutschen Nationalbibliografie;
detaillierte bibliografische Daten sind im Internet über
http://dnb.dnb.de abrufbar.

Copyright: © 2020 Eduard Blum
Herstellung und Verlag:
BoD – Books on Demand, Norderstedt
2. Neuauflage
ISBN 978-3-7504-9502-9

Titelbild:
Wilde Faszination, Acryl auf Leinwand
Künstlerin Edith J. Blum

1

Reichshof

»Nun seht euch diese Sauerei an.« Caro Klein hob die Flasche in die Höhe, die bis zum Gummistopfen mit dunklem Blut und einem schleimigen Etwas gefüllt war. Die Pathologin verfolgte den dünnen Schlauch der Sekretflasche bis zu der Öffnung, wo er im Bauch des Toten verschwand.

»Das glaube ich hier alles nicht, ich sollte meinen Job hinschmeißen«, brummelte sie.

Frustriert blickte sie die Hauptkommissarin an.

»Kareen, sieh dir das hier an, der Knabe war schätzungsweise gerade mal zwanzig Jahre alt, und dann so einen Tod, das ist doch einfach nur irre.«

»Was meinst du, ist passiert?«

»Er wurde operiert, ihm wurde eine Niere entfernt.«

»Und dann hat er aus welchem Grund auch immer das Krankenhaus zu früh verlassen und hat das nicht überstanden«, sinnierte Wagenknecht.

»Falsch, Kareen, ganz falsch.«

»Wie meinst du das?«

Wagenknecht wurde es flau im Magen. Mit einem Schlag wusste sie, dass hier etwas ganz Irres geschehen war. Mit einer tiefen Falte auf der Stirn schüttelte die Pathologin den Kopf.

»Er ist in keinem Krankenhaus operiert worden«, erklärte Klein, »das hier war Organraub.«

»Caro sag, dass das nicht wahr ist«, flehte Wagenknecht.

»Doch, das ist so. Ich denke, er wurde trotz allem sauber operiert. Für eine Transplantation muss das Organ ja in Ordnung sein. Aber das war es dann auch schon. Mit einer Weiterversorgung des Patienten war da nichts mehr. Hier wurde nach dem Motto: Gekascht, gefilzt und zugemacht, gearbeitet. Und Kareen, es waren Ärzte am Werk, die in der schnellen Chirurgie zu Hause sind.«

Es dauerte eine Weile, bis Wagenknecht bereit war, die Tatsache zu akzeptieren.

»Caro, wenn du Recht hast, ist hier keiner mehr sicher«, stöhnte sie und blickte auf das junge Gesicht des Toten. Auf den nackten Körper, den man angelehnt an einen Glascontainer gefunden hatte. Ihr Blick wanderte weiter über die abgestellten Fahrzeuge auf dem Pendlerparkplatz. Ob ihre Besitzer den Mut haben würden, weiterhin hier zu parken? Der Tod hatte diesem Ort einen Makel aufgedrückt, einen Makel, der noch lange in den Köpfen der Menschen herumspuken würde.

»Eigentlich unvorstellbar, wie das hier überhaupt passieren konnte«, überlegte sie laut. »Diese Ecke ist doch quasi ein Drehkreuz und dementsprechend ist hier immer viel los. Ob der Verkehr aus Wiehl, Reichshof oder von der Autobahn A4 kommt, alle müssen den Kreisel hier vor Brüchermühle umfahren. Und der Parkplatz liegt direkt gegenüber.«

Entschlossen winkte sie Henny Strassfeld zu sich und zeigte auf die parkenden Autos.

»Henny, bitte gib sofort die Kennzeichen der Autos durch. Wir müssen wissen, ob eines dem Toten gehört. Alle Halter, die etwa in seinem Alter sind, sofort ermitteln. Wird da einer vermisst, haben wir seine Identität. Und bis dahin wird kein Pendler an sein Auto gelassen.«

»Na, das gibt ja wieder einen Zirkus«, brummte Strassfeld und marschierte zu seinen Kollegen.

Für die Nachmittagsbesprechung hatte Wagenknecht ihr Team zusammengetrommelt. Der Tote vom Pendlerparkplatz hatte Priorität.

»Heike, was ist der aktuelle Stand?« Angespannt sah Wagenknecht auf den Laptop der Oberkommissarin.

»Wir haben die Identität des Toten. Er heißt Ingo Kleinjahn, ist einundzwanzig Jahre alt und ihm gehört ein VW Golf mit Gummersbacher Kennzeichen. Kleinjahn war ein typischer Pendler. Er fuhr immer mit einem Heiner Kohlstatt nach Köln. Dort arbeitete Kleinjahn bei der Heimstätter Versicherung. Und es ist so, wie Caro gesagt hat. Laut Obduktion wurde Kleinjahn eine Niere entfernt, es wurde sauber operiert, jedoch entstand im Operationsgebiet eine Blutung. Normalerweise nicht gravierend, nur hätte sie sofort gestoppt werden müssen. Doch die Schweine haben ihm eine Sekretflasche angehängt, ihn zugemacht und abgelegt. Und gut war es.«

»Wahnsinn. Organraub, wie in den 80iger Jahren«, kommentierte Wagenknecht. Sie bemerkte die fragenden Blicke ihrer Leute, Aufklärung war angesagt.

»Also, zu eurer Info: Damals fing es an, dass sich

immer mehr Kliniken an Transplantationen heranwagten. Dementsprechend kam der Organhandel so richtig in Schwung. Aber wie bei jeder Sache, wo viel Geld zu verdienen ist, wussten kriminelle Elemente das schnell zu nutzen. Es bildete sich ein Schwarzmarkt. Ein Markt, auf dem menschliche Organe als Ware angeboten wurden.

Und das lief dann so ab: Zu der Zeit konnte man in Holland noch billig einkaufen. Leute aus dem deutschen Grenzgebiet fuhren nach Venlo, um Schnäppchen zu ergattern.«

»Wieso Holland?«, fragte Schlösser, ihr Vize.

»Genau dort hatten sich die ersten Gangs organisiert, die sich auf den neuen Markt spezialisiert hatten. Die Beneluxstaaten waren im Gegensatz zum übrigen Europa bereits eng verzahnt. Die Wege von einem Land in das andere waren zeitlich kurz, die Spuren schnell verwischt. In diesem Länderdreieck wurden kleine, illegale Kliniken aufgebaut, in denen sich Leute für viel Kohle transplantieren lassen konnten.«

»Aber warum sind die nicht in die regulären Kliniken gegangen?«, fragte Heike Bachem.

»Ganz einfach«, Wagenknecht zeigte auf die Karte an der Wand. »Der Bedarf in diesen Ländern und in Deutschland war damals schon groß. Nur, wie gesagt, es gab kaum Kliniken, die sich an Transplantationen heranwagten. Zudem gab es nicht genug Organspender.«

»Okay, Kareen, aber wie kamen diese illegalen Kliniken an die Patienten?«, warf Strassfeld dazwischen. »Ich gehe mal davon aus, dass sie nicht gerade Werbung gemacht haben.«

»Doch, haben sie! Werbung unter der Hand, Henny. Damals wurde viel Geld unter korrupte Diagnoseärzte verteilt. So nach dem Motto: Für jeden Patienten, den du mir bringst, bekommst du ordentlich Bares.«

»Und wie kam die Bande an die Opfer?« Alleine bei der Vorstellung bekam Heike Bachem schon eine Gänsehaut.

Wagenknecht wandte sich der Karte zu und tippte auf die Grenze zwischen Deutschland und Holland.

»Was da gelaufen ist, glaubt ihr nicht. Wie ich schon sagte, hier in den holländischen grenznahen Einkaufszentren lauerten die Organkiller.

Leute, das am helllichten Tag!

Der dramatischste Fall, der mir bekannt ist, lief so ab: Auf dem Parkplatz eines Einkaufszentrums stand ein Kastenwagen, der auf seinen Außenflächen Werbung für ein gesundes Fruchtgetränk machte.

Ansprechend, werbewirksam.

Anstatt gesunde Frucht befand sich im Innern jedoch ein hochmoderner OP. Steril, mit allem drum und dran.«

»Sagen Sie jetzt nicht, die hätten dort auf dem Parkplatz operiert.« Kriminalassistent Wolfsbach starrte sie ungläubig an.

»Doch. In dem Einkaufszentrum hat die Bande sich die Opfer herausgepickt. Gesunde, junge Menschen. Die haben sie sich geschnappt und in den LKW bugsiert. Dort kamen sie sofort unters Messer.

Anschließend wurden sie im eigenen PKW abgelegt. Etwa in der Verfassung, wie wir Kleinjahn gefunden haben.«

»Wahnsinn, das ist doch Wahnsinn.«

Heike Bachem starrte in die Runde.

»Stellt euch mal vor, Nachahmungstäter ziehen diese Sauerei jetzt auch bei uns durch. Dann können wir hier einpacken.«

»Genau, Heike!«

Wagenknecht zeigte durchs Fenster nach draußen.

»Für unser Bergisches wäre das der Tod. Hier würde sich doch kein Tourist, und wäre es auch nur für eine Wandertour, mehr hinwagen. Unser guter Ruf wäre für lange Zeit, für eine ganz lange Zeit, zum Teufel. Aber nicht nur das«, Wagenknecht blickte in die Runde. »Auch jeder von uns hier könnte geschnappt werden, oder einer aus unserer Familie.«

»Scheiße.«

Schlösser konnte sich nicht zurückhalten.

»Gerade jetzt lungern meine Töchter in ihrem pubertären Wahnzustand mehr draußen herum, als dass sie zu Hause sind. Geradezu die ideale Beute für solche Organkiller. Mein Gott, ich darf gar nicht darüber nachdenken.« Automatisch nahm er sein Handy aus der Hosentasche und scrollte die eingegangenen Nachrichten.

»Martin, bitte keine Panik, wir müssen die Nerven behalten«, versuchte Wagenknecht ihn zu beruhigen.

»Und noch etwas. Kriminalrat Schneider hat eine Nachrichtensperre verhängt. Die Medien bleiben draußen. Zudem wird ab sofort Köln über unsere

Ermittlungen informiert. Dort vermutet man Parallelen zu ähnlichen Fällen. Zuständige Dienststelle ist die von Kollege Keller.«

Wagenknecht grinste in die Runde.

»Mein spezieller Freund. Dass ich Keller mal gedroht habe, ihm die Klötze abzureißen, hat im Präsidium wohl die Runde gemacht. Zuletzt ist mir dort ein Spaßvogel begegnet. Als er mich sah, hielt er sich die Hand vor den Schritt und machte feixend einen Bogen um mich. Aber egal, jetzt weiß Keller wenigstens, woran er mit uns ist. Heike, du hältst Kontakt zu ihm.«

»Na super.« Heike Bachem verdrehte die Augen.

»Und dann noch etwas.«

Wagenknecht bekam jetzt noch Wut, wenn sie darüber nachdachte.

»Irgend so ein ganz Schlauer aus der Kölner Chefetage hat sich Kriminalrat Schneider gegenüber geäußert, ob wir hier in der Provinz mit dem Mord in Sache Organraub nicht überfordert wären. Ob das für uns ein nicht zu großes Ding wäre. Nun, ihr kennt ja unseren Chef. Schneider hat den Typ wohl richtig angeschissen.

Aber«, Wagenknecht sah ihre Leute ernst an. »Das sagt uns auch: Wir stehen im Fokus.«

»Na toll«, kommentierte Heike Bachem und wandte sich an ihren Kollegen Wolfsbach.

»Gernolf, du musst mal deinen alten Herrn im Innenministerium informieren, was die Oberen hier von uns halten. Das ist ja eine Unverschämtheit.«

Heike Bachem war richtig sauer. Wolfsbach sagte

nichts, gab ihr aber im Stillen Recht. Was ihn etwas aus der Fassung brachte war die Tatsache, dass seine Kollegin ihn das erste Mal mit Vornamen angesprochen hatte. Und das in einem Tonfall, der ihm unter die Haut ging. Sonst war er doch für sie immer der Idiot gewesen, der im Bett seiner damaligen Tussi über Dienstliches gequatscht hatte. Verstohlen blickte er zu ihr hin und hätte was darum gegeben, wenn er mit ihr jetzt hätte alleine sein können.

»Wieder zur Sache.«

Wagenknecht wurde ungeduldig.

»Heike, was ist mit dem Mitfahrer von Kleinjahn, mit diesem Heiner Kohlstatt? Hat er an dem Tag Kleinjahn getroffen?«

»Negativ. Kohlstatt war an dem Tag krank. Auch keiner der anderen Pendler hat Kleinjahn gesehen. Und sein Golf ist auch keinem aufgefallen.«

»Was sagt die Firma über Kleinjahn?«, fragte Schlösser.

»Laut seinem Abteilungsleiter hat er an diesem Tag unentschuldigt gefehlt. Etwas, das noch nie vorgekommen ist.« Missmutig zuckte Heike Bachem mit den Schultern. »Mehr wissen wir noch nicht.«

»Das ist ja richtig viel«, meinte Strassfeld lakonisch. »Keiner hat was gesehen, keiner hat was gehört, keiner weiß etwas.

Nichts.

Eine tolle Ausgangslage.«

2

Waldbröler Markt

Wie immer an Markttagen war vormittags durch die Waldbröler Innenstadt kein Durchkommen. Chaos war angesagt. Aber an diesem Tag, es war sommerliches Wetter, Ostern stand vor der Tür, war geradezu die Hölle los.

Martine Klasing hätte sich die Fahrt zum Vieh- und Krammarkt gerne erspart. Aber nur dort bekam sie die besten Hähnchen. Bei dem Händler aus dem Münsterland war die Ware garantiert schlachtfrisch.

Für den Abend hatte sich Doro angesagt, die Frau, mit der sie seit einigen Monaten liiert war. Sie freute sich auf die schönen Stunden, mit einem guten Essen und einem trockenen Wein aus der Pfalz. Zudem mussten sie für ihre erste gemeinsame Wohnung noch die Dekoration aussuchen. Es war höchste Zeit. Einzugstermin war in einem Monat.

Mit ihren sechsundvierzig Jahren war ihre Lebensgefährtin glatte zwölf Jahre älter als sie, hatte eine traumhaft gestraffte Figur und eine wahnsinnig rauchige Stimme. Doro verbreitete Ruhe und Geborgenheit. Bei ihr konnte Martine Klasing sich fallen lassen. Als sie auf dem Parkplatz des neuen Einkaufszentrums einen Parkplatz ergattern konnte, hätte sie vor Freude jubeln können. Ein in die Jahre gekommener Opel Astra scherte in einem nervenden

Zeitlupentempo aus der Parklücke. Geduldig wartete sie und blickte über den riesigen Parkplatz. Wie immer hatten sich einige Blödmänner so hingestellt, dass es für manche Fahrzeuge fast unmöglich sein würde, aus ihren Parktaschen herauszukommen.

Längs des Geländes registrierte sie die Lieferfahrzeuge der Händler. Neben rostigen Kleintransportern standen große, luxuriöse Kastenwagen mit toller Werbung auf den Wandflächen. Alle boten die besten Produkte, die kleinsten Preise und natürlich den besten Service an. Auch in dieser Branche öffnete sich die Schere zwischen Arm und Reich immer weiter, ging es ihr durch den Kopf. Ein Trend der Zeit.

Sie parkte ein, überzeugte sich, ob sie die Geldbörse sicher eingesteckt hatte, blickte nochmals prüfend in den Innenspiegel und machte sich auf den Weg zum Markt. Offensichtlich stand ihr die Vorfreude auf den Abend ins Gesicht geschrieben. Amüsiert bemerkte sie wie einige Männer sie länger als nötig anblickten.

Zielstrebig steuerte Martine Klasing die ausgewählten Verkaufsstände an und hakte die Einkaufsliste nacheinander ab. Wie so oft war es ein kleines Erfolgserlebnis. Sogar der Weinhändler versprach ihr einige Kisten Wein nach Hause zu schicken, etwas, das er ansonsten grundsätzlich nicht machte. Zwei Flaschen Wein nahm sie gleich mit.

Am Ende der Tour ging sie noch zu dem Gemüsehändler aus der Voreifel. Bei ihm bekam sie frisch geerntetes Gemüse, das auch ohne Biolabel den Geschmack hatte, wie sie ihn aus ihrer Kindheit her kannte. Damals hatte ihre Oma auf dem Land oft für die Familie gekocht. Da gab es nur Frisches aus dem Garten oder vom Bauern von nebenan.

Brav dankte Martine Klasing für den Apfel, den der nette Händler ihr mit einem schönen Gruß an ihren Mann schenkte. Dann reichte es ihr aber auch. Der Einkaufskorb war schwer und der gut gefüllte Jutebeutel machte es auch nicht leichter. Zudem hasste sie es, keine Hand frei zu haben. Zu oft war sie im Gewühl von widerlichen Typen begrapscht worden.

Erleichtert erreichte sie nach wenigen Minuten das Parkplatzgelände. Da sie so ziemlich in der letzten Reihe parkte, ging sie außen entlang, um sich nicht zwischen den Fahrzeugen hindurchzwängen zu müssen. Einige Lieferfahrzeuge hatte sie bereits passiert als sie erschrocken eine Person bemerkte, die gegen einen hochmodernen Kastenwagen lehnte. Zusammengekrümmt stöhnte sie vor sich hin. Viel konnte Martine Klasing nicht erkennen. Ein weiter, schwarzer Mantel verdeckte die Konturen der Person, der obere Teil des Gesichtes wurde von einem Kopftuch verhüllt.

»Gott noch, was ist das«, murmelte Martine Klasing. Automatisch kramte sie in ihrem Gedächtnis nach der Notrufnummer und ging auf die Person zu.

»Hallo, kann ich Ihnen helfen?«, sagte sie und versuchte etwas von dem Gesicht zu sehen.

Dann geschah alles blitzschnell.

Anstatt zu antworten, drückte die Gestalt auf das Display eines Handys. Fast im gleichen Moment öffnete sich eine in die Werbefläche versteckte Tür des

Kastenwagens. Überrascht sah Martine Klasing einen Mann, der über ihren Kopf hinweg die Umgebung prüfte. Schlagartig wurde ihr klar, dass etwas nicht stimmte. Hastig bückte sie sich nach ihren Einkaufssachen, als ihr Kopf mit großer Kraft nach unten gedrückt wurde. Sie nahm noch wahr, dass ein stinkender Lappen auf ihr Gesicht gepresst wurde, als vor ihren Augen alles schwarz wurde.

3

Nümbrecht

»Ich gebe auf Lutz.« Blumberg nahm den schwarzen König und legte ihn aufs Schachbrett.

»Gegen dein Königsgambit ist kein Kraut gewachsen.«

Steinfeld strahlte über das ganze Gesicht. Den einstigen Meister des Kölner Schachvereins *Turm Süd* zu schlagen, gelang ihm nur selten.

»Carl, du hast das Abzugsschach durch den Springer übersehen«, meinte er und schielte dabei auf das leere Weinglas. Auf das Matt könnte er sich glatt noch ein Gläschen gönnen.

Ordentlich stellte Blumberg die Figuren auf das Schachbrett und räumte es dann weg. Er linste zu seinem Freund hin. Zum Glück hatte Steinfeld nicht mitbekommen, dass er unkonzentriert gespielt hatte.

Seine Gedanken drehten sich permanent um den Tod des jungen Mannes. Das mit dem Organraub ließ ihm keine Ruhe. Er befürchtete, dass es weiter ging. Schon einmal hatte er solche Fälle erlebt und damals hatte die Bevölkerung in ständiger Angst gelebt. Das ging so weit, dass sich keiner mehr alleine zum Einkaufen oder zu einer Veranstaltung wagte. Immer nur zu zweit oder mit mehreren. Elterngruppen hatten die Überwachung an Schulen und Sportstätten übernommen. In den Familien war Frust angesagt, weil die Kinder nicht mehr ins Kino oder in die Disko durften. Blumberg wollte nicht weiter darüber nachdenken. Der Abend wäre sonst versaut.

Er wandte sich an Steinfeld.

»Auf deinen Sieg Lutz, mache ich noch ein Fläschchen auf. Was hältst du von einem Kerner aus dem Steigerwald?«

»Klasse Idee, Carl. Agnes holt mich ja ab, von daher darf ich.«

Blumberg ging in die Küche, nahm aus dem Kühlschrank den Wein und wollte mit dem Bocksbeutel in der Hand gerade zu Steinfeld gehen, als Max aufsprang und jaulend zur Haustür sprintete. Ein sicheres Zeichen, das Besuch anstand. Und so aufgedreht wie der Hund sich benahm, musste es einer sein, mit dem er es besonders dicke hatte. Da gab es nicht viele. Blumberg öffnete die Haustür und blickte überrascht auf die Besucherin. Max drehte fast durch vor Freude.

Kareen Wagenknecht bückte sich, drückte Max an sich und streichelte ihm beruhigend über den Rücken.

»Max, ist ja gut, du bist ja mein Bester«, sagte sie und freute sich über seine Zuneigung.

»Das ist ja eine wirklich schöne Überraschung«, begrüßte Blumberg die Hauptkommissarin. Prüfend musterte er sie und registrierte, wie schlecht sie aussah. Ihre sonst so gesunde Gesichtsfarbe war blass und dunkle Schatten umlagerten ihre Augen. Da stimmt was nicht, fuhr es ihm durch den Kopf, da stimmt gewaltig was nicht.

»Max, aus«, sagte er und bat Wagenknecht herein.

Anschließend ging er in die Küche, nahm den Bocksbeutel, füllte ein weiteres Glas, legte Cracker auf einen Teller und ging zu seinen Gästen. Den skeptischen Blick der Hauptkommissarin ignorierend bugsierte er sie in den bequemen Ohrensessel und drückte ihr das Weinglas in die Hand.

»Keine Widerrede«, sagte er, »jetzt ist erst einmal Entspannung angesagt. Wenn Sie heute nicht mehr fahren wollen, gleich kommt Elsa, die wird Sie gerne nach Hause bringen.«

»Danke, ein paar ruhige Minuten kann ich wirklich gebrauchen.« Wagenknecht atmete durch und nippte an dem Wein.

»Lecker, da könnte man sich dran gewöhnen«, meinte sie schmunzelnd. Bewusst steuerte Blumberg die Unterhaltung auf Small Talk hin. Wagenknecht erzählte begeistert von den Urlaubstagen, die sie mit Hendrik auf Sylt verbracht hatte. Wie ihnen beim Gosch auf List die Krabben mal wieder so gut geschmeckt hatten.

»Und dann die Dünen und der unvergleichliche Sonnenuntergang«, schwärmte sie. Ihre Augen wanderten in die Ferne. Blumberg war sich sicher, dass sie in dem Moment auf der Insel war. Kurz darauf hörten sie draußen einen Wagen in die Einfahrt fahren. Mit einem »Hallo, ihr Lieben«, kam Elsa ins Haus gestürmt. Blumberg dankte dem Himmel, dass sie nicht gleich mit der Tür ins Haus fiel und der Hauptkommissarin sagte wie schlecht sie aussehe. Elsa spürte die kritische Situation, überspielte sie und sagte, dass sie Abendbrot machen würde.

Minuten später saßen sie alle an dem langen rustikalen Esstisch. Elsa hatte Serano Schinken mit Melone hingestellt, dazu gab es frisches Baguette. Mit Blick auf die leckeren Sachen spürte Wagenknecht, dass sie lange nichts mehr gegessen hatte. Sie langte ordentlich zu und blickte versonnen in die Runde. Als sie bemerkte, wie besorgt Blumberg sie ansah, nickte sie ihm zu. Dem alten Fuchs konnte sie nichts vormachen.

Sie musste sie informieren.

Geräuschvoll legte sie das Besteck auf den Teller.

»Bei uns im Bergischen sieht es ziemlich übel aus«, begann sie.

»Es geschieht derzeit Unglaubliches.

Nachrichtensperre ist angesagt.«

»Ach du Scheiße«, rutschte es Blumberg heraus. Er wusste nur allzu gut, was das bedeutete.

»Keiner von uns ist mehr sicher«, setzte Wagenknecht nach. »Wobei die älteren Herrschaften weniger zu befürchten haben. Zumindest gehen wir derzeit davon aus.«

»Wir Älteren haben weniger zu befürchten?«

Steinfeld blickte sie irritiert an.

»Das müssen Sie mir erklären.«

»Organraub. Es handelt sich um Organraub.

Und das in Serie.«

Bei Elsa fiel noch nicht der Groschen, während Blumberg spürte, wie sich seine Nieren schmerzhaft zusammenzogen.

»Sagen Sie jetzt nicht, dass hier bei uns schon wieder so eine Sauerei passiert ist«, warf er ein.

»Und wie. Wir hatten zwei weitere Opfer«, stöhnte Wagenknecht.

»Mein Gott noch«, meinte Steinfeld, »da soll mal einer was sagen, wenn ich mein Wild auf weidmännische Art ausnehme.«

Blumberg sah die Katastrophe in ihrem Gesamtbild. Er war einer der Kripobeamten gewesen, die solche Fälle in den achtziger Jahren aufgeklärt hatten. Mit das Schlimmste war gewesen, wenn er die Angehörigen über den Tod des Familienmitgliedes informieren musste. Das war ihm jedes Mal an die Psyche gegangen.

»Sind beide Opfer tot?«, fragte er.

»Der Mann ja, während das zweite Opfer, eine Frau, unwahrscheinliches Glück hatte. Ein Marktbesucher in Waldbröl fand sie abgelegt an einem Kleidercontainer. Mit einer Notoperation im Waldbröler Krankenhaus konnte sie gerade noch gerettet werden. Zumindest hoffen die Ärzte, dass sie es schafft. Sie hatte starke innere Blutungen und liegt seit der OP im künstlichen Koma. Sobald sie stabil ist, holen die Ärzte sie zurück.«

»Das könnte die Chance sein, die Killer schnell zu schnappen«, bemerkte Blumberg.

»Wie alt sind die Opfer?«

»Der Mann ist knapp über die zwanzig, die Frau ist vierunddreißig. Es ist klar, nur Organe von jungen, gesunden Menschen sind gefragt. Deshalb meinte ich, dass ältere Menschen nicht so unbedingt die Zielgruppe ist.«

Fassungslos starrte Elsa sie an.

»Heißt das, die Frau war in Waldbröl auf dem Markt einkaufen, wurde gekascht und mal so eben operiert? Und danach wie ein Stück Müll an einem Kleidercontainer abgelegt, wie um Himmels Willen soll das denn abgelaufen sein?«

Entgeistert blickte sie in die Runde.

»Nicht nur sie wurde dort abgelegt«, erklärte Wagenknecht, »sondern auch der männliche Tote. Er muss schon vor der Frau dran gewesen sein, nur hat er es nicht geschafft.«

Verkniffen blickte sie in die Runde.

»Wir glauben, dass beide Opfer Marktbesucher waren und auf dem Parkplatz lokalisiert wurden.«

»Klar, Markttag. Tausende von Menschen, getarntes Klinomobil auf dem Parkplatz. Genau die Masche, die früher schon an der deutsch-holländischen Grenze durchgezogen wurde«, erklärte Blumberg. »Ich hätte nie geglaubt, dass sich das noch einmal wiederholen würde.«

Verstohlen blickte Wagenknecht zu Elsa hin, die Gewitterwolken auf ihrer Stirn sprachen Bände. Elsa ahnte, was kam. Nur zugut konnte Wagenknecht sie verstehen, auch sie hätte Blumberg gerne aus dem Fall herausgehalten, aber sie konnte es sich nicht leisten, auf seine Erfahrung zu verzichten. Sie hatte keine Zeit, die Menschen im Bergischen mussten geschützt werden. Bei Bekanntwerden der Verbrechen würde sowieso bald die Hölle los sein. Mit schlechtem Gewissen blickte sie Blumberg an.

»Wir brauchen Sie. Damals haben Sie ähnliche Fälle aufgeklärt, ihre Erfahrung kann uns jetzt helfen.

Kriminalrat Schneider bittet Sie offiziell um Ihre Mitarbeit. Sozusagen als externer Berater.«

Elsa stöhnte auf, Steinfeld rutschte unruhig auf seinem Stuhl herum. Auch Max spürte, dass etwas Entscheidendes geschah. Er war sich nur noch nicht sicher, was das für ihn bedeuten würde. Egal, er war dabei. Zufrieden ließ er sich grunzend auf den Boden plumpsen und sensibilisierte alle Antennen.

4

Waldbröl, Krankenhaus

Er nahm den Hörer ab, tippte den angegebenen Zahlencode ein und wartete auf eine Meldung aus der Sprechanlage.

»Was wünschen Sie bitte?«, fragte Sekunden später eine angenehme Stimme.

Blumberg nannte seinen Namen, trug sein Anliegen vor und war überrascht, als sofort die Tür geöffnet wurde. Da hatte er schon andere Erfahrungen gemacht. Eine adrett aussehende Krankenschwester blickte ihn neugierig an.

»Sie kommen von der Kripo?«, sagte sie und bat ihn, seinen Ausweis zu zeigen. Blumberg reichte ihr die Vollmacht, die Kriminalrat Schneider ihm ausgestellt hatte.

»Ich bin in die Geschehnisse, die Frau Martine Klasing betreffen, involviert«, erklärte er.

Die nette Person stellte sich als Schwester Clarissa vor und reichte ihm die Hand.

»Leider wird Ihnen der Besuch nicht viel helfen. Frau Klasing ist noch nicht bei Bewusstsein.« Forschend sah sie ihm in die Augen. »Sie sind nicht der einzige, der zu der Patientin möchte, es ist bereits eine Dame da. Kennen Sie eine Doro Albrechti?«

»Nein«, erwiderte Blumberg überrascht, und wunderte sich, wieso die Frau zu der Klasing durfte.

»Aber ich würde gerne mit ihr reden.«

»Die Dame kommt natürlich nicht an die Patientin heran«, erklärte Schwester Clarissa. Sie hatte den erstaunten Gesichtsausdruck von Blumberg bemerkt.

»Lediglich vom Gang aus darf sie einen Blick auf Frau Klasing werfen. Sie übrigens auch, Sie wissen schon, wegen der Keime und so.«

»Ist schon verstanden, Schwester. Ich will mir nur ein Bild von der Frau machen.«

»Okay, dann folgen Sie mir bitte.«

Wie immer, verunsicherte ihn die Atmosphäre der Intensivstation. Bilder von Momentaufnahmen, in denen er selbst dort gelegen hatte, projizierten sich vor seinen Augen. Unwillig verbannte er sie und blickte neugierig zu der Frau hin, die durch eine Trennscheibe auf die Patientin starrte.

Leicht berührte die Schwester sie am Arm und lenkte ihre Aufmerksamkeit auf Blumberg.

»Frau Albrechti, der Herr hier kommt ebenfalls wegen Frau Klasing und möchte gerne mit Ihnen reden.«

Während seiner Dienstzeit hatte Blumberg Frauen aus allen sozialen Schichten kennengelernt, diese Frau war zweifellos der gehobenen Schicht zuzuordnen. Tränen verschleierten ihre großen braunen Augen. Ausdrucksstarke Augen, die von schwarzen Brauen überlagert wurden. Ohne eine Regung zu zeigen, musterte sie ihn. Nach Sekunden drehte sie sich wortlos um und starrte weiter auf die Patientin, auf die Infusionsflaschen, auf die leuchtenden Displays der Geräte, die ihr Leben überwachten.

Blumberg kannte solche Situationen, er schwieg und betrachtete die Patientin. Erfasste die Regungslosigkeit ihres Gesichtes, ihre dichten schwarzen Haare, die blassen Lippen, die er sich gut in einem kräftigen Rot vorstellen konnte. Er überlegte, in welchem Verhältnis die Frau neben ihm zu ihr stehen konnte. Laut Bericht der Kripo war Martine Klasing ein Einzelkind, ihre Eltern wohnten in Olpe, wo sie aufgewachsen war. In Wiehl hatte sie eine gutgehende Praxis für Homöopathie und Ernährungsberatung.

Nicht verheiratet und auch nie gewesen.

Doch es war offensichtlich, Doro Albrechti hatte eine starke Beziehung zu ihr. Er musterte ihre fast schon männliche Figur, die elegante Kleidung. Dezent, solide.

»Kennen Sie Martine?«, fragte Doro Albrechti plötzlich und wandte sich ihm zu.

Blumberg hörte dem Timbre ihrer rauchigen Stimme nach, bemerkte, das Tränen das Make-up verwischt hatten. Übersah nicht den Schmerz in ihrem Blick.

Er überging die Frage.

»Ihr hat der Himmel beigestanden, sie wird wieder gesund werden«, sagte er.

»Wenn es einen Himmel geben würde, läge sie nicht hier«, konterte sie. Prüfend musterte sie ihn.

»Also, kennen sie Martine?«

»Nein, man hat mich gebeten, bei der Aufklärung des Überfalls auf Frau Klasing zu helfen«, erklärte Blumberg.

»Sie sind von der Polizei?«

»So kann man es sehen, ja.« Doro Albrechti sah zu Martine Klasing hin.

»Sie bedeutet mir alles, nächsten Monat wollten wir zusammenziehen.« Bei Blumberg fing es an zu kribbeln, er wollte raus aus der Atmosphäre, in der sich ein Fragezeichen zwischen Leben und Tod gedrängt hatte. Hier konnte er keinen klaren Gedanken fassen.

»Was halten Sie davon, wenn wir uns bei einem Kaffee weiter unterhalten?«, schlug er vor.

Stumm nickte sie, hängte ihre Tasche um und ging wortlos zum Ausgang.

Wie immer war die Cafeteria gut besucht und sie ergatterten gerade noch den letzten Tisch mit Blick ins Grüne. Doro Albrechti bestellte einen Cappuccino, Blumberg gab sich mit einem Espresso zufrieden.

»Entschuldigung.«

Zaghaft berührte Doro Albrechti die Hand von Blumberg.

»Ich war unhöflich, bitte verzeihen Sie mir.«

In ihrem Blick erkannte Blumberg, dass sie es so meinte. Ohne darauf einzugehen, nippte er an seinem Espresso, stellte behutsam das Nichts von einer Tasse ab und blickte sie fragend an.

»Wer hat Sie informiert, das Frau Klasing in dieser Klinik ist?«

»Ich habe ihre Eltern, die in Olpe wohnen, gefahren. Sie haben mich angerufen.«

»Wo sind die Eltern jetzt?«

»Sie warten auf ein Gespräch mit einem der behandelnden Ärzte, wir wissen ja überhaupt nicht, was geschehen ist. Das Krankenhaus hat sie angerufen und gebeten zu kommen. Es ist alles so furchtbar.« Gefasst sah sie ihn an.

»Sie haben gesagt, sie helfen bei der Aufklärung des Überfalls auf Martine, wie muss ich das verstehen?«

»Sie ist Ihre Lebensgefährtin?«

»Ja, wir sind liiert.«

»Soviel wir wissen, ist sie in der Nähe des Wochenmarktes in Waldbröl überfallen und lebensbedrohlich verletzt worden. Ein Marktbesucher hat sie glücklicherweise so frühzeitig entdeckt, dass sie noch rechtzeitig operiert werden konnte.«

»Was heißt überfallen, ist sie?«

Die Stimme versagte ihr, eine senkrechte Falte grub sich tief in die Stirn von Doro Albrechti.

Blumberg hatte diese Frage befürchtet. Es war immer dasselbe, die Angehörigen der Opfer wollten mit Recht wissen, wie die Tatumstände waren und er durfte nichts sagen. Er wählte den Mittelweg.

»Sie ist nicht sexuell missbraucht worden, soweit kann ich Sie beruhigen. Mehr können Ihnen sicherlich gleich die Eltern sagen.« In ihren Augen glaubte er Erleichterung zu sehen.

Eine Weile blieb es still zwischen ihnen.

Freundlich stellte die Bedienung Doro Albrechti einen zweiten Cappuccino hin. Blumberg wünschte sich im Stillen ein frisches Veltins und blickte frustriert auf seine leere Espressotasse.

Doro Albrechti rührte gedankenverloren in ihrem Cappuccino, blickte nach einer Weile Blumberg an. Musterte seine Gesichtszüge, seine Augen, fühlte, dass er es ehrlich meinte.

»Doro. Bitte nennen Sie mich Doro«, sagte sie. Überrascht blickte Blumberg sie an. Er hätte nicht erwartet, dass sie die Barriere, die sie umgab, so schnell abbauen würde. Sie musste sehr verletzt sein, litt mit ihrer Lebensgefährtin. Und er fand sie sympathisch, sie war eine Frau, die bereit war, auch zu geben.

»Carl, ich heiße Carl«, sagte er schließlich. »Und es tut mir wirklich leid, was mit deiner Martine passiert ist. Aber glaube mir«, er sah sie fest an, »ich werde diejenigen, die das getan haben, am Arsch kriegen.«

Doro Albrechti prustete in den Cappuccino, blickte ihn erst entsetzt und dann belustigt an.

»Entschuldige«, sagte sie, »aber so deutliche ehrliche Worte habe ich von einem Mann schon lange nicht mehr gehört.

Aber danke, Carl, sie tun mir gut.«

5

Syndikat

»Wenn sie überlebt, wird sie aussagen.« Pathos blickte stirnrunzelnd in die Runde.

»Vielleicht hat sie einen von uns erkannt.«

»Nie und nimmer.« Synthia Roman schüttelte den Kopf.

»Mein Gesicht konnte sie unter dem Tuch unmöglich erkennen. Und du mit deiner Maskerade mit Schnurrbart und Brille sahst aus wie unser alter Professor von der Uni. Hat dir übrigens gut gestanden, so ein Hauch Seriosität«, grinste sie.

Giftig blickte Pathos sie an, wollte dieses Spielchen aber nicht weitertreiben.

»Kommen wir zur Sache. Die Frage ist, hören wir hier im Bergischen auf oder machen wir noch ein paar Entnahmen. Wir müssen uns im Klaren sein, dass die Bullen jetzt überall präsent sind. So ein Ding wie in Waldbröl können wir nicht noch mal durchziehen.«

Tum Loos trommelte nervös mit den Fingern auf die Tischplatte.

»Ich war sowieso gegen diese Aktion. An einem Markttag so etwas zu drehen, wo tausende Besucher und damit auch tausende Augen scannen was sich tut, war äußerst riskant.«

»Dafür haben wir aber gleich zwei auf einmal geschnappt. Und die Frau war einfach der Hammer«, konterte Pathos grinsend.

»War ja auch eine echt geile, die Kleine«, frotzelte Louis Zimball. »Die hätte ich auch mit nur einer Niere vernascht.«

»Kommen wir zum Ende«, drängte Synthia. »Ich muss noch in die City für meine Tochter ein Geschenk besorgen, sie hat morgen Geburtstag.«

»Gut, dann machen wir, solange es nicht zu eng wird, weiter«, entschied Pathos. »Aber in einem anderen Umfeld. Tum und Louis, ihr macht den OP klar. Synthia, du siehst dich um und legst den nächsten Standort fest. Sag den beiden, mit welchem Motiv sie den Wagen kaschieren sollen.«

»Kein Problem.«

Synthia war froh, dass sie sich verabschieden konnte. Wenn sie mit den drei Männern zusammen war, beschlich sie ein beklemmendes Gefühl. Im Grunde traute sie ihnen nicht. In grauenvollen Alpträumen hatte sie sich selbst schon auf einem OP Tisch liegen sehen.

Ausgeschlachtet.

Dem Tode geweiht.

»Ich glaube, ich weiß auch schon wo«, erklärte sie betont lässig. »Ich muss nur noch checken, wie das Ablaufen kann.«

»Prima.«

Pathos atmete auf. Schon seit einer Weile spürte er, dass Synthia Probleme hatte. Er musste sie im Auge behalten.

»In der Zeit kläre ich ab, wie wir den Kurierdienst optimieren können. Beim letzten Mal waren wir am

Limit der Transportzeit. Eine Stunde länger, und wir hätten aus den Organspenden saure Nierchen machen müssen.«

»Organspenden«, grinste Louis Zimball, »ich glaube es nicht.« Blitzschnell zog er den Kopf ein, um dem Kugelschreiber von Pathos auszuweichen. Er zwinkerte Tum Loos zu und sie verdrückten sich nach draußen.

Synthia blieb im Raum. Sie spürte, dass noch nicht alles vom Tisch war. Sie kannte Pathos, die Zeit, in denen sie ein Paar gewesen waren hatten ihn transparent gemacht. Sein missmutiges Gesicht ließ nichts Gutes ahnen. Überhaupt hatte er sich in der letzten Zeit verändert. Er wirkte zunehmend nervöser und bei den OPs arbeitete er unkonzentriert. Etwas, dass sie an ihm nicht kannte.

»Was ist los?«, fragte sie.

Er blickte sie nachdenklich an und nickte schließlich. »Es tut sich was, wir brauchen neue Abnehmer.«

Synthia glaubte, sich verhört zu haben.

»Du verarschst mich, oder? Die Anfragen steigen ständig, das Problem ist doch eher, dass wir nicht genug liefern können.«

»Das war gestern.«

Pathos kippte in seinem ledernen Schwinger nach hinten.

»Es gibt ein neues Verfahren, mit dem die Organe länger transplantationsfähig bleiben. Was bedeutet, dass längere Kurierstrecken kein Problem mehr sind.«

»Und woher bitte sollen die Spenden kommen?«

Synthia spürte, wie sich ihre Bauchmuskeln zusammenzogen. Als alleinstehende Mutter mit einer anspruchsvollen Tochter, mit der teuren Eigentumswohnung, die sie gerade in Köln mit einem Kredit gekauft hatte, durfte es keine finanziellen Rückschläge geben.

»Aus dem Osten, aus dem Balkan, weiß der Kuckuck, woher.« Mit saurer Miene betrachtete Pathos seine ehemalige Geliebte.

»Um Überleben zu können, verkaufen dort Gescheiterte ihre Innereien für ein paar Euro. Oder sie werden vom Regime unter fadenscheinigen Gründen eingelocht, um dann anschließend ausgenommen zu werden.«

»Und unser Kunde will dort einkaufen? Seine Patienten werden da nicht mitmachen.«

»Synthia!«

Pathos blickte sie an, als wenn er es mit einem Kind zu tun hätte.

»Wer will schon genau wissen, von wem das Organ stammt, das ihm eingesetzt wird? Der Empfänger will leben. Er glaubt, was auf dem Dokument steht und hat nur die Wahl, das Organ zu akzeptieren oder noch Jahre warten zu müssen, und das auch nur mit großem Fragezeichen.

»Und was machen wir jetzt?« Synthia versuchte die Panik, die sich in ihr breit machte zu unterdrücken. »Fangen wir wieder im Krankenhaus als Chirurg an. Mit kleinem Geld und Schichtdienst ohne Ende?«

»Quatsch, ich sagte doch, wir brauchen neue Abnehmer.« Pathos öffnete seine Collegemappe und entnahm ihr ein Schreiben. »Das hier ist eine Einladung zur diesjährigen Transplantations-Konferenz in Köln. Da fahren wir hin.«

»Wir?«

Synthia starrte ihn ungläubig an.

»Du glaubst, ich würde mich da blicken lassen? Das kannst du vergessen.«

Wie immer, wenn ihm etwas nicht passte, blickte Pathos sie mit kalten Augen an. Sie fühlte den Schauer, der ihr über den Rücken lief, sie wusste, wozu er fähig war. Ihm war es egal, ob die Opfer durchkamen oder nicht. In der Zeit, als sie ihn noch anhimmelte, hatte sie das einmal akzeptiert. Seitdem hatte sich ihr Leben verändert. Wehmütig dachte sie oft daran, dass sie mal irre stolz gewesen war, Chirurgin zu sein. Jetzt gab es Momente, da konnte sie ihrer Tochter nicht mehr in die Augen sehen.

»Du hast die Wahl, entweder du machst mit, oder du bist draußen.« Pathos wartete keine Antwort ab, sammelte seine Utensilien ein und stopfte sie wütend in die Mappe. Mit seinem schweren Körper stampfte er durch den Raum und knallte die Tür hinter sich zu.

6

Köln, Heinz Steingass

Genervt blickte Elsa durch die offene Terrassentür in den Garten. Sie beobachtete wie Max am Gartenzaun hin und her spurtete. Unter sehnsüchtigem Gejaule sprang er ab und an am Zaun hoch und war sich auch nicht zu schade wie ein Kaninchen unter dem Zaun eine Öffnung buddeln zu wollen. Schuld an dieser Hektik war Gerti, die Hundedame von nebenan. Gerti war läufig und hatte nichts Besseres zu tun, als den ganzen langen Tag Max ihr Verführungsparfüm vor die Nase zu wedeln.

Überhaupt Gerti, ging es Elsa durch den Kopf, einen blöderen Namen für eine stramme Münsterländerin gab es ja wohl kaum. Sie blickte zu Carl hin, der seelenruhig sein zweites Frühstücksei köpfte, sich die dritte Tasse Kaffee gönnte und die Brautschau offenbar nicht mitbekam.

»Carl, wenn du mit Max rausgehst, nimm ihn nur ja an die Leine«, sagte sie.

»Warum?«

Sie zeigte nach draußen.

»Sieh dir mal an, was die beiden Hunde da für einen Stress haben. Wenn wir nicht aufpassen, haben wir bald Familienvergrößerung.«

»Na und, man muss der Natur seinen Lauf lassen«, gab Blumberg gelassen von sich. »Gönn den beiden

35

doch auch mal ein bisschen Spaß. Stell dir vor, man hätte das mit uns gemacht, ich meine mit strikter Trennung und so, das hättest du doch auch nicht gewollt, oder?«

Schmunzelnd streute er Salz über das Ei und schob den Löffel genussvoll in den Mund.

»Aber Carl.«

Entsetz sah ihn Elsa an.

»Du willst mich doch nicht mit der Gerti vergleichen. Bin ich etwa an eurem Haus hin und her gelaufen und habe nur darauf gewartet, dass du mir gnädigerweise deine Ehre erweist? Also Carl, wirklich.«

Blumberg verschluckte sich an seinem Ei.

»Das war doch anders gemeint, aber egal.«

Er zeigte auf die gerollten Leinwände und die Reisestaffelei, die in der Diele standen.

»Fahr du ruhig nach Kaltensteinberg, Max und ich werden den weiblichen Lockungen mannhaft widerstehen.«

»Mannhaft widerstehen?«, presste Elsa heraus, »mit der Bekanntschaft aus dem Krankenhaus verstehst du dich doch auch schon bestens.«

Nervös zipfelte sie an ihrer Strickweste herum.

»Wie hast du gesagt, heißt die Frau, die so toll aussieht, Doro? Und ihr seid schon per du?«

Blumberg linste auf die roten Flecken in Elsas Gesicht, ein Zeichen, dass sie in höchster Alarmbereitschaft war.

Aufklärung war angesagt.

»Elsa bitte. Die Dame heißt Doro Albrechti und ist die Lebensgefährtin der Frau, die momentan im

Waldbröler Krankenhaus um ihr Leben kämpft.«

»Ach Gott.« Erschrocken presste Elsa die Hand auf den Mund.

»Ist das die Arme, von der die Hauptkommissarin sprach?« Sie bekam feuchte Augen.

»Genau. Und die Albrechti sitzt Tag und Nacht an ihrem Bett und wartet darauf, das Martine Klasing, so heißt das Opfer, die Augen aufschlägt. Die beiden wollten kommenden Monat zusammenziehen.«

Elsas Gesichtsfarbe wechselte zum leicht gebräunten Teint. Blumberg atmete durch, die Lage entspannte sich.

»Das ist ja ein Elend.«

Elsa schniefte ins Tempo.

»Carl, wenn du die Frau nochmal triffst, bestell ihr unbekannterweise Grüße von mir. Und dass wir hoffen, dass ihre Lebensgefährtin bald wieder gesund wird. Wenn alles wieder im Lot ist können wir die beiden ja mal zum Essen einladen.«
Verschmitzt blickte sie Blumberg an.

»Der Chef des Hauses kocht dann zur Feier des Tages natürlich persönlich.«
Das war Elsa. Erst knallhart der vermeintlichen Konkurrenz gegenüber, dann mit ihrem großen Herzen wieder offen für die Notleidenden dieser Welt. Blumberg blickte auf die Uhr, rechnete kurz nach und setzte seine Tasse auf den Tisch.

»Es ist gleich neun Uhr«, sagte er. »Wir müssen los, du verpasst sonst noch den Zug.«

»Ach, Herrjeh, dann wird es aber Zeit.«

Elsa räumte eilig den Frühstückstisch ab, warf einen

Blick auf ihr Reisegepäck und war sich nicht mehr sicher, ob das mit dem Zug so eine gute Idee war.

»Ich glaube Carl, wenn ich in der Eifel ankomme, nehme ich mir am Bahnhof ein Taxi. Dann brauche ich nicht alles zu schleppen.«

»Würde ich dir auch empfehlen«, antwortete er. »Unmöglich kannst du das alles tragen.«

Möbelmesse. Stopp and Go war angesagt. Elsa wurde immer nervöser.

»Carl, hoffentlich erreiche ich noch meinen Zug«, seufzte sie. »Das aber auch ausgerechnet heute Messe sein muss.«

»Keine Aufregung, das schaffen wir locker. Gut, dass wir früh genug gefahren sind«, beruhigte sie Blumberg. Entspannt betrachtete er das grandiose Rheinpanorama. Aufgereiht wie an einer Perlenkette ankerten die Schiffe der Köln Düsseldorfer an den Anlegestellen. Ab Mittag würde sich das Bild ändern. Dann würden die weißen Schwäne des Mittelrheins von Köln bis ins traumhaft schöne Siebengebirge ziehen.

Sozusagen postkartenreif.

Postkartenreif war auch der Dom.

Mächtig und doch filigran.

Unnahbar und doch einladend.

Uralt und doch nie fertig.

Diese mächtige Kathedrale hatte ein Herz, das pulsierte, das den Dom am Leben hielt. Wenn es einen Gott gab, überlegte Blumberg, musste er dort zu Hause sein. An dem Westturm konnte er ein

Stahlgerüst erkennen und fragte sich mal wieder, wie die Baumeister es vor über tausend Jahren geschafft hatten, ein Fundament herzustellen, auf dem der Dom noch heute sicher stand. Und erst die Statik für dieses gewaltige Bauwerk. Berechnet ohne Rechenschieber, ohne Taschenrechner. Von Computern ganz zu schweigen.

Unglaublich, einfach grandios.

Innerlich verbeugte er sich vor den Genies der Baumeister und denen, die mitgewirkt hatten. Dagegen sah er missbilligend auf das Musical Dome. Speziell für ein Musical gebaut, sollte diese provisorische Spielstätte nach fünf Jahren wieder verschwinden. Heute, fünfundzwanzig Jahre später, stand das blaue Gebilde noch immer.

So nach dem kölschen Motto:

»Wat steht, dat steht!«

»Carl, du musst dich rechts einreihen«, riss Elsa ihn aus seinen Gedanken. »Bei dem Betrieb kommst du sonst gleich nicht rüber«. Er kam gleich rüber und einen Parkplatz an der Rückseite des Bahnhofgeländes fand er auch sofort.

Wie immer fühlte er sich in der Atmosphäre des Hauptbahnhofs unwohl. Hektik, Gedränge, gehetzte Reisende. Gestalten, denen man im Dunkeln nicht begegnen möchte, streiften nach Opfern Ausschau haltend, durch die Bahnhofshallen. Nicht gerade ein Bühnenbild von dem weltweit bekannten gemütlichen Köln, ging es ihm so durch den Kopf.

»Elsa, pass auf deine Tasche auf«, bemerkte er und jonglierte die Leinwandrollen und die Reisestaffelei durch die Menge. Mit ihrem Trolley hatte Elsa weniger Probleme. Wer nicht aus dem Weg ging, wurde überrollt. Glücklicherweise wurde der Zug in Köln eingesetzt. Elsa nahm ein leeres Abteil in Beschlag. Durch das Fenster reichte Blumberg ihr die Leinwände, die Staffelei und das, was sie sonst noch mitschleppte.

Mit einem »Grüß mal alle schön«, winkte ihm Elsa noch zu und verschwand dann in Richtung Eifel. Blumberg wollte nicht in die Eifel. Er freute sich auf das Treffen gleich beim Früh. Dort hatte er sich mit Heinz Steingass, dem Leiter der Kölner Sitte, verabredet. Steingass war ein Riese, der selbst die brutalsten Zuhälter im Zaum hielt. Mit seinem Boxergesicht und Pranken so groß wie Schaufeln sorgte er für Ordnung in der Szene.

Und er war ein Mann mit Herz. Nie nutzte er seine Machtstellung den Frauen gegenüber aus. Gratis Angebote lehnte er konsequent ab. Setzte sich stattdessen für die Schwachen in seinem Revier ein und ließ auch schon mal eine Fünf gerade sein. Frauen, die aus der Szene flüchten wollten, konnten mit seiner Hilfe rechnen. So manch einer Prostituierten hatte Steingass einen anständigen Job besorgt. Da, wo sie keiner kannte. Wo sie ein neues Leben beginnen konnte.

In seiner anfänglichen aktiven Zeit hatte Blumberg mit Steingass bei Mordfällen im Milieu gemeinsam ermittelt. Sie wurden Freunde, hatten ihre Frauen auf dem Polizeiball kennengelernt und manch schöne Stunden verbracht. Am Morgen hatte er Steingass angerufen und ihn gefragt, ob sie sich in Köln treffen könnten.

Steingass konnte.

Treffpunkt elf Uhr beim Früh.

Erleichtert verließ Blumberg den Bahnhof und vermisste auf dem Vorplatz die Rievkooche-Bud, die es nicht mehr gab. Ehemals ein Statussymbol, das selbst Leute aus dem Bergischen kannten. Ein Bekannter von ihm, ein alleinstehender Rentner, setzte sich früher öfter in Dieringhausen in die S-Bahn, fuhr nach Köln, genehmigte sich einige Rievkooche und fuhr dann wieder zurück. So kam er raus aus seinem Alltagstrott, sah mal etwas anderes und hatte einen guten Tag gehabt. Es war einmal.

Steingass erblickte er schon, als er durch die Dompassage ging. So einen Klotz von Mann konnte man nicht übersehen. Bei dem herrlichen Wetter war der Biergarten des Brauhauses selbst am Vormittag schon gut besucht. Unwillkürlich dachte Blumberg an die Zeit zurück, wo er als junger Mann mit seinem Vater hier schon mal eingekehrt war. Wenn sie in Köln waren und noch Zeit hatten, wurde sich ein Kölsch gegönnt. Einen Halven Hahn gab es meistens auch noch dazu.

Rechts vom Eingang des Lokals, den Rücken zur Hauswand, saß Steingass. Typische Haltung für einen Kripomann, dachte Blumberg. Alles im Blick, freier Rücken. Er selbst hatte sich diese Angewohnheit auch noch nicht abgewöhnen können.

»Mensch, Carl«, strahlte ihn Steingass an, »du siehst ja blendend aus. Das Bergische scheint dir bestens zu bekommen.« Prüfend betrachtete er seinen Freund.

»Und die Gesundheit spielt auch mit?«

»Danke, alles gut, Heinz«, antwortete Blumberg. Überrascht stellte er fest, das Steingass grau geworden war. Darüber konnte auch der kurze Haarschnitt nicht hinwegtäuschen. Das ist der Tribut, den dieser harte Job fordert, fuhr es ihm durch den Kopf.

Wie hin gezaubert stand auch schon ein Köbes mit einem Bierkranz da und knallte ihm ein Kölsch vor die Nase. Steingass wurde gleich mitbedient. Sein noch halbvolles Glas übersah der Köbes großzügig. So nach dem Motto: Nachschub muss sein.

»Heinz, schön, dass du dir Zeit nehmen konntest«, begann Blumberg. »Bei dir läuft alles rund?«

»Privat alles bestens Carl, danke. Aber dienstlich«, Steingass verzog missmutig das Gesicht. »Jedes Jahr werden die Kriminellen mehr und ihre Methoden immer brutaler.« Nachdenklich ruhte sein Blick auf die bunt gemischte Gesellschaft der Gäste im Biergarten.

»Weißt du, früher hatten wir es von der Sitte mit überwiegend kölschen, oder doch zumindest deutschen Frauen und ihren Mackern zu tun. Heute«, frustriert schüttelte er den Kopf, »kann man froh sein, wenn man am Tag mal ein deutsches Wort hört.«

»Osteuropäer?«

Blumberg ahnte, was kam. War über die Antwort dann doch überrascht. Lässig winkte Steingass ab.

»Carl, heute sind andere die Platzhirsche.« Er trank einen großen Schluck Kölsch, stellte bedächtig das Glas auf den Tisch und sah seinen ehemaligen Kollegen ernst an.

»Hier braut sich was zusammen, das kannst du dir gar nicht vorstellen. Wir haben es mit Leuten zu tun, die im Kosovokrieg zu Monster wurden. Mit Kriegsverbrechern. Irre Typen, die gemordet, vergewaltigt, gefoltert haben.

In Serie.

Gegen die ist alles bisher Dagewesene harmlos.«

Steingass lehnte sich zurück und deutete diskret auf ein kleines Mädchen, das am Nebentisch bei seinen Eltern saß und seine Limo schlürfte. Mit gesenkter Stimme fuhr er fort:

»Um Frauen zu erpressen, damit sie auf den Strich gehen, werden ihre Kinder verschleppt. Weigern sich die Frauen dann immer noch, oder wenden sich an uns, dann...«

Blumberg war erschüttert.

Steingass atmete tief durch.

»Aber jetzt ist Schluss mit dem fiesen Kram.«

Er blickte auf seine Armbanduhr.

»Wir haben Mittag, jetzt wird gegessen. Dabei erzählst du mir mal was Schönes aus eurem verschlafenen Bergischen.«

Verschlafenen Bergischen!

Blumberg dachte an die aktuellen Fälle und bestellte spontan saure Nierchen mit Kartoffelpüree. Eine kölsche Spezialität.

Schon fast neidisch hörte Steingass zu, als Blumberg schilderte, wie gut er und Elsa es im Bergischen angetroffen hatten. Dabei wurde Blumberg bewusst, dass sie ja schon im zweiten Jahr in Nümbrecht wohnten.

»Aber Heinz, auch bei uns geht es nicht immer friedlich zu«, meinte er nach einer Weile. Er zeigte auf die sauren Nierchen, die mal wieder köstlich schmeckten. »Die da sind derzeit der Grund für einige Fälle, die uns schwer zu schaffen machen.«

Steingass kapierte sofort.

»Carl, sag jetzt bloß nicht, dass es bei euch Fälle von Organraub gibt.«

»Drei, Heinz. Drei Fälle in der letzten Woche, davon sind zwei Opfer gestorben.«

»Ach, du Scheiße!«

Geräuschvoll legte Steingass sein Besteck auf den Teller. Die sauren Nierchen schmeckten Blumberg plötzlich auch nicht mehr. Es entstand eine Pause, sie hingen ihren Gedanken nach.

»Du bist wieder auf der Jagd, stimmt's?«, äußerte sich Steingass nach einer Weile. Er blinzelte zu Blumberg hin.

»Im Präsidium habe ich von deinem Einsatz in der Sache mit der Kunstmafia gehört. Und dass die Kollegin in Gummersbach, die Wagenknecht, schwer auf dich steht.«

Das ging Blumberg runter wie Butter.

»Ist doch mal was, Heinz. Kennst du sie?«

»Leider nein, aber was ich gehört habe, ist die nicht nur total fähig, sondern auch ein ganz harter Knochen.«

Steingass lachte laut.

»Die hat es glatt fertiggebracht, dieses Arschloch von Keller, ein extremer Frauenignorant bei uns im Präsidium weich zu kochen. Sie würde ihm die Klötze abreißen, wenn er nicht so spurte, wie sie wollte, so muss sie ihm gedroht haben. Carl, du hast schon tolle Freunde.« Blumberg grinste über das ganze Gesicht, diese Story kannte er noch nicht, fand sie aber passend hin auf die Hauptkommissarin gemünzt.

Wieder wie hingezaubert stand der Köbes an ihrem Tisch. In dem bekannten Sound knallte er zwei Kölsch hin, nahm ihre nicht ganz geleerten Gläser, fragte beiläufig, ob es geschmeckt hätte, räumte die Teller ab und schwebte in seiner blauen Köbeskluft davon. Steingass sah ihm belustigt hinterher, wenn sich auch mancher Gast durch diese Art der Bewirtung gestört fühlte, konnte er sich noch immer darüber amüsieren.

Dann kam er auf das Thema zurück.

»Organraub, Carl, damit haben wir tatsächlich auch zu tun. Im letzten Monat hatten wir sechs Fälle. Vier Frauen und zwei Männer, alles junge Leute. Sie wurden am Großmarkt, in der Nähe der Mülheimer Kirmes, und auf dem Messegelände geschnappt. Und wir rechnen jeden Tag mit neuen Opfern.«

Blumberg wurde es anders. Wenn sich ein Flächenbrand entwickelte, könnte auf das Bergische noch einiges zukommen.

»Habt ihr eine Spur?«

»Absolut nichts, die Schweinerei fand immer dort statt, wo viel Trubel war. Zwar viele Menschen, doch ihre Augen nur auf Action ausgerichtet. Keiner hat was bemerkt, kein Hinweis, nichts. Aber Carl, das ist erst der Anfang. In osteuropäischen Ländern schießen derzeit illegale Transplantations-Zentren wie Pilze aus dem Boden. Und die brauchen laufend Nachschub.«

»Wie muss ich das verstehen?«

»Wie ich schon sagte, wir haben es mit Leuten zu tun, für die das Abscheulichste dieser Welt nicht schlecht genug sein kann.

Ein Beispiel: Zwei Frauen, ganz junge Dinger, zwangsprostituiert, kamen an den Punkt, wo sie einfach nicht mehr konnten. In ihrer Verzweiflung kamen sie zu mir. Sie stammten aus dem Kosovo und hatten die Hoffnung gehabt, hier bei uns ein sicheres Leben führen zu können. Kannst du dir vorstellen, warum sie ihre Heimat, ihre Familie, verlassen haben?«

Blumberg konnte nicht.

»Sie hatten Angst um ihre Nieren, um ihre Leber, um ihre Innereien. Sie wollten sich nicht ausschlachten lassen.«

Ungläubig starrte Blumberg ihn an.

»Im Kosovo«, erklärte Steingass weiter, »ist die Hälfte der Bevölkerung unter achtzehn Jahre alt. Die jungen Männer und Frauen haben kaum Arbeit, leben in dramatischen Verhältnissen, haben keine Hoffnung auf eine erträgliche Zukunft. Aber sie haben Potential, haben was zu verkaufen.

Ihre gesunden Organe!

Viele sehen das als ihre Chance und gehen dieses irrsinnige Risiko ein. Oder sie werden gegen ihren Willen Organspender. Es gibt im Balkan Banden, die sich darauf spezialisiert haben.« Nervös drehte Steingass das leere Kölschglas in den Händen.

»Es ist ein ganz großes Geschäft, das explosionsartig wächst. Und es läuft geradezu simpel ab. Die jungen Leute werden irgendwo gekillt, ausgenommen und dann entsorgt, verbrannt. In illegalen Krematorien oder irgendwo in der Einöde. Ohne Spuren zu hinterlassen. Und in der Klinik nebenan liegt bereits der zahlungsfähige Empfänger auf dem OP Tisch.«

Das Kölsch schmeckte Blumberg nun auch nicht mehr. Sie diskutierten noch, wie man die Ermittlungen vorantreiben könnte, wobei Steingass ihm seine Unterstützung für die bergischen Fälle zusagte. Wenn es sein musste, auch informell.

Dann aber reichte es Blumberg.

Sein Kopf musste erst einmal mit dem ganzen Mist klar kommen.

Er winkte dem Köbes, er wollte zahlen.

7

Panik

Auf der Höhe von Engelskirchen atmete er tief durch. Von der A4 aus konnte er die Bergkette sehen, die sich weit nach Osten hinzog.

Die Landschaft strahlte Ruhe aus.

Geborgenheit, Heimat.

Das Treffen mit Steingass hatte ihn doch mehr aufgewühlt, als er sich zugestehen wollte. Blumberg war froh, das Elsa nicht zu Hause war, die hätte das sofort bemerkt. Ihre Standpauke hätte er nicht auch noch verkraften wollen. Und er fragte sich, ob er seinen Ruhestand nicht doch ernster nehmen sollte. Von den Abscheulichkeiten dieser Welt hatte er eigentlich genug.

Rechts tauchte ein Schild auf, das einen Parkplatz signalisierte. Das passte, das Kölsch drängte. Blumberg steuerte den Parkplatz an, fuhr ein gutes Stück hinein und hielt links am Seitenrand. Weit und breit kein Mensch. Zu der Autobahn hin war der Grünstreifen dicht bepflanzt, hier konnte ihn keiner sehen.

Sichtschutz!

Der Gedanke schlug wie ein Blitz ein. Sichtschutz, keiner würde es mitbekommen, wenn plötzlich Killer auftauchten, ihn schnappten und in einem mobilen OP ausschlachteten.

Still, unauffällig, dezent.

Blumberg bekam eine Gänsehaut und beobachtete, wie ein großer, weißer Kühlwagen den Blinker setzte und langsam auf den Parkplatz rollte. Knapp hinter seinem Land Rover kam er zum Stehen. Blumberg machte zwei Männer aus. Der Fahrer, ein kompakter Mann mit einer Sonnenbrille, stieg bedächtig aus. Auf seinem weißen Overall war ein blaues Logo erkennbar. In der Hand hielt er einen schwarzen Gegenstand, den Blumberg nicht erkennen konnte. Der Mann starrte zu ihm hin, sagte etwas zu seinem Beifahrer und kam auf Blumberg zu.

Panik erfasste Blumberg. Angstschweiß bildete sich auf seiner Stirn. Mit zwei großen Schritten war er an seinem Wagen, schmiss sich hinein, verriegelte die Türen, gab Gas.

Zurück auf die sichere Autobahn.

Wahnsinn, das Ganze.

Doch so könnte es laufen, schoss es ihm durch den Kopf.

Problemlos, simpel.

Kein Mensch im Bergischen war mehr sicher.

Es musste etwas geschehen.

Ruhestand ist morgen.

Aufgedreht aktivierte er die Freisprechanlage und rief die Hauptkommissarin an. Sie vereinbarten, sich abends im Wiehler Brauhaus zu treffen.

In Nümbrecht war die Hölle los. Es war Mittelalterlicher Markt. Überall Himmel und Menschen. Als Blumberg den Land Rover in die Garage fuhr, atmete er erleichtert auf. Jetzt war

Entspannung angesagt. Die Wasserlache auf dem Garagenboden sagte etwas anderes. Etwas musste undicht sein.

»Das fehlt mir jetzt noch«, brummelte er vor sich hin. Er sah sich um und bemerkte, dass das Steigrohr des Heizkörpers am Verschluss tropfte. Nicht viel, aber ständig. Das musste kurzfristig gemacht werden. Zum Glück hatte er einen zuverlässigen Installateur. Er rief die Firma in Nümbrecht direkt vom Handy aus an und hatte Glück. Der Chef des Unternehmens, war selbst am Apparat. Und obwohl sie alle Hände voll zu tun hatten, versprach er, einen seiner Leute vorbeizuschicken. Vielleicht käme er sogar noch selbst. Blumberg war beruhigt. Der Mann war nicht nur ein solider Handwerker, auf den konnte man sich auch noch verlassen. Schon fast eine Ausnahme in der heutigen Zeit. Blumberg stellte einen Eimer unter die undichte Stelle, kontrollierte, dass es nicht daneben tropfte und ging aufatmend ins Haus.

Dort wurde er von Max mürrisch begrüßt. Der Hund linste kurz hoch, grunzte und legte sich demonstrativ auf die andere Seite.

Er war sauer.

Den lieben langen Tag hatte man ihn abgestempelt für Security. Seine angebetete Gerti hatte sich nicht blicken lassen. Und Mittagstisch war auch noch nicht.

Ein Hundeleben das ganze.

Max schaltete auf stur.

Blumberg griemelte sich einen. Aus der Büchse schüttete er saftiges Rindfleisch in den Fressnapf und legte als Friedensangebot noch ein Stück Fleischwurst dazu. Sich selbst gönnte er eine leckere Fassbrause aus der Bielsteiner Brauerei. In Vorfreude auf sein Mittagsschläfchen steuerte er dann die Lieblingsbank im Garten an.

Endlich Ruhe.

Blick übers Bergische.

Traumhaft schön.

Doch die Idylle täuschte. Irgendwo da draußen trieben sich gewissenlose Killer herum. Blumberg versank ins Grübeln, dachte über die Schlechtigkeiten dieser Welt nach. Einige Minuten später kam Max angehechelt, pflanzte sich vor seinen Füßen hin und schielte auf sein Menü. Blumberg streichelte ihn, lobte ihn, dass er so fein aufgepasst hatte. Max wedelte mit dem Schwanz, schnupperte an dem extra Stück Fleischwurst.

Köstlich.

Klarer Fall, sein Chef hatte etwas gut zu machen. Und man musste ja auch verzeihen können.

Kein klarer Fall war es für Blumberg. Er überlegte, wie es weiter ging.

Martine Klasing.

Er musste hören, wie es ihr ging und beschloss, das Krankenhaus anzurufen. Den Namen der Schwester auf der Intensivstation hatte er notiert, wenn er Glück hatte, war sie im Dienst. Doch er war noch nicht ganz von seiner Liege hoch, als der Festanschluss sich meldete. Wagenknecht kündigte sich im Display an.

»Herr Blumberg«, ihre Stimme klang nach Weltuntergang, »wir haben zwei neue Opfer.«

So richtig überrascht war Blumberg nicht.

»Wo sind Sie?«

»In Ödinghausen, auf der Weide vom Bauer Stöhr.«

»Kenn ich, ich bin gleich da«, antwortete Blumberg und ließ sich erst einmal in den Sessel fallen, der in der Diele stand.

»Ödinghausen, hier bei mir vor der Haustür«, murmelte er. »Himmel nochmal, das darf doch nicht wahr sein.«

Max hatte die Anspannung mitbekommen. Mit Gejaule kam er durch die Terrassentür gehechelt, wischte mit seinem Lappen von Zunge genießerisch noch einige Krümel Wurst weg und pflanzte sich zielstrebig vor seinem Meister hin.

Sein Signal: Ich bin dabei!

»Okay, Max, du kommst mit, du brauchst Auslauf«, beruhigte ihn Blumberg. Energisch erhob er sich aus dem Sessel, verkniff sich den Blick auf die Gartenliege und verschloss sorgfältig die Terrassentür.

Zu Fuß wäre er schneller gewesen. Die Straße am Sportpark nach Ödinghausen war wegen des Marktes gesperrt. Er musste durch den Ort. Parkende Autos, wohin er sah. Auf der Dr.-Schild-Straße bog er links ab, fuhr an dem Neubaugebiet Sohnius-Wiese vorbei und staunte, wie schnell da einige Neubauten entstanden waren. Am Ortsschild von Ödinghausen stoppte ihn eine Polizistin. Rechter Hand sah Blumberg den Weg zu der Weide, wo das Verbrechen passiert sein musste.

»Es tut mir leid, hier können Sie nicht weiterfahren«, informierte ihn die Polizistin. »Wir sind im Einsatz.« Sie war noch jung, Blumberg schätzte sie auf grademal Anfang zwanzig. Sie machte einen erfrischenden, aufgeschlossenen Eindruck.

»Ich heiße Carl Blumberg, Hauptkommissarin Wagenknecht erwartet mich«, sagte er freundlich.

Sie blickte ihn groß an.

»Sie sind der bekannte ehemalige Chef der Kölner Mordkommission?«

Spontan reichte sie ihm die Hand.

»Lotta Schmidt, Polizeianwärterin. Derzeit in Waldbröl stationiert. Auf der Polizeischule habe ich von Ihnen gehört.«

»Hoffentlich nur Gutes«, schmunzelte Blumberg. Er zeigte auf den Feldweg. »Ist es noch weit?«

»Etwa zweihundert Meter. Hinter der Baumgruppe kommt die Absperrung.« Schmidt zeigte auf eine Gruppe Birken. Blumberg dankte, umfuhr die Bäume und hielt an dem Absperrband an. Vom Wagen aus blickte er zum Tatort hin. Stellte sich vor, wie das Drama sich abgespielt haben könnte. Er musterte den kleinen Wohnwagen, der neben einem in die Jahre gekommenen VW Bus stand. Camper, überlegte er, die Jakob Stöhr auf seiner Weide hat übernachten lassen. Zwischen zwei Birken war ein Seil gespannt, an dem Sachen zum Lüften hingen. Ein Kleidungsstück sah ihm nach einem Kleid aus, wie es bei den Frauen im Mittelalter Mode gewesen sein musste. Daneben hing so etwas wie ein Sackgewandt. Wahrscheinlich gleiche Epoche, überlegte er. Die Leute mussten Darsteller auf dem Mittelalterlichen Markt sein. Die Erkenntnis traf ihn wie ein Schlag. Wenn dem so war, war eine

Katastrophe angesagt. Er sah schon die Schlagzeilen in der Presse.

»Herr Blumberg, alles okay?«

Wagenknecht blickte ihn durch die herunter gelassene Scheibe besorgt an.

»Alles bestens, ich war in Gedanken.« Er stieg aus und begrüßte die Hauptkommissarin. Sie gingen zu dem Wohnwagen, der von der Kriminaltechnik noch untersucht wurde.

»Dort drinnen liegen die beiden. Junge Leute. Ein Wolfgar Bracko und eine Geraldine Gutbild. Beide etwa dreißig Jahre alt«, informierte Wagenknecht. »Studenten der Musikhochschule Köln. Auf dem Mittelalterlichen Markt sind sie als Musikanten aufgetreten.«

»Beide tot?«

Wagenknecht nickte betrübt.

»Bauer Stöhr hat sie gefunden.« Sie zeigte auf den nahe gelegenen Hof. »Stöhr hat einen Schock, er wird von einer Nümbrechter Psychologin betreut.«

»Was sind das nur für Menschen, die das zu verantworten haben.« Fassungslos starrte Blumberg auf den Wohnwagen.»Das sind doch Ärzte, die einmal den Schwur getan haben, menschliches Leben zu erhalten und nicht zu vernichten.«

»Killer sind das«, presste Wagenknecht heraus. »Killer, die gelernt haben, Menschen fachgerecht auszuschlachten. Bestien.« Sie beobachtete, wie ihre Leute die Wiese und den Feldweg absuchten und zeigte auf das Gelände rundum. »Seit Tagen hat es nicht mehr geregnet, alles ist staubtrocken.«

»Gibt es Spuren?«

»Ein Reifenprofil von einem Laster. Nicht viel, aber wenigstens etwas.«

Blumberg ging bis zur Tür des Wohnwagens. Er hoffte, einen Blick ins Innere werfen zu können als er auch schon von einem Kriminaltechniker gestoppt wurde.

»Wir sind noch bei der Arbeit«, knurrte die Gestalt in einem zu großen weißen Overall. Auch einer von der unfreundlichen Sorte, registrierte Blumberg. Brüskiert drehte er sich um und ging zu der Hauptkommissarin.

»Kann man schon sagen, ob die beiden nach der OP noch transportiert wurden?«, fragte er.

»Dort drüben.« Wagenknecht zeigte auf einen mit zerbrochenen Dachpfannen bedeckten Platz.

»Dort hat der OP-Wagen gestanden. Das alles muss hier passiert sein. Wir haben Blutstropfen gefunden. Garantiert sind die von den Opfern. Wird noch fest gestellt.«

»Dann unterscheidet sich der Fall von den anderen«, stellte Blumberg fest.
Fragend blickte sie ihn an.

»Die Täter haben diesmal keine Opfer gekillt, die zufällig an ihrem Kastenwagen vorbeikamen. Die beiden hier wurden auf dem Markt gezielt ausgesucht. Anschließend hat man sie bis hierhin verfolgt. Der Rest war ein Kinderspiel.«

Zustimmend nickte Wagenknecht. »Sehe ich auch so. Die Bande arbeitet nach einem neuen System. Sie geht auf Nummer sicher. Laut der Pathologin müssen die Toten so gegen drei Uhr in der Nacht unterm Messer gelegen haben. Wer zuerst dran war, konnte Caro Klein noch nicht sagen.« Bei der Vorstellung bekam Wagenknecht eine Gänsehaut.

»Das kann man sich gar nicht so richtig vorstellen. Da kommen zwei junge Musikstudenten von Köln nach Nümbrecht, um sich ein paar Euro zu verdienen, und ihre Familien sehen sie nie wieder.« Wagenknecht blickte frustriert zum Wohnwagen.

»Was ich nicht verstehe, warum machen die Killerärzte die Opfer überhaupt noch zu? Legen ihnen eine Sekretflasche an, wo der Tod doch vorprogrammiert ist.«

»Das schlechte Gewissen«, antwortete Blumberg. »Sie geben den Opfern eine kleine Chance, doch noch zu überleben. Denken Sie an Martine Klasing.«

Ihre Überlegungen wurden von einem nervenden Knattern unterbrochen. Wie ein übergroßes Karnickel kam aus Richtung Waldbröl ein Motorrad über die Weide gehoppelt.

»Matthias Zimbel, der hat uns gerade noch gefehlt«, stöhnte Wagenknecht. »Wie zum Teufel hat der so schnell davon erfahren?«

»Presse?«, sagte Blumberg.

»Bergisches Tagesblatt. Redaktion Waldbröl. Den kann ich nun gar nicht gebrauchen.« Mit zusammen gekniffenen Augen verfolgte sie, wie das Motorrad von einem Polizisten gestoppt wurde.

»Wir müssen an die Öffentlichkeit«, meinte Blumberg. »Wir brauchen Augenzeugen. Irgendwer muss etwas gesehen haben. Zum Beispiel den LKW, der hier nachts rumgekurvt ist.«

»Sie haben recht.« Wagenknecht zeigte auf ihr Handy, das sie in der Hand hielt. »Ich habe bereits Kriminalrat Schneider informiert. Er hat von sich aus schon gesagt, dass die Nachrichtensperre nicht länger zu halten ist. Für heute hat er eine Pressekonferenz angesetzt. Im Kommissariat, siebzehn Uhr. Wenn Sie kommen möchten?«

»Lieber nicht, Pressekonferenzen waren mir schon immer ein Gräuel. Ich habe sie regelrecht gehasst«, erwiderte Blumberg. Er blickte zum Bauernhof hinüber.

»Ich sollte mal mit Jakob Stöhr reden, vielleicht hat der ja was bemerkt. Wir kennen uns von früher.«

»Das wäre meine Bitte an Sie gewesen.« Verschmitzt blickte Wagenknecht ihn an. »Mit dem Hintergedanken habe ich Sie hierher gebeten. Ich hatte so den Eindruck, das Stöhr sich mir gegenüber nicht so gerne öffnen würde.«

»Da könnten Sie recht haben. Für Stöhr waren die Frauen immer so etwas wie Beiwerk. Doch so ganz ohne sie ging es ja nicht. Er brauchte einen Sohn, der den Hof mal übernehmen sollte. Statt dessen bekam er fünf Töchter.« Blumberg schmunzelte.

»Ich weiß es noch wie heute, als seine Frau das fünfte Mädchen bekam. Stöhr war den ganzen Tag sternhagelvoll. Er hangelte sich von einer Kneipe zur nächsten. Dabei schrie er durch den Ort, er bräuchte einen Sohn. Meine Tante Frieda, bei der ich an dem Tag zu Besuch war, war eine Cousine von ihm. Sie hat ihn schließlich aus einer Kneipe herausgeholt und nach

Hause gefahren. Dort hat sie ihm dermaßen die Leviten gelesen, dass er ein Jahr lang nicht mehr mit ihr geredet hat.

Aber das Tollste ist: Störs älteste Tochter Lisa ist durch und durch Landwirtin. Sie hat Landwirtschaft studiert, sich bei ihrem sturen Vater durchgesetzt und den Hof modernisiert. Heute ist er ein Vorzeigeobjekt. War sogar mal im WDR Fernsehen. Soviel zu Stöhr und die Frauen.«

8

KölnMesse

Sie hatte Angst. Angst, dass ihre Zukunft noch beschissener werden könnte, als die Gegenwart schon war. Ihre Tochter Klara würde irgendwann dahinter kommen, womit sie ihr Geld verdient hatte. Die Vorstellung wühlte in Synthia wie ein Virus, der sich nicht aufhalten ließ. Verstohlen blickte sie zu Pathos hin, der sich von den Parklotsen einweisen ließ. Ihr war klar, in dem Moment, wo er sie nicht mehr brauchte, würde er sie abservieren. Bei der Vorstellung schauderte sie.

Transplant Congress Cologne, las Synthia auf dem riesigen Display über dem Eingang der KölnMesse. Sie ging mit Pathos auf den Eingang zu und hoffte, dass der Abend ihr für eine Weile Sicherheit bringen würde. Sie brauchte Zeit und Geld, um sich in Ruhe einen neuen Job suchen zu können. Und sie musste es so geschickt machen, dass Pathos nichts davon mitbekam. Ihre Überlegungen wurden von einem Pärchen unterbrochen, das gerade einem glänzenden, weißen Maserati entstieg. Direkt vor dem Gebäude war für sie ein Parkplatz reserviert. Synthia registrierte das Berliner Kennzeichen, wobei ihr auffiel, dass der Mann ungewöhnlich lange zu ihr herüberblickte. Ein bemerkenswerter Mann. Hoch gewachsen, dunkles welliges Haar, markantes Gesicht. Seine schlanke

Gestalt ließ ahnen, dass er Wert auf eine gute Figur legte. Amüsiert bemerkte Synthia, wie die Frau an seiner Seite ihr einen herablassenden Blick schenkte, sich lässig bei ihm unterhakte und nach vorne zeigte. Sicher seine Muse für die entspannenden Stunden nach dem Kongress, schätzte Synthia.

»Das war Lens Scheinheil«, flüsterte ihr Pathos zu. »Einer vom Vorstand der Gesellschaft. Bei dem weiß ich nie, ob er wirklich so gottgläubig ist, wie er tut, oder ob alles nur Schein ist, um die Leute zu verarschen.«

»Er sieht auf jeden Fall blendend aus«, bemerkte Synthia spitz und blickte Pathos provozierend an. Er kam nicht mehr dazu zu kontern, ein älterer weißhaariger Mann mit einer Mumie von Frau an seiner Seite, kam gezielt auf sie zu.

»So eine Überraschung«, meinte der kleine Dicke. »Dass ich Pathos Zacharias, den besten Assistenten, den ich je hatte, hier treffe.«

Synthia bemerkte, wie Pathos zusammenzuckte. Wiedersehensfreude sah anders aus. Aber er war ein glänzender Schauspieler. Herzlich umarmte er den Herrn und widmete sich dann formvollendet der Mumie zu. Das Paar stellte er als Prof. Spilder mit Gattin vor. Spilder nahm Pathos umgehend in Beschlag. Ohne Punkt und Komma gab er Anekdoten aus der Zeit, wo er und Pathos zusammen gearbeitet hatten, zum Besten. Seine Frau stellte sich als Sonnenanbeterin heraus, die in ihrer Finka auf Mallorca den ganzen Tag, so wie Gott sie geschaffen hatte, den Garten und den Pool genoss. Kein Wunder, dass die aussieht wie eine Mumie, dachte Synthia. Die Frau lässt sich freiwillig austrocknen. Dabei will sie eine erfolgreiche Biologin sein, wie sie immer wieder betonte. Im Stillen machte Synthia ein großes Fragezeichen dahinter.

Glücklicherweise war für das Ehepaar in einer der vordersten Reihen Sitzplätze reserviert. Sie verabschiedeten sich und versprachen, in der Pause mit ihnen ein Gläschen trinken zu wollen.

»Die können wir nun gerade gar nicht gebrauchen«, stöhnte Pathos und drängte Synthia in eine der hinteren Reihen.

»Mal sehen, ob ich die Leute entdecke, die für uns wirklich wichtig sind.« Er ließ sich ächzend auf den gepolsterten Stuhl fallen und blickte sich verstohlen die Teilnehmer an.

Gelangweilt überstand Synthia die Begrüßungsreden und die Fachvorträge. Ihr war es egal, wie die Kostenentwicklung weiter explodieren würde. Ihr war es egal, welche extrem feinmotorige Technik zukünftig in der Transplantations-Medizin eingesetzt würde. Sie dachte an ihre Tochter und wie sie schnellsten aus dem ganzen Schlamassel heil herauskam. Wie so oft formierte sich vor ihren Augen eine schmutzige, beschmierte Zelle, in der sie ihr restliches Leben verbringen würde. Als endlich eine Pause angesagt wurde, atmete sie erleichtert auf. Sie musste raus, sie brauchte etwas zur Beruhigung. Pathos legte ihr die Hand aufs Knie.

»Ich kümmere mich um die Kontakte. Wenn es so weit ist«, er sah sie verkniffen an, »bist du dran. Denke an deine Zukunft.« Da war sie wieder, die versteckte Drohung. Synthia spürte wie ihr Magen sich verkrampfte. Sollte es nötig sein, würde Pathos sie glatt zwingen, mit irgendeinem Typen ins Bett zu gehen.

Und sie musste mitspielen.

Noch.

»Okay, ich gehe mich frisch machen. Den Spilders werde ich ausweichen«, antwortete sie. »Du triffst mich an der Bar.« Sie drehte sich um und steuerte das Hinweisschild zu den Toiletten an.

Pathos blickte ihr stirnrunzelnd nach. Er war sich nicht mehr sicher, ob es eine gute Idee gewesen war, sie mitzunehmen. Sie stand nicht mehr hinter der Sache, das spürte er. Viel schlimmer noch, sein Einfluss auf sie wurde zunehmend geringer. Ausgerechnet jetzt, wo er Neues plante, wurde sie zickig. In diesem Moment beschloss er, sich von ihr zu trennen. Später, noch brauchte er sie.

9

Perspektiven

Sanft drückte Doro Albrechti den Kopf von Martine an ihre Brust. Er schien ihr kleiner geworden zu sein und die sonst so dichten Haare fühlten sich dünner an.

Intensiv nahm Martine Klasing die Wärme von Doro in sich auf. Sie zwang sich, die schrecklichen Bilder, die sich in ihren Kopf festgesetzt hatten, zu unterdrücken.

Sie lebte, sie spürte Doro, alles würde gut.

Ein zaghaftes Klopfen unterbrach ihre Gedanken. Sie sah zur Tür ihres Krankenzimmers und versuchte die Besucherin einzuordnen.

»Darf ich hereinkommen?«, fragte Wagenknecht leise und sah auf die beiden Frauen.

Doro Albrechti drückte leicht die Hand von Martine und blickte der Besucherin neugierig entgegen.

»Wer sind Sie?«, sagte sie und betrachtete die Frau, die auf den ersten Blick einen guten Eindruck machte.

»Kareen Wagenknecht, Hauptkommissarin aus Gummersbach«, stellte sich Wagenknecht vor.

»Martine, ist das okay?«

Doro Albrechti beobachtete besorgt die Reaktion ihrer Lebensgefährtin.

»Ist schon gut.«

Martine Klasing machte eine schwache Bewegung mit dem Arm und zeigte auf einen Stuhl.

»Setzen Sie sich bitte.«

Wagenknecht reichte ihr eine Illustrierte und blickte sie entschuldigend an.

»Da ich nicht weiß, was Sie gerne lesen, dachte ich, GEO könnte vielleicht interessant sein.«

»Danke«, sagte Martine Klasing. »Das war wirklich nicht nötig, aber Sie haben genau meinen Geschmack getroffen.« Prüfend musterte sie das Gesicht der Hauptkommissarin. Blickte in die klaren Augen, versenkte sich in den offenen Blick, betrachtete den energischen Zug um die Kinnpartie. An den dunklen Rändern unter den Augen blieb ihr Blick hängen. Es war offensichtlich, die Hauptkommissarin hatte keine gute Zeit.

Doro Albrechti stellte sich nun ihrerseits vor. Ihr fester Handgriff ließ Wagenknecht ahnen, dass diese Frau eine Menge Energie besaß.

»Nennen Sie mich Doro«, sagte Albrechti. »Ihren Kollegen Blumberg habe ich ja auch schon kennengelernt. Ein äußerst sympathischer Mensch. Bei ihm hatte ich seit langer Zeit mal wieder das Gefühl, einem Mann vertrauen zu können.«

»Stimmt, auf Blumberg können Sie zählen«, antwortete Wagenknecht. Sie berührte die Hände der beiden Frauen und blickte sie herzlich an.

»Nennt mich Kareen. Und ich bin richtig froh, dass es dir Martine, schon wieder besser geht. Eigentlich wollte ich dafür sorgen, dass sich eine Psychologin um dich kümmert, ich kenne da eine richtig nette aus Wiehl. Aber«, sie blickte zu Albrechti hin, »ich glaube, Doro gibt dir alles, was du brauchst.«

Dankbar blickte Doro Albrechti sie an.

»Ich habe eine Galerie in Köln«, erklärte sie. »Meinem Geschäftspartner habe ich bereits signalisiert, dass ich eine Auszeit nehmen werde. Von daher ist das okay. Und Martine, ich wollte es dir sowieso gleich sagen«, freudestrahlend blickte sie ihre Lebensgefährtin an. »Ich habe alles organisiert, damit wir unsere neue Wohnung in Wiehl früher beziehen können. Den Malern habe ich einen Bonus versprochen, wenn sie schon kommende Woche fertig werden. Das dürfte so der Zeitpunkt sein, wo du entlassen wirst. Zumindest meinte der Oberarzt, dass das klappen könnte.«

Überrascht blickte Wagenknecht auf die beiden Frauen.

»Ist das wahr, ihr zieht nach Wiehl? Darf ich fragen, wo eure Wohnung ist?«

»Klar.«

Martine Klasing wurde ganz aufgeregt.

»In den neuen Terrassen-Häusern oberhalb vom Weiherplatz. Von dort haben wir einen traumhaften Blick über Wiehl.« Sie blickte zu Doro Albrechti hin.

»Doro, wenn das klappen würde, wäre das wundervoll.«

Wagenknecht bemerkte die Tränen, die Martine Klasing übers Gesicht liefen. Sie registrierte, wie liebevoll Doro Albrechti sie an sich drückte. Wäre sie mit Hendrik nicht so glücklich liiert, sie hätte neidisch werden können.

»Und bei mir seid ihr schon mal direkt zum Kaffee eingeladen«, sagte sie spontan. »Ich wohne nur wenige Meter weiter in der Eichhardtstraße.«

Dann kramte sie in ihrer Umhängetasche, zog ein kleines Notizbuch heraus, und blickte die beiden Frauen mit ernster Miene an.

»Aber seid mir jetzt nicht böse, wenn ich noch einige Fragen stellen muss.

Martine, ist das okay?«

Martine Klasing ließ sich in das Kissen sinken, blickte nachdenklich an die Decke und fing von sich aus an, den Überfall zu schildern. Erst stockend, leise. Dann intensiver. Sie erlebte das Ganze nochmal. Die beiden Frauen hörten zu, manchmal hakte Wagenknecht vorsichtig nach.

Es war wenig, was dabei herauskam. Doch es musste genau so gelaufen sein wie bei dem Fall Ingo Kleinjahn auf dem Pendlerparkplatz. Und Blumberg hatte es klar erkannt, die beiden Verbrechen in Ödinghausen waren anders gestrickt. Die Opfer dort waren nicht zufällig in die Falle gelaufen, sie wurden gezielt ausgesucht. Das beunruhigte Wagenknecht besonders. Geplante Verbrechen gaben den Tätern mehr Sicherheit. Sie hatten ihre Strategie gewechselt.

Besorgt bemerkte sie das Martine Klasing plötzlich erschöpft wirkte. Sie machte Doro Albrecht ein Zeichen, steckte Notizbuch und Stift in die Tasche und erhob sich.

Sie nickte den Frauen zu.

»Danke Martine, deine Angaben werden uns weiterbringen. Und du wirst jetzt ganz schnell gesund, denk an die neue Wohnung«, setzte sie aufmunternd hinzu. »Und Doro, wenn ich irgendwie helfen kann, in Wiehl beim Umzug oder so, sage mir bitte Bescheid.

Wenn ich kann, bin ich da, und einen starken Mann bringe ich auch gleich mit.«

Sie drückte beide herzlich, drehte sich um und steuerte die Tür an.

»*Atmosphäres*«, es war ein Flüstern, das sie erreichte. Abrupt blieb sie stehen und blickte zurück.

»Es war *Atmosphäres*. Ich habe es gerochen, als ich mich zu der Gestalt hinunterbückte, um ihr zu helfen«, äußerte sich Martine kaum vernehmbar.

Wagenknecht runzelte die Stirn. Sie konnte sich keinen Reim darauf machen.

»*Atmosphäres*, Kareen, ist ein exotisches, sehr teures Parfüm«, erklärte Doro Albrechti.

»Kareen, einer der Killer war eine Frau.«

Synthia brauchte eine Weile, um ihre schrägen Gedanken unter Kontrolle zu bringen. Ihr war schlecht, sie hatte am Abend zu viel getrunken. Trotzdem war sie erleichtert. Sie war alleine ins Bett gegangen, das zählte. Sie versuchte die Vorgänge zu rekonstruieren und blieb an dem Augenblick hängen, wo Dr. Scheinheil sie an der Hotelbar angesprochen hatte. Oder sollte sie ihn besser als Lens in Erinnerung behalten? Sie erinnerte sich, dass sie Brüderschaft getrunken hatten und dass sie Mühe hatte, ihn auf Abstand zu halten. Nicht nur, weil er sie bedrängte, auch sie war nahe dran gewesen, mit ihm ins Bett zu steigen. Doch ihre Erfahrung hatte sie zurückgehalten. Sie wusste, wie man einen Mann scharf machte. Es musste eine Fortsetzung geben.

Mit den Fingerspitzen tastete sie auf dem

Nachttisch herum und bekam die Geschäftskarte zu fassen. Dr. Lens Scheinheil, Privatklinik für Transplantations-Medizin. Berlin, Wannsee, war in hauchdünner Prägung auf der Karte aufgebracht.

Aber das war nicht alles. Verschiedentlich hatte Scheinheil anklingen lassen, dass er ein großes Projekt vorhatte. Ein Unternehmen, ausgerichtet mit großem Potenzial in die Zukunft. Als sie mehr wissen wollte, hatte er das Thema jedoch schnell fallen lassen.

Sie hatte ihm vorgemacht, beruflich hätte sie eine Auszeit genommen, wollte ganz für ihre Tochter da sein, die kurz vor dem Abitur stand. Daraufhin hatte er ihr das Angebot gemacht, dass sie nach Klaras Abitur nach Berlin, in seine Klinik kommen sollte. Sie würden eng zusammenarbeiten. Wie eng, konnte Synthia sich gut vorstellen. Bei dem Gedanken verzog sie schadenfroh das Gesicht. Ihr stand wieder die Szene vor Augen, als Scheinheil seiner schönen Begleiterin befahl, sich unters Volk zu mischen, um Werbung für seine Klinik zu machen.

Das war deutlich gewesen. Bei ihrem Abgang hatte Josefa Raffael sie wutentbrannt angesehen. Freundinnen würden sie nicht werden.

Synthia ließ die Geschäftskarte zwischen die Finger gleiten, überlegte die Möglichkeiten, die sich durch eine Beziehung zu Scheinheil ergeben könnten. Vielleicht war das die Chance, die Vergangenheit hinter sich lassen zu können. An Scheinheil würde sich selbst Pathos nicht heranwagen.

Das Brummen ihres Handys erinnerte sie daran, dass es Zeit war aufzustehen. Pathos wartete. Sie durfte nicht darüber nachdenken, was an diesem Tag wieder geschehen würde. Bei der Vorstellung wurde ihr noch schlechter. Scheinheil war bereits auf dem Weg nach Berlin. Fest terminierte Operationen warteten auf ihn. Und wenn sie es richtig verstanden hatte, kamen seine Patienten aus dem Emirat, aus Russland, Indien, aus ganz Europa. Sie brauchte nicht lange zu überlegen, um eine Vorstellung zu bekommen, was da so am Tag in seine Kasse floss.

In dem Moment entschied sie, alles einzusetzen, um in Berlin ein neues Leben beginnen zu können. Sie ignorierte die Kopfschmerzen, ging in ihr Arbeitszimmer, aktivierte das Notebook und schrieb Scheinheil einen Brief.

Verlockend, offen für alles.

Sie würde ihn garkochen.

Einmal noch würde sie es versuchen.

Sie war es ihrer Tochter Klara schuldig.

11

Bergisch Pur

Es war noch recht früh am Morgen. Blumberg saß auf der Terrasse, hatte eine große Tasse Kaffee vor sich stehen und blickte auf die im Morgendunst liegende Landschaft. Er fixierte den Höchsten, die Erhebung zwischen Bierenbachtal und Gaderoth. Das Waldgebiet schlummerte im Frühnebel, schemenhaft zeichnete sich das langgestreckte Gebäude der Grundschule ab. In zwei Stunden würden dort Kinder auf dem Schulweg sein. Blumberg machte sich Sorgen, unruhig bewegte er sich auf dem Gartenstuhl.

Max, der am Gartenzaun lokalisierte, ob seine Gerti ihn schon erwartete, bekam das mit und sprintete auf Blumberg zu. Er wuselte um die Beine seines Chefs, linste prüfend zu ihm hoch.

»Max, alles ist gut«, beruhigte ihn Blumberg.

»Gleich bekommst du dein Leberwurstbrot.«

Leberwurstbrot, das Zauberwort für Max. Er spurtete in die Küche, strich demonstrativ langsam am Kühlschrank entlang und berieselte anschließend im Garten gönnerhaft einige Pflänzchen. Zufrieden mit seiner Performation, setzte er sich anschließend hoch aufgerichtet vor Blumberg hin.

So nach dem Motto: Zwei Männer, ein Leberwurstbrot.

Nachdenklich strich Blumberg ihm über den Kopf.

Er versuchte einen Ansatzpunkt zu finden, wo sie die Ermittlungen ansetzen konnten. Es musste unbedingt etwas geschehen. Serienmörder brandmarkten das Bergische, das nächste Opfer lag vielleicht schon auf dem OP-Tisch.

Ihm wurde ganz anders.

Als er sich erhob, um Max sein Leberwurstbrot zu schmieren, brummte das Handy.

»Wagenknecht hier, ich hoffe, ich störe Sie nicht zu früh«, meldete sich die Hauptkommissarin. In Blumberg keimte Hoffnung auf, oder war es doch eher Sorge? Gab es neue Opfer? Sein Gefühl sagte nein. Die Hauptkommissarin würde ihn so früh am Morgen mit so was nicht belasten wollen.

Am Klang ihrer Stimme hörte er, dass sie positiv eingestellt war.

»Sie haben gute Nachrichten?«

»Wir haben Bilder«, kam sie direkt zur Sache. »Ein Hobbyfotograf hat während des Mittelalterlichen Marktes fotografiert.« So richtig konnte Blumberg sich noch nichts Konkretes vorstellen, doch es tat sich was, das alleine war schon gut.

»Stellen Sie sich vor«, erklärte die Hauptkommissarin, »der Fotograf hat tatsächlich alle Fahrzeuge der Akteure fotografiert. Auf dem Waldparkplatz am Turmstübchen war der Sammelplatz der Fahrzeuge.«

Blumberg merkte, dass es noch früh am Morgen war, sein Verstand arbeitete auf Sparflamme.

»Und das bedeutet?«

»Das bedeutet, dass wir einen Kastenwagen auf

einem Foto haben, der dort nicht hingehörte. Einen 7,5t mit dem Aufdruck einer Firma, die bei Großveranstaltungen Beschallungsanlagen installiert.

Nur«, Wagenknecht machte es spannend, »beim Mittelalterlichen Markt gab es eine solche Anlage nicht. Und die Firma«, setzte sie nach, »gibt es auch nicht.«

Aus Erfahrung wusste Blumberg, dass solche Dinge meistens ins Leere liefen. Sie waren manipuliert, nicht recherchierbar. Und doch, sein Bauchgefühl signalisierte ihm, dass an der Sache etwas dran sein könnte. Sie hatten einen Ansatz, der sie weiterbringen würde.

Spontan wusste er, was zu tun war. Er besprach sich mit der Hauptkommissarin, erhielt ihre Zustimmung und machte anschließend Max ein besonders dickes Wurstbrot.

Der Chef der Firma Werbedruck Oberberg, Leo Schuster, begrüßte ihn mit freundlichem Handschlag. Es kam Blumberg vor, als wäre der Mann seit ihrem letzten Zusammentreffen merklich geschrumpft. Mussten glatte fünf Jahre her sein, überlegte er. Damals hatte Schuster ihn in einem Mordfall beraten, in denen der Mörder die Opfer in bunt bedruckte Folie wickelte und sie an öffentlichen Plätzen ausstellte. Und genau über diese Folien hatten sie ihn gefasst.

»Na, Herr Blumberg«, grinste Schuster, »immer noch auf Mörderjagd?«

»Nicht direkt, nur inoffiziell«, antwortete Blumberg. »Seit zwei Jahren bin ich im Ruhestand. Quasi frühpensioniert. Aber ich helfe schon mal gerne aus.«

»Ja, der Ruhestand, davon träume ich fast jeden Tag«, äußerte sich der Firmenchef. »Aber ein Jährchen muss ich noch durchhalten. Lukas hat dann seinen Betriebswirt in der Tasche. Danach wird er den Laden übernehmen.«

»Für einen Laden haben Sie hier aber ganz schön was stehen.« Blumberg blickte auf die Hallen, in denen die Produktion lief. »Ihr Sohn wird eine große Verantwortung übernehmen müssen.«

»Und ob, wir haben derzeit vierzig Leute beschäftigt, die wollen am Ersten ihren Lohn haben.«

Die Miene von Schuster verdüsterte sich.

»Dabei wächst der Konkurrenzdruck enorm. Selbst unsere treuesten Kunden lassen sich mittlerweile für ihre Werbefolien und Displays, Angebote aus Ungarn, Tschechien oder Polen machen. Und die können mit ihren Niedriglöhnen natürlich wesentlich günstiger produzieren als wir. Entweder wir gehen dann auf die Preise ein, oder die Aufträge sind futsch.«

Schuster zeigte auf eine Halle, die für Blumberg aussah, als wäre sie kürzlich erst entstanden.

»Kommen Sie, ich zeige Ihnen unsere neueste Errungenschaft.«

Beim Betreten des Gebäudes schnupperte Blumberg den Geruch von Lösungsmittel. Dabei kam ihm in den Sinn, dass er zu Hause Fenster streichen wollte. Um sich eine Standpauke von Elsa wegen ungesunder Luft und so zu ersparen, hatte er eine lösungsmittelfreie Farbe gekauft. Umweltfreundlich, dafür aber auch recht teuer.

»Sehen Sie dort«, sagte Schuster stolz und zeigte auf

eine Maschinenanlage, die Blumberg wie ein riesiger Bürodrucker vorkam.

»Das ist die derzeit beste digitale Foliendruckmaschine, die es auf dem Markt gibt. Die Folienbreite beträgt glatte drei Meter, die Maschine druckt vier Standard- und drei Sonderfarben in einem Durchgang. Irrsinnig schnell und natürlich alles computergesteuert.«

»Für die mussten Sie aber tief in die Tasche greifen«, stellte Blumberg lakonisch fest.

»Einskommafünf Millionen und das nur, weil ich mich bereit erklärt habe, Interessenten die Maschine vorzuführen. Sonst hätte ich noch einiges drauflegen müssen«, erklärte Schuster.

Blumberg wurde es jedes Mal anders, wenn er solche Summen hörte. Hoffentlich stolperte der Junior der Firma nicht über eine solch riesige Investition. Er blickte auf die Uhr, er musste zur Sache kommen. Aus seiner Mappe nahm er das Foto mit dem Kastenwagen und reichte es Schuster. Er zeigte auf die Werbefläche.

»Könnten Sie eine solche Folie hier bei Ihnen drucken?«, fragte er.

Schuster betrachtete die Abbildung, murmelte etwas von einer aus der Norm fallenden Rollenbreite, nannte einige technische Besonderheiten. Sprach von UV resistenten Lacken, Trockenprozess, von einem speziellen Druckvorgang.

Blumberg verstand nur Bahnhof.

»Ja, wir sind eine der wenigen Firmen, die das können«, äußerte sich Schuster schließlich.

»Das besondere ist die Folie.«

Er bemerkte den fragenden Ausdruck im Gesicht von Blumberg.

»Es ist so: Die Folie muss vollflächig magnetisch sein, damit sie auf der Metallwand des LKWs hält. Selbst bei starkem Sturm darf sie nicht fliegen gehen. Vom Herstellungsprozess her gab es bis dato nur die Möglichkeit nach dem Druck die Folie auf eine magnetische Trägerbahn zu kaschieren. So, als wenn man ein Bild auf eine Hintergrundplatte aufzieht. Diese Trägerbahnen gibt es aber nur bis zu einer Rollenbreite von zwei Meter. Alles, was darüber hinausgeht muss gestoßen werden. So wie beim Tapezieren. Dadurch entstehen dann gerne sichtbare Nähte im Werbemotiv. Also nicht unbedingt optimal.« Er tippte auf das Foto.

»Diese Folie hier auf dem Kastenwagen liegt breiter als zwei Meter und man erkennt keine Nähte. Sie kann also nur mit dem derzeit neu auf dem Markt gekommenen DigiMag-Verfahren hergestellt worden sein. Ein Verfahren, das eine Rollenbreite bis zu drei Meter verarbeiten kann.«

Ganz in seinem Element zeigte Schuster auf die futuristisch aussehende Anlage vor ihnen.

»Das hier ist eine solche Druckmaschine. In einem Prozess wird die Folie quasi in einem Guss hergestellt. Die primäre magnetische Schicht liegt im Makrobereich. Durch ein technisch kompliziertes Verfahren wird sie während des Druckvorgangs gleichzeitig auf die Folienrückseite aufgedampft. Insgesamt eine aufwändige und natürlich teure Herstellungsprozedur.«

»Wann benutzt man eine solch magnetische Folie«, bohrte Blumberg weiter.

»Ganz klar nur dann, wenn das Werbemotiv laufend gewechselt wird. Und wenn man genug Geld für diesen Spaß hat.«

Oder wenn das Motiv zum jeweiligen Tatort passen muss, fuhr es Blumberg durch den Kopf. Er spürte, er war auf dem richtigen Weg.

»Sehen Sie vielleicht etwas Besonderes, das Rückschlüsse auf den Hersteller der Folie geben könnte?«

»Also, wir sind es nicht«, lachte Schuster.

»Eine Beschallungsfirma haben wir nicht in der Kundschaft. Aber das sehen wir uns jetzt etwas genauer an.« Er ging zu dem Kontrolltisch der Druckanlage, zog eine große flexible Standlupe über das Foto, blickte konzentriert hindurch und nickte zufrieden.

»Kleingans, das Logo ist einwandfrei zu erkennen.«

»Kleingans ist wer?«

»Ein Kollege von uns. Seine Firma ist im Kölner Norden. *Am Bilderstöckchen*, so heißt die Ecke dort.«

»Kenne ich«, meinte Blumberg. »Dort hatte ich mal einen besonders hässlichen Fall.«

»Die Firma kann Ihnen bestimmt weiterhelfen«, meinte Schuster. Er lud Blumberg noch zu einem Kaffee ein, der jedoch dankend ablehnte. »Ich bin derzeit Strohwitwer, ich muss noch kochen.«

»Na, dann mal gutes Gelingen.« Grinsend begleitete Schuster ihn zum Ausgang.

Auf der Rückfahrt machte Blumberg hinter Bomig

einen Schlenker über Bielstein. Beim Metzger Müller wollte er ein ordentliches Stück Blutwurst kaufen.

Aber nicht einfach eine Blutwurst.

Beim Müller gab es die beste Flönz aus Bielstein. Und an dem prämierten Wacholderschinken würde er auch nicht vorbeikommen.

Überhaupt.

Er dankte jedes Mal den Göttern, wenn er die Möglichkeit hatte, in noch richtig guten Handwerksbetrieben einkaufen zu können. Betriebe, die von Generation zu Generation weiter vererbt wurden. Betriebe, in denen historische Rezepte wie Anno dazumal verwendet wurden.

Streng geheim, versteht sich.

Wo nicht klammheimlich so nach und nach gepanscht wurde, wie es so viele machten, um noch mehr Gewinn einstreichen zu können. Am Ende waren sie dann doch die Gelackmeierten. Die Kunden merkten das nämlich ganz schnell.

Blumberg sah das Brötchen mit Flönz bereits vor sich. Dazu Senf aus der Historischen Kölner Senfmühle. Ihm lief das Wasser im Munde zusammen. In der Metzgerei kaufte er ein großes Stück Flönz auf Vorrat, wobei das Stück Pansen, das die Chefin des Hauses für Max dazulegte, nicht für den Vorrat geplant war. Max brauchte das jetzt. Der Stress, den die Gerti veranstaltete, verlangte nach Stärkung. Blumberg nahm noch eine ordentliche Beinscheibe vom Rind mit, die für eine Bergische Graupensuppe gedacht war. Eines seiner Lieblingsgerichte. Diese wollte er kochen, solange Elsa in Kaltensteinberg war. Sie war nicht unbedingt der Freund von Graupensuppe. In dem Bewusstsein, mal wieder ordentliche Qualität gekauft zu haben, ging Blumberg gut gelaunt zu seinem Wagen. Auf der Fahrt von Bielstein nach Nümbrecht ging ihm dann das Gespräch mit Leo Schuster durch den Kopf. Das wäre ja der Hammer, wenn sie über die Kölner Werbefirma an die Täter herankämen. Von zu Hause aus wollte er sofort die Hauptkommissarin informieren.

In Homburg Bröl wurde er abgelenkt durch das Gelände der ehemaligen Homburger Papierfabrik. Im Vorbeifahren betrachtete er die heruntergekommenen Gebäude. Zersprungene blinde Fensterscheiben, insgesamt alles stark sanierungsbedürftig. Noch gut konnte er sich an die Zeit erinnern, als dieses Unternehmen bestens florierte. Wenn er aus Köln kam, um seine Tante Frieda zu besuchen, kam er jedes Mal an der Firma vorbei. Damals gab die Papierfabrik vielen bergischen Familien Brot und Sicherheit. Väter hatten dort ihr Leben lang ihren Arbeitsplatz und konnten zu Hause nebenher noch Landwirtschaft oder Kleinviehzucht betreiben. Sozusagen als Zubrot.

Da gab es eine Story, die in diesem Zusammenhang oft erzählt wurde. Es hieß, der Unternehmer der Papierfabrik hätte laufend den Bestand an Schüppen in der Firma ergänzen müssen. Und er könnte erst damit aufhören, so soll er sich geäußert haben, wenn jeder seiner Arbeiter eine Schüppe zu Hause hätte. Soweit die soziale Einstellung eines bergischen Arbeitgebers in der guten alten Zeit.

12

Bilderstöckchen

Atmosphäres, der Name des Parfüms ging Wagenknecht nicht aus dem Kopf. Sie fuhr langsamer und rief ihre Dienststelle an. Alina war dran. Genau richtig.

»Alina«, sagte sie, »versuch doch herauszukriegen, wo man das Parfüm *Atmosphäres* kaufen kann. Wie teuer es ist, und ob es Stammkundschaft gibt. Ich bin mit Blumberg auf dem Weg nach Köln, oder genauer gesagt, zum Bilderstöckchen. Sobald du etwas weißt, ruf mich zurück.«

»Okay. Aber Kareen noch was«, Alina hörte sich besorgt an. »Kriminalrat Schneider hat sich gemeldet. Du möchtest ihn doch umgehend zurückrufen.«

Der soll uns sicher Feuer machen, dachte Wagenknecht. Aber nicht jetzt.

»Alina, ich brauche etwas Zeit. Sollte er nochmals anrufen, sag ihm, dass ich mich melden würde, sobald ich zurück bin.«

»Okay, mache ich.«

»Wollen Sie sich ein gutes Parfüm gönnen?«

Blumberg blickte schmunzelnd auf das markante Profil der Hauptkommissarin.

»Wäre vielleicht gar nicht mal so schlecht«, antwortete Wagenknecht. »Die Konkurrenz ist bekanntlich groß.«

»Doch nicht bei Ihnen. Für Hendrik sind Sie

schlichtweg die Traumfrau, das merkt man doch, wenn ihr beide zusammen seid.«

»War ja auch nur ein Scherz. Aber dieses Parfüm könnte uns möglicherweise auf die Spur der Täter, oder genauer gesagt, auf die Spur der Täterin bringen.«

Sie merkte, dass Blumberg sie ansah und erklärte ihm, was Martine Klasing ihr im Krankenzimmer zugeflüstert hatte.

Blumberg war schockiert.

»Eine Frau, die eine solche Sauerei mitmacht, das kann man sich ja gar nicht vorstellen«, meinte er entrüstet. »Und wahrscheinlich auch noch eine Ärztin. Unvorstellbar.«

»Und doch muss es so sein. So wie Martine Klasing mir das geschildert hat, war eine Frau der Lockvogel.«

Eine Weile blieb es ruhig, beide hingen ihren Gedanken nach. Blumberg dachte an Verbrechen, die er aufgeklärt hatte. An Verbrechen, wo eine Frau die Täterin gewesen war. Doch da gab es einen gravierenden Unterschied zu diesem Fall. Seine Täterinnen hatten ausnahmslos im Effekt gehandelt. Bei einem Streit mit ihrem Partner. Hatten Personen getötet, von denen sie sich verfolgt glaubten. Aus Rache, oder aus Notwehr. Irgendwie alles noch nachvollziehbar. Doch dass eine Ärztin sich dafür hergab Menschen in ihr Spinnennetz zu locken, um sie anschließend auszunehmen, das war extrem. Und es musste Mittäter geben. Die Frau konnte unmöglich alleine arbeiten.

»Monster«, brummelte er vor sich hin.

»Das sind Monster, mit denen wir es hier zu tun

haben.« Er fixierte die Hauptkommissarin.

»Ich gehe sicher richtig in der Annahme, dass sich das Kennzeichen des LKWs als falsch herausgestellt hat?«

»Gestohlen.« Wagenknecht hörte sich sauer an. »Das Kennzeichen stammt von einem Fahrzeug aus Bayern. Die Schilder wurden dort vor Monaten auf einem Firmengelände abmontiert. Und auch sonst gibt es keine Anhaltspunkte.«

Resigniert hob sie die Schulter.

»Wir können nur hoffen, dass wir über die Werbefirma weiterkommen. Sonst können wir die Sache vergessen. Meine verehrten Chefs in Köln werden sich bestätigt fühlen, dass wir den Hintern nicht hochkriegen und uns ihre Spezialisten vor die Nase setzen.«

Frustriert stöhnte sie auf.

»Manchmal denke ich, ich wäre doch besser bei Jura geblieben und hätte mir das hier alles erspart.«

Beruhigend legte Blumberg seine Hand auf ihren Arm.

»Sie lieben ihren Beruf und haben Erfolg. Sie als Juristin den ganzen Tag am Schreibtisch kann ich mir nun gar nicht vorstellen.«

Wagenknecht lachte auf.

»Stimmt, ich eigentlich auch nicht.«

Auf der A57 erreichten sie die Ausfahrt Bickendorf. Kurz darauf fuhren sie in das Wohn- und Gewerbegebiet *Am Bilderstöckchen*. Schon lange war Blumberg nicht mehr in dieser Ecke des Kölner Nordens gewesen. Er war baff erstaunt über die vielen

Märkte und Gewerbebetriebe, die sich angesiedelt hatten. Noch gut konnte er sich daran erinnern, wie er als Kind mit seinem Opa durch diese Ecke mit dem Fahrrad gegurkt war. Sie besuchten dann oft den Butzweilerhof. Ein ehemaliger Militärflugplatz, der nach Ende des Krieges Stützpunkt der Besatzungsmächte war. Dort gab es immer viel zu bestaunen. Jagdbomber und so.

»Dort vorne ist der Industrieweg«, machte er aufmerksam. Im letzten Moment hatte er das durch eine Ampel verdeckte Straßenschild gesehen. Wagenknecht bog hinter einem Supermarkt rechts ab und blickte suchend nach einer Hausnummer.

»Da ist vierundzwanzig«, sagte sie und zeigte auf eine Autowerkstatt. »Kleingans hat dreiundfünfzig. Also noch ein Stück weiter auf der anderen Straßenseite.«

Kritisch musterte Blumberg das Gebäude, vor dem sie hielten. Eher eine größere Garage stellte er fest. Neben dem lädierten Briefkasten stand auf einem verwitterten Schild *Kleingans, Siebdruckerei*.

Nicht gerade werbewirksam.

Eher so, als wenn man keine Aufmerksamkeit erregen wollte, als wenn man keine Kunden wollte. Seltsam. Er dachte an die pompöse Werbefirma in Bomig und war gespannt, was sich ihnen hier bieten würde.

Ein Baum von einem Mann öffnete die Tür und fixierte sie argwöhnisch. Seine massige Gestalt passte gerade so in die Türöffnung. Wagenknecht ging automatisch einen Schritt zurück. Auf Abstand streckte sie ihm den Dienstausweis entgegen.

»Hauptkommissarin Kareen Wagenknecht, Kripo Gummersbach«, sagte sie. Blumberg stellte sie als Kollegen vor.

»Gummersbach«, der Mann runzelte die Stirn. »Ist das nicht am Arsch der Welt?«

Wagenknecht ignorierte sein rüdes Benehmen.

»Wir möchten zum Chef der Firma.«

»Steht vor Ihnen.«

Sie bemerkte, wie er sie mit Blicken abtastete und ärgerte sich, dass sie wegen der Hitze eine offene Bluse trug. Der Typ schien sich dort regelrecht festsaugen zu wollen. Am liebsten hätte sie ihm eine gescheuert. Sie riss sich zusammen.

»Sie sind Herr Kleingans?«

»King, nennen Sie mich King.«

»Also sind Sie Leo Kleingans?«

»Wenn Sie den suchen, müssen Sie zum Westfriedhof fahren. Vielleicht ist ja noch was von ihm übrig.« Wagenknecht fühlte, wie sich Wut in ihr aufbaute. Ehe sie explodieren konnte, schaltete sich Blumberg ein.

»Dann haben Sie die Firma von Leo Kleingans übernommen?«

Zögernd wandte King seinen Blick von der Hauptkommissarin ab und betrachtete abschätzend Blumberg.

»Um was geht es hier eigentlich?«

Blumberg hielt ihm die Ausschnitts-Vergrößerung von dem Logo entgegen, das auf der LKW-Folie erkennbar war.

»Das ist doch Ihr Firmenzeichen.«

Mit seinen Pranken grapschte King nach dem Foto und hielt es sich dicht vor den Augen.

»Ja, leider. Der alte Sack hat darauf bestanden, dass die Firma seinen Namen und das Logo weiterführt.«

»Dann sind Sie also der Inhaber.«

»Sag ich doch die ganze Zeit.«

Wagenknecht riss der Geduldsfaden.

»Okay«, schaltete sie sich ein. »Wir machen dass jetzt so. Entweder wir gehen in Ihr Büro, wo Sie unsere Fragen sachgerecht beantworten, oder wir kommen mit einem Durchsuchungsbescheid wieder.

Aber nicht alleine.

Wir bringen die Kollegen von der Gewerbeaufsicht, vom Zoll und vom Finanzamt gleich mit. Die nehmen Ihren Laden hier mal ordentlich auseinander.«

Blumberg spürte die Aggressivität, die plötzlich von dem Mann ausging. Mit rot angelaufenem Gesicht blickte er sie gereizt an, drehte sich schließlich um und stapfte in das Gebäude. Sie kamen in die Betriebshalle, ein schmaler, langer Gebäudeschlauch. Eine große Maschine füllte fast die gesamte Breite aus. Schwer legte sich der Gestank von schlecht absorbiertem Lösungsmittel auf die Bronchien. Auf riesigen Tischen stapelten sich überdimensional große Druckbogen. Wagenknecht registrierte leere Bierflaschen, randvolle Aschenbecher, an den Wänden Poster mit Pin-up-Girls. Ihr schauderte. Der reinste Saustall.

Blumberg sah zu einem Arbeiter hin, der gebeugt an einem Tisch stand und einen Druckbogen betrachtete. Als er bemerkte, dass er beobachtet wurde, machte er sich hinter der Maschine unsichtbar.

Blumberg kamen so einige Gedanken.

Auf das Büro von King hätte Wagenknecht gerne verzichtet. Nur wenig größer als eine Vorratskammer stank es nach Zigaretten und ungelüftetem Mief. Auf der Wand hinter dem vollgemüllten Schreibtisch hing eine große, farbige Folie. Das Motiv war eine Sexszene unterste Schublade.

Wagenknecht kam es hoch.

Sie stellte sich so, dass sie es nicht sehen musste.

King blickte sie grinsend an.

»Also«, übernahm Blumberg, »es geht um eine laufende Ermittlung. Wir wollen wissen, wer der Auftraggeber war, der die Folien für den LKW auf dem Foto bei Ihnen hat drucken lassen.«

King ließ sich schwer in den verschlissenen Schreibtischstuhl fallen und Wagenknecht registrierte, wie sich auf seinem T-Shirt Schweißflecken bildeten.

»Darüber werden Sie ja Unterlagen haben«, äußerte sie spitz.

»Das lief über eine Werbeagentur.«

»Und, wie heißt diese Agentur?«

»Promotion Art. Mehr weiß ich auch nicht.«

»Kein Problem.« Wagenknecht spürte, dass der Typ unsicher wurde.

Sie würde ihn weichkochen.

»Geben Sie uns die Rechnung, dann sind wir schon wieder weg.«

»Es gibt keine Rechnung. Der Typ hat bar bezahlt. Er wollte keine Rechnung.«

»Also am Finanzamt vorbei.« Wagenknecht kniff

die Augen zusammen.

»Das wird die bestimmt interessieren.«

»Hören Sie«, seine Stirn glänzte vor Schweiß. »Das war eine einmalige Sache. Ein Schnellschuss, den wir über Nacht gemacht haben. An einem Abend stand hier so ein aufgeblasener älterer Hippie vor der Tür und bot uns den doppelten Preis, wenn wir ihm noch in der Nacht einige Folien drucken würden. Die druckfertige Datei hatte er gleich dabei. Auf seiner Visitenkarte stand Art Director. Den Namen weiß ich nicht mehr.«

»Wie heißen Sie?«, fragte Blumberg. Er hatte ein Notizbuch aus der Tasche geholt und blickte King unmissverständlich an.

»Und sagen Sie jetzt nicht wieder King, dann werde ich sauer, aber richtig.«

»Waldemar Schnabel.«

Wagenknecht konnte sich gerade noch ein Grinsen verkneifen.

»Wo wohnen Sie?«, fragte sie.

»Nippes.«

»Geht es etwas genauer?«

»Steinehrenfelder Straße 24. Ich lebe dort mit meiner Mutter zusammen.«

Alles klar. Zu Hause Muttibärchen und draußen der Macho. Solche Typen kannte Wagenknecht.

»Okay, Herr Schnabel, wenn Sie jetzt mit uns kooperieren, vergesse ich das Fehlen der Rechnung. Ich will wissen, wann Sie die Folien gedruckt haben und benötige die Motive.«

King blickte sie frustriert an.

»Wie soll ich jetzt noch wissen, was wir damals gedruckt haben? Und danach ist der Typ nicht mehr aufgekreuzt.«

»Sie drucken doch digital?«

»Klar.« King blickte sie stolz an. »Hier steht eine der modernsten Maschinen, die es auf dem Markt gibt.«

»Na, super«, grinste Wagenknecht. »Dann können Sie ja die Daten abrufen, die diese tolle Maschine verarbeitet hat. Und sagen Sie jetzt nicht, der Server wäre abgestürzt.«

Er fuhr gerade an Schloss Homburg vorbei. In seinem Kopf schlugen die Gedanken Purzelbäume. Noch auf der Rückfahrt vom Bilderstöckchen hatte die Hauptkommissarin versucht etwas über eine Agentur Promotion Art oder über einen Art Director in Gestalt eines Hippies zu erfahren.

Alles negativ.

Es gab keine Agentur Promotion Art. Die Beschreibung des Mannes brachte sie auch nicht weiter. Wie Blumberg überhaupt alles infrage stellte, was King ihnen aufgetischt hatte. Zumindest hatten sie die Werbemotive der Folien aus ihm herausgekitzelt.

Und die bereiteten ihm Magenschmerzen.

Einige passten eindeutig zu den Veranstaltungen, in deren Umkreis die Killer aktiv gewesen waren. Andere warteten auf ihren Einsatz. Eine Folie, mit der Werbung für eine asiatische Sport- und Bekleidungsfirma, war fast für jede Veranstaltung einsetzbar. Auch, wenn es diese Firma nicht gab. Weiß ja keiner.

Sein Magen knurrte und Blumberg beschloss, sich etwas Leckeres zu kochen. Etwas aus Tante Friedas Kochrezepten. Und trotz des warmen Wetters entschied er sich für eine Bergische Graupensuppe.

Die brauchte er jetzt.

Sie beruhigte die Nerven.

Die Beinscheibe im Kühlschrank musste auch weg.

Zuhause angekommen ging er in die Küche und suchte das Kochrezept heraus. Er legte es auf die Arbeitsplatte und checkte die Zubereitung.

Bergische Graupensuppe

... Z u t a t e n:
1 Bund Suppengrün, 1 große Zwiebel, 1 Beinscheibe vom Rind, 250g Graupen, 500g Kartoffel, 3 TL Salz, 2,5 l Wasser.

Blumberg schälte die Zwiebel, die Kartoffel, wusch das Suppengrün. Legte Blumenkohl und Porree für später zur Seite. Schnitt Sellerie, Möhren, Kartoffeln und die Zwiebel in kleine Würfel. Etwas Rapsöl erhitzte er im Suppenkessel. Danach wurden Suppengrün, Zwiebel und die Beinscheibe zusammen angebraten. Anschließend löschte er das ganze mit Wasser. Nach etwa 1 Stunde Garzeit prüfte er die Festigkeit des Fleisches. Blumberg hatte es gerne, wenn es noch einen guten Biss zu fest war. Er nahm die Beinscheibe aus dem Topf, löste das Fleisch vom Knochen und schnitt es in kleine löffelgerechte Stücke. Dann gab er das Fleisch, die Graupen, Kartoffel, Blumenkohl und Porree in den Topf und salzte das ganze. Nach etwa dreißig Minuten waren die Graupen gar, das Fleisch schön zart. Mit etwas Gemüsebrühe schmeckte er die Suppe ab.

Ihm lief bereits das Wasser im Munde zusammen und Max war natürlich der Chef in der Küche. Ihm entging nicht die kleinste Bewegung. Sein Hals verlängerte sich dabei auf wunderbare Weise. Als sich der Geruch des garenden Fleisches in der Küche verbreitete, verkündete er mit wohligem Grunzen seine Bereitschaft, sich opfern zu wollen.

Sich zu opfern, wenn es sein musste, für den ganzen Kessel Graupensuppe.

Der Fresssack.

Blumberg machte es spannend.

Scheinbar unbeeindruckt deckte er den Tisch, schnitt sich noch eine dicke Scheibe Bergisches Brot ab und setzte den Suppenkessel auf den Tisch.

Max wurde unruhig.

Da spielte er nicht mit.

Jaulend umrundete er den Tisch, schielte nach oben und setzte sich hochaufgerichtet vor seinem leeren Fressnapf. Sein Blick auf den Meister gerichtet sagte alles.

Blumberg grinste sich einen, ging in die Vorratskammer und holte eine Dose Rindfleisch. Den Fressnapf füllte er randvoll mit dem Fleisch, vermischt mit einigen Löffeln abgekühlter Graupensuppe. Dem Grunzen nach befand sich Max anschließend im kulinarischen Hundehimmel.

Nicht im Hundehimmel, dafür mit dem Gefühl zu speisen wie der berühmte Gott in Frankreich, ließ Blumberg sich die Graupensuppe schmecken. Ohne Bedenken gönnte er sich auch noch einen zweiten randvollen Teller. Nach dem Abräumen des Tisches steuerte er träge die Gartenliege an und freute sich auf sein Mittagsschläfchen. Max trottete mit hängendem Bauch hinterher und schielte zum Gartenzaun, ob die Luft rein war. Sie war, Gerti ließ sich nicht blicken. Zufrieden, seine Ruhe zu haben, pflanzte er sich neben die Gartenliege auf den wunderbar weichen, von der Sonne angewärmten Rasen. Und gegen das Gekraule von seinem Chef hatte er auch nichts einzuwenden. Zufrieden ließ er zur Entspannung noch einen kräftigen Furz. Das Hundeleben war doch mal wieder so richtig schön.

Weniger schön kam sich Blumberg auf dem OP-Tisch vor. Hände und Füße fixiert, die Anästhesiekanüle bereits in der Vene. Mit weitaufgerissenen Augen starrte er die Gestalt in dem grünen OP-Kittel an. Mund- und Haarschutz verdeckten das Gesicht. Doch die polarblauen Augen, die auf ihn herabblickten, würde er nie vergessen.

Sie waren kalt.

Eiskalt.

Gnadenlos.

Blumberg brüllte, sie sollten ihn losbinden, seine Organe könnten sie sowieso nicht verwenden.

Das Monster über ihm gönnte ihm noch ein leichtes Kopfschütteln und führte dann zielstrebig die Spritze in die Kanüle. Blumberg wollte noch etwas sagen, als er auch schon nichts mehr wahrnahm.

Schweißgebadet schoss er in die Höhe und registrierte, das Max ihn mit seiner Schnauze mehrmals in die Seite stupste. Blumberg musste sich erst einmal fangen, das Erlebte war grauenhaft gewesen, auch wenn es sich im Traum abgespielt hatte. Beruhigend sprach er auf Max ein und versuchte seine Gedanken zu ordnen. Ihm war deutlich geworden, welch grausame Momente die Opfer erlebt haben mussten. Der reinste Horror. Und jeder Tag bedeutete neue Gefahr für die Leute im Bergischen.

Entschlossen erhob er sich von der Liege, trank in der Küche ein großes Glas stilles Wasser und brühte sich einen Espresso auf. Er vergewisserte sich das Max ausreichend mit Wasser versorgt war und ging mit dem Espresso in der Hand in sein Arbeitszimmer. Er wollte die letzten Fakten nochmals durchgehen, zu deutlich stand ihm vor Augen, das Steingass meinte, das Geschäft mit Organraub ginge jetzt erst so richtig los.

13

Heinz Steingass

Alina wollte nicht glauben, was die Mail ausspuckte. Entsetzt las sie, dass ein Kollege von der Kölner Sitte in der vergangenen Nacht brutal zusammengeknüppelt wurde. Ohne Bewusstsein, mit deformiertem Gesicht und mehreren Knochenbrüchen, kämpfte er in der Merheimer Spezialklinik um sein Leben.

»Diese Schweine, diese elenden Schweine«, stieß Alina heraus. Sie hatte den älteren Hauptkommissar auf dem Kölner Polizeiball im vergangenen Herbst kennengelernt. Der Polizeipräsident hatte die Kollegen aus Gummersbach dazu eingeladen. Eigentlich hatte sie nicht dahin gehen wollen, doch ihre Chefin hatte sie einfach zu Hause abgeholt.

Und dann hatte sie einen richtig schönen Abend im Kreis der Kölner Kollegen gehabt. Alina dachte daran, wie sie mit Steingass einen Disco Fox aufs Parkett gelegt hatte. Er, ein Riese von einem Mann, sie gut unter Normalgröße, das muss ein irres Bild gewesen sein. Der Saal hatte Kopf gestanden und der anschließend im *Kölner Polizei News* gedruckte reißerische Artikel musste zweimal nachgedruckt werden.

Und nun lag dieser Mann auf der Intensivstation.

Zerstört, er kämpfte um sein Leben.

Impulsiv beschloss sie, ihn so bald wie möglich in

der Klinik zu besuchen. Dann atmete sie tief durch. Es musste weitergehen, die Lage war so angespannt wie noch nie. Sie riss sich zusammen und blickte auf die nächste eingegangene Mail.

Kriminalrat Schneider hatte sich angesagt.

Krisensitzung, sechzehn Uhr.

Na super!

Frustriert griff sie zum Telefon und betete zu ihren türkischen Ahnen, dass ihre Chefin nicht gerade in einem Funkloch steckte.

Es war kurz nach zweiundzwanzig Uhr. Sie hatte es gerade noch geschafft beim Rewe-Markt ein paar Kleinigkeiten einzukaufen. Nach diesem elend langen Tag wollte sie sich wenigstens noch eine entspannende Stunde gönnen. Wagenknecht freute sich auf den leckeren Matjeshering, belegt mit Zwiebelringen. Dazu eine Scheibe Schwarzbrot und ein Glas Chardonnay, kräftig, trocken. Hendrik war noch in einer Ausschuss-Konferenz, der würde vor Mitternacht nicht auftauchen. Nach der Sitzung ging er meistens mit Kumpels noch auf ein Bierchen ins Wiehler Brauhaus.

Sie stellte den Einkaufskorb auf den Küchentisch und räumte die Sachen in den Kühlschrank. Dann ging sie ins Bad. Vor dem Essen musste sie noch duschen. Immer, wenn sie eine so endlos dauernde Konferenz hinter sich hatte, kam sie sich muffig vor. Da half nur viel Wasser von oben. Frisch geduscht, mit einem weiten, bequemen T-Shirt und einer Shorts bekleidet, fühlte sie sich um einiges wohler. Und einen Probeschluck des gut gekühlten Chardonnay gönnte sie sich auch schon. Fantastisch der Wein. Es bestätigte sich mal wieder, dass sie von ihrem Weinhändler gut beraten wurde. Das Motto des Inhabers: »Gute Qualität zu einem vernünftigen Preis«, überzeugte immer wieder. Dabei dachte sie an den Wein, den sie ihrem Chef zum Dienstjubiläum geschenkt hatte.

Mit individuell bedrucktem Etikett:

Dr. Schneider Jubiläumswein 2018, Kölsches Urgewächs, Spätburgunder trocken.

Kölsches Urgewächs konnte man dabei von zwei Seiten verstehen. Immerhin stammte Schneider aus dem Kölschen Adel ab. Schneider war dann auch ziemlich gerührt gewesen. Bei diesem steifen Erzkonservativen ein wahres Ereignis.

Mit dem lecker zubereiteten Matjes Teller, dem Glas Wein und dem Vorsatz abzuschalten, setzte Wagenknecht sich an den Esstisch und blickte in das abendliche Stadtzentrum. Wie immer strahlte der Kirchturm der evangelischen Kirche, indirekt beleuchtet, Ruhe und Frieden aus. Sie fragte sich, was die Ursache sein könnte, dass aus Kinder, die im Umfeld einer solchen Kirche groß geworden sind, sich Monster entwickeln konnten.

Monster, die ein Leben wegwarfen wie Müll.

Ihr kam der Bericht in den Sinn, den Kriminalrat Schneider ihr vom Zustand des Kollegen Steingass gegeben hatte.

Es wurde das Schlimmste befürchtet.

Durch das Öffnen der Wohnungstür wurde die deprimierende Vorstellung unterbrochen.

»Heute habe ich mich früher verabschiedet«, meldete Hendrik, als er ins Zimmer kam, blickte dabei zu seiner Lebensgefährtin hin und spürte sofort, was los war. Aus dem Schrank nahm er sich ein Glas, schenkte Wein ein und setzte sich neben sie.

»Schlimm?«, meinte er, umfasste ihre Schulter und drückte sie an sich.

»Weniger bei mir, als bei einem Kollegen, den man so richtig fertiggemacht hat«, antwortete Wagenknecht.

»Etwa einer von euch aus Gummersbach?«

»Nein, ein älterer Hauptkommissar aus Köln, ein ganz netter Typ, auf dem Polizeiball hat er noch mit mir getanzt.«

Hendrik entschied, für den Tag reichte es mit dienstlicher Belastung. Er musste sehen, das Kareen runter kam, sonst war der Abend im Eimer. Verschmitzt zeigte er auf den Teller mit den Matjes.

»Könnte es sein, dass du so etwas Leckeres auch noch für einen ausgehungerten Oberschullehrer hast?«

»Klar, dein Teller steht im Kühlschrank. Aber«, Wagenknecht blickte ihn schelmisch an, »der kostet was.«

»Okay, dann wird jetzt erst einmal bezahlt«, flüsterte er ihr ins Ohr.

»Schulden mag ich ja überhaupt nicht.«

Langsam fuhr er mit der Hand unter ihr T-Shirt, kraulte mit den Fingerspitzen im Nordsüdgefälle über ihren Rücken, fühlte die perlende Gänsehaut.

Der Matjes Teller, mit einem zweiten Glas Wein, schmeckte Hendrik eine Weile später dann auch besonders gut. Kareen war im Bett weggeduselt. Er hoffte, dass sie mal durchschlafen würde, er machte sich Sorgen um sie. Die Organraubmorde waren mittlerweile auch am Gymnasium ein drängendes Thema. Immer mehr besorgte Eltern forderten Schutz für ihre Kinder. Verständlich, gerade die Schüler der Abiturientenklassen waren von Natur her begehrtes Frischfleisch für die Killer.

Seine Lebensgefährtin musste enorm unter Druck stehen, dabei war sie selbst extrem gefährdet. Im Bergischen war sie der größte Feind der Bande. Letzte Nacht hatte er sie in einem Alptraum, ausgenommen wie eine Martinsgans, neben einem Müllcontainer liegen sehen. Ihm krampfte sich der Magen zusammen und dachte an die Konferenz am vergangenen Tag. Kollegen aus Köln waren ebenfalls anwesend gewesen, auch bei ihnen war in der Kaffeepause das Thema Organraub die Nummer eins. Im Kölner Raum kamen jede Woche neue Fälle hinzu.

Kurt Maier, ein Kollege aus Köln-Nippes, hatte einen Schwager bei der dortigen Kripo. Von ihm hatte er erfahren, dass sich so etwas wie eine Killermafia gebildet hatte. Gewissenlose Typen aus dem Balkan. Abschaum, der seine blutigen Spuren in ehemalige Kriegsgebiete hinterlassen hatte. Im Kölner Umfeld, so hatte der Polizist seinem Schwager erzählt, waren die Opfer Menschen aller Couleur.

Jung, schlachtreif.

Hendrik dachte an Kareen, er hatte Angst.

Mit einem guten Gefühl wachte Wagenknecht sehr früh am Morgen auf. Sie schaltete das Handy aus, die

Weckmelodie konnte sie sich sparen. Sie blinzelte zu Hendrik rüber, er schlief noch. Sein Dienst begann heute später. Sie dachte an den Abend und war mal wieder dankbar für seine Fähigkeit, sie von dem so oft beschissenen Gefühl der Hilflosigkeit herunterholen zu können. Sie dachte daran, wie er sie aus dem schwarzen Loch, in das sie nach ihrer Scheidung gefallen war, herausgezogen hatte. Damals hätte sie sich nicht vorstellen können, dass sie mit einem Mann nochmals harmonisch zusammenleben könnte. Mit Verständnis auf beiden Seiten, auch für die schwachen Stellen, die jeder von ihnen hatte. Leider musste sie sich eingestehen, dass Hendrik ihr mehr gab, als sie ihm. Er war der ausgleichende Pol in ihrer Beziehung.

Behutsam, um ihn nicht zu wecken, stand sie auf, zog leise die Tür zu, stellte die Kaffeemaschine an und duschte ausgiebig. Noch vor dem Trocknen der Haare gönnte sie sich die erste Tasse Kaffee.

Der Tag fing gut an.

Um dem Ganzen dann die Krone aufzusetzen, betrachtete sie ihr Müsli im Schrank mit Verachtung, machte sich ein Brot belegt mit Katenrauchschinken, garnierte zwei hart gekochte und in Scheiben geschnittene Eier darauf. Als Abrundung des Ganzen legte sie noch eine leckere Gewürzgurke aus dem Gurkentopf hinzu. Schmunzelnd betrachtete sie den Frühstücksteller. Sie musste an ihren Opa denken, der wäre mit ihr jetzt so richtig zufrieden gewesen. Ohne ein ordentliches Frühstück fing kein guter Tag an, das war bei ihm eine lebenslange Philosophie gewesen.

Wagenknecht setzte sich in die Küche, blickte auf

das frühe Treiben in der Innenstadt, dachte an die Menschen draußen. Sie biss ins Brot, schmeckte den würzigen Katenrauchschinken. Dann gab sie sich einen Ruck und holte ihr Laptop aus dem Arbeitszimmer. Bevor der Stress losging, wollte sie sich in Ruhe nochmals den Bericht ansehen, den Kriminalrat Schneider ihr nach der Krisensitzung übergeben hatte.

Chronologisch nach Datum waren die Opfer aufgeführt. Alle Tatorte waren generell dort, wo sich viele Menschen aufgehalten hatten. So nach dem Motto: Viele Leute, großes Potenzial, überlegte sie. Anhaltspunkte über das OP-Mobil gab es keine. Keinem war etwas aufgefallen, keiner hatte etwas gesehen oder ungewöhnliches bemerkt. Insgesamt zehn Fälle hatte Schneider aufgeführt, alle im Kölner Raum. Sie dachte an die fünf Opfer im Bergischen und wurde nervös. Der Kriminalrat befürchtete, dass die Killer ihre Tatorte stärker in die Provinz verlegen würden, also mehr in Richtung Osten.

Ins Bergische.

Und Schneider war überzeugt, dass die Täter in Köln und die im Bergischen nichts miteinander zu tun hatten. Für ihn waren hier zwei Gruppen am Werk, die zufälligerweise zur gleichen Zeit operierten.

Operierten, wie makaber, schoss es Wagenknecht durch den Kopf. Aber es passte im wahrsten Sinne des Wortes. Und es würde zu Machtkämpfen zwischen den Gruppen kommen, so Schneider. Sie würden aneinandergeraten. Und er machte keinen Hehl daraus, dass die Killer Monster aus Köln den Kampf gewinnen würden.

»Aber«, so versuchte er sie zu beruhigen, »wenn es die Situation erfordere, würden sie Hilfe aus Köln bekommen.«

Hilfe aus Köln!

Wagenknecht durfte an die Kollegen, die dann auftauchen würden, gar nicht denken. Diese Typen aus den höheren Dienststellen würden die Bude auf den Kopf stellen. Sie schlürfte den letzten Schluck Kaffee, überlegte ihre nächsten Schritte und griff zum Handy.

Zutiefst erschüttert vernahm Blumberg, was die Hauptkommissarin ihm über den brutalen Überfall auf Heinz Steingass berichtete. Er sah seinen alten Freund mit dem Tode ringen und bekam feuchte Augen.

»Das darf doch nicht wahr sein«, sagte er. »Vor Tagen saßen wir noch beim Früh in Köln. Da hat er mir von den extrem gefährlichen Typen erzählt, die sich dort breit machen. Brutale Typen aus dem Balkan. Ich glaube«, stöhnte Blumberg, »er hat nicht wirklich damit gerechnet, dass es ihn einmal erwischen könnte.«

»Für ihn muss es völlig überraschend gekommen sein«, meinte Wagenknecht. »So ein Baum von einem Mann wie Steingass knüppelt man nicht einfach so nieder. Die Ärzte haben an seinen Armen Veränderungen festgestellt, die von einem Elektroschocker stammen könnten. Das wird noch genau untersucht. Und«, Wagenknecht holte tief Luft, sie versuchte ruhig zu klingen, »es kommt noch dicker.« Ausführlich berichtete sie von den Befürchtungen, die Kriminalrat Schneider in seinem Bericht erwähnte.

»Das ist genau das, was Steingass mir bereits in Köln angedeutet hat«, kommentierte Blumberg. Und plötzlich verstand er die Botschaft, die sein alter Kumpel ihm rüberbringen wollte.

»Aber er hat mir nicht alles gesagt, er wollte mich nicht mit hineinziehen, das wird mir jetzt klar«, murmelte er tonlos.

»Das glaube ich auch«, antwortete Wagenknecht. »Steingass wusste mehr über die Sache, die sich da zusammenbraut, als er sagen wollte. Selbst gegenüber seinem Chef hat er sich nicht konkret geäußert.«

»Das ist Steingass«, meinte Blumberg. »Er hat schon immer am liebsten alleine gearbeitet. Aber verdammt noch mal, in diesem Fall hätte er vorsichtiger sein müssen.«

»Wenn er es schafft«, Wagenknecht hörte sich hoffnungsvoll an, »wird er uns über alles informieren müssen.«

Blumberg dachte an die gute Kondition von Steingass. Er kannte seinen starken Willen, er würde es schaffen.

»Gut«, sagte er entschlossen, »morgen muss ich Elsa in Köln vom Bahnhof abholen. Auf dem Weg werde ich in Merheim vorbeifahren und mal sehen, wie es ihm geht.«

»Wahrscheinlich wird es noch zu früh sein«, spekulierte Wagenknecht. »Aber schaden kann es ja nicht. Und dann ist da noch etwas.«

Ihre Stimme wurde kantig.

»Sie unternehmen nichts, was Sie in Gefahr bringen könnte. Wenn Sie diesen Killern in die Quere kommen, wird Elsa zur Witwe.«

Blumberg musste schlucken, gab der Hauptkommissarin aber im Stillen recht.

»Machen Sie sich keine Sorgen, meine Pension möchte ich noch gerne ein paar Jährchen genießen«, antwortete er. »Und wenn ich mehr von Steingass weiß, melde ich mich bei Ihnen.«

»Okay, dann ist ja alles klar.«

Nach dem Gespräch wurde Blumberg nachdenklich, er verfiel regelrecht ins Grübeln.

14

Gummersbach

Schießerei in der Gummersbacher City. Und das am Vormittag. Wagenknecht glaubte es nicht.

»Wolfsbach, machen Sie das Geheule aus, die zwei Straßen schaffen wir auch ohne Blaulicht«, knurrte sie und blickte genervt auf einen Radfahrer, der ihnen die Vorfahrt nahm.

»Das PlayMeet gibt es seit März vergangenen Jahres«, informierte Heike Bachem vom Rücksitz. Ganz bei der Sache scrollte sie die Homepage des Casinos rauf und runter. »Bis jetzt hatten unsere Kollegen dort noch keinen Einsatz. Scheint alles clean zu sein.«

Wolfsbach hielt hinter dem Ford Mustang, der vor dem Eingang des PlayMeet parkte. Kritisch musterte er den Schlitten: Schwarz, auf Hochglanz poliert, getönte Scheiben, Reifen wie bei einer Formel1-Ausgabe. Typisches Gangsterauto, entschied er spontan.

»Ihr seid zu spät«, schnauzte der Türsteher sie an.

»Die Typen sind weg.«

»Und Sie konnten sie nicht aufhalten?«

Heike Bachem zeigte auf seine Arme, die dick wie Baumstämme die Hemdsärmel ausfüllten.

»Doch alles nur Attrappe?«

»Ich bin doch nicht lebensmüde, die hätten mich alle gemacht«, knurrte er. »Die haben schneller geschossen, als ich denken konnte.«

Müssen dann ja nicht besonders schnell gewesen sein, fuhr es Bachem durch den Kopf.

»Okay«, sagte Wagenknecht. »Bis unsere Kollegen kommen, lassen Sie keinen hinein. Ihre Aussage werden wir anschließend aufnehmen.« Sie zeigte auf die Gaffer, die versuchten, etwas mitzubekommen.

»Wolfsbach, hören Sie mal rund, ob einer was gesehen hat. Es müssten doch Autos hier gestanden haben, vielleicht gibt es ja auch eine Personenbeschreibung.« Sie nickte Heike Bachem zu, quetschte sich an dem Türsteher vorbei und war gespannt, was sich abgespielt hatte.

In dem Casino stank es muffig nach abgestandener Luft. Etwas, das Wagenknecht nicht abkonnte. Interessiert betrachtete sie mehrere *Einarmige*. Spielautomaten, an denen sie früher selbst schon mal gespielt hatte. Eigentlich waren die längst aus der Mode gekommen. Moderne Geräte liefen digital. Aber sie konnte sich vorstellen, dass die alten Teile immer noch Spaß machten. Dieses Gefühl, das aufkam, wenn man den Hebel runterdrückte, der Sound, der die Spannung aufheizte, das war echt cool.

Unwillkürlich dachte sie an ihren Onkel Fritz, ein alter Zocker. Er hatte sie früher schon mal ins Casino mitgenommen. Heimlich, das durfte ja keiner mitkriegen. Hätte ihre Mutter Lunte gerochen, hätte ihr Onkel ordentlich was zu hören bekommen. Im hinteren Teil des Casinos sah sie zwei verwaiste Billardtische stehen. Abgewetzt machten sie einen ziemlich vermockten Eindruck. Für Zocker, die mehr auf Karten standen, gab es einige Spieltische. Auch ein Mobiliar, an dem schon Generationen von Spielern ihre Karten gewetzt haben mussten, überlegte sie. Investitionsfreudig schien der Besitzer nicht gerade zu sein. Etwas, das sie immer öfters beobachtete. Dickes Auto vor der Tür, aber möglichst keinen Euro ins Geschäft stecken. Persönliches Image war angesagt, das war wichtiger.

Durch das Klirren von Gläsern wurde sie in ihren Überlegungen unterbrochen. Sie blickte zur Bar hin wo eine Blondine Gläser putzte. Routiniert, das sah man. Die Frau würde sie sich später ansehen.

Als Geschäftsführer stellte sich ein Robby Laskowski vor. Er war das genaue Gegenteil von seinem Wachhund vor der Tür. Laskowski war klein, spindeldürr, ausgestattet mit einem kunstvoll gedrehten Schnurrbart. Sollte seine Männlichkeit wohl besonders hervorheben. Wagenknecht schätzte ihn auf etwa fünfzig.

»So eine Sauerei«, legte er gleich los. »Eine Schießerei in meinem Casino, das war ja wie im Kino. Verbrecher waren das, eiskalte Killer.«

Wagenknecht stellte sich vor und zeigte auf eine Sitzgruppe.

»Wir sollten uns setzen und dann schildern sie der Reihe nach, wie sich alles abgespielt hat.« Innerlich dankte sie der Eingebung, für den Tag eine dicke Jeans angezogen zu haben. Der knubbelige Sessel, in den sie sich setzte, war die reinste Herausforderung. Sie blickte sich um, sie waren alleine im Casino.

»Waren heute Morgen noch andere Kunden hier?«,

begann sie das Gespräch.

»Gäste«, stellte Laskowski richtig. »Hier gibt es keine Kunden, nur Gäste. Wir sind ein gepflegtes Haus.«

»Also, waren heute morgen noch andere Gäste hier, die Ihr gepflegtes Haus bereits verlassen haben?« Bei der Formulierung gepflegtes Haus betrachtete Wagenknecht die randvollen Aschenbecher und Gläser mit abgestandenen Getränken. Objekte vom Vorabend. Und die Frau hinter der Bar machte auch nicht gerade den frischesten Eindruck.

»Nein, dem Himmel sei Dank.« Laskowski machte ein blitzschnelles Kreuzzeichen und zwirbelte nervös seinen Schnurrbart.

»Nur zwei Männer waren hier. Die spielten an den Automaten. Es war ja erst kurz vor elf Uhr, also noch früh. Das richtige Geschäft geht so gegen Nachmittag los.«

»Sind Ihnen die Männer bekannt?«, fragte Heike Bachem. Sie hatte ihr iPad Mini in der Hand und sah den Geschäftsführer konzentriert an.

»Ihre Namen kenne ich nicht. Aber die beiden waren vor ein paar Tagen schon mal hier. Friedliche Typen, die in Ruhe ihr Spiel machten.« Er zeigte auf die Frau hinter der Bar.

»Heidi wird Ihnen vielleicht mehr sagen können.«

Wagenknecht sah sich im Raum um. Sie sah weder Spuren von einem Kampf noch irgendwelche Beschädigungen.

»Und dann kamen andere Leute dazu?«

»Drei Kerle, richtige Mafiosi. Schwarz gekleidet,

Sonnenbrille, pomadiges Haar. Kerle wie Schränke.«
Laskowski schüttelte sich.

»Richtige Killer, so wie im Film.«

»Sind die direkt auf die beiden Spieler los?«
Bachems Finger flogen über das iPad.

»Genau, die wussten, wen sie vor sich hatten. Sie
zerrten die Spieler an einen Tisch, drückten sie auf die
Stühle und redeten massiv auf sie ein.«

»Und die haben sich das gefallen lassen?« Für
Wagenknecht klang das alles zu einfach.

»Wenn Sie die Typen erlebt hätten, hätten Sie sich
auch zurückgehalten. Aber der größere der beiden
Spieler ist dann doch plötzlich vom Tisch
aufgesprungen und ging auf sie los.«

Laskowski schüttelte den Kopf.

»Der muss wahnsinnig gewesen sein. Es fielen zwei
Schüsse und der Mann brach zusammen. Als sein
Kumpel ihm helfen wollte, wurde auch er
angeschossen. Er wurde am Arm verletzt. Danach
verschwanden die Kerle blitzschnell. Ich hörte noch
einen Wagen, der mit quietschenden Reifen die Fliege
machte.«

Laskowski sackte in sich zusammen.

»Ich bin erledigt. Meine Stammgäste, die in Ruhe
ein Spiel machen wollen, werden nicht mehr kommen.
Die werden jetzt Schiss haben.«

»Und wie ging das mit den beiden Angeschossenen
weiter?«, wollte Wagenknecht wissen.

»Das war vielleicht ein Ding«, meinte Laskowski
aufgebracht. »Als ich die Polizei und den Notarzt rufen
wollte, schlug mir derjenige, der am Arm verletzt

wurde das Handy aus der Hand und brüllte: »Verpiss dich!« Dann schleppte er seinen Kumpel nach draußen und ich sah sie in einem hellen Auto verschwinden.«

»Marke, Kennzeichen?«

Heike Bachem hoffte auf einen Treffer.

»Nichts Genaues, könnte ein Passat, ein Skoda oder etwas in dieser Art gewesen sein. Auf das Kennzeichen habe ich in der Aufregung nicht geachtet.«

»Aber Sie müssen doch mitbekommen haben, was die drei Männer von den beiden Spieler wollten. Die werden doch nicht gerade geflüstert haben«, meinte Heike Bachem.

»Habe ich nicht.«

Laskowski schüttelte den Kopf.

»Ich bin nicht näher an die Typen herangegangen, ich bin doch nicht verrückt. Bevor die Schüsse fielen, hörte ich nur wie einer der Spieler brüllte, der Markt gehöre ihnen. Sie sollten sich ihre Ware woanders holen.«

»Könnte Menschenhandel im Spiel sein«, meinte Wolfsbach. »Vielleicht meinten die ja Frauen, die sie auf den Strich schicken.«

»Dazu kommen wir später.« Wagenknecht warf ihm einen warnenden Blick zu. Sie zeigte zur Bar hin und bat ihn und Heike Bachem die Aussage der Frau aufzunehmen.

»Ihr Casino müssen Sie heute schließen«, wandte sie sich wieder an den Geschäftsführer. »Die Kollegen von der Kriminaltechnik müssen sich hier umsehen.« Um sich den Protest von Laskowski zu ersparen, drehte Wagenknecht sich um und ging ebenfalls zur

Bar. Prüfend fixierte sie die sogenannte Heidi. Die Frau sah übernächtigt und verlebt aus. Grell geschminkt, machte sie einen ordinären Eindruck. Wenn die nur Barfrau war, wollte Wagenknecht ins Kloster gehen. Belustigt registrierte sie, wie Wolfsbach zielgenau in den tiefen Ausschnitt der Frau linste. Heike Bachem schien das ebenfalls mitbekommen zu haben. Der Stoß, den sie ihrem Kollegen in die Rippen versetzte, war nicht von schlechten Eltern. Grinsend stieß sich Wolfsbach von der Theke ab und ging zu der Stelle, wo die Schießerei stattgefunden hatte. »Etwas muss doch zu finden sein, brummelte er vor sich hin.«

Auf dem iPad dokumentierte Heike Bachem die Aussage von Heidi Schmitz. Eine Kölnerin, die vor zehn Jahren die große Liebe ins Bergische verschlagen hatte. Doch die große Liebe war mittlerweile futsch und die Begeisterung für das Bergische hielt sich auch in Grenzen.

»Aber Robby ist echt ein klasse Chef, deshalb bleibe ich«, verteidigte Schmitz ihr Dasein. »Wer weiß, was mich in Köln erwarten würde. Da ist es für unsereins ja auch nicht mehr so wie früher. Die Typen, die da alles im Griff haben sollen knallhart sein. Da liebe ich mir doch mein Robbyleinchen«, schnurrte sie.

Wagenknecht stellte sich die gut ausgebaute Heidi und das dürre Hemd von einem Mann als Paar vor. Das wäre glatt eine Karikatur wert. Ansonsten konnte die Frau ihnen nicht weiterhelfen. Von den Männern kannte sie keinen und aufgefallen war ihr auch nichts. Ihrer Beschreibung nach waren die Spieler zwei große, kräftige Kerle. Dem Dialekt nach könnten sie aus

Sachsen oder so ähnlich gekommen sein. Sportlich gekleidet hatten sie einen fitten Eindruck gemacht.

»Und die drei Mafiosi sahen mit ihren Sonnenbrillen und gestylten Haaren alle gleich aus«, meinte Schmitz. »So richtig gesehen habe ich ja eigentlich nichts«, schob sie nach. »Meine Sehstärke liegt bei unter fünfzig Prozent. Und an der Bar ziehe ich natürlich keine Brille an.«

Na, toll, dachte Wagenknecht, solche Zeugen erleichtern unsere Arbeit grandios. Sie fühlte Frust in sich aufsteigen. Außer dem Horror mit den Organkillern hatte sie jetzt auch noch diesen Fall am Hals. Sie machte Heike Bachem ein Zeichen, bedankte sich bei der Barfrau und sah zu dem Geschäftsführer hin. Der sprang mit dem Handy am Ohr wie aufgedreht durch die Gegend. Glücklicherweise kamen gerade die Kollegen von der Technik herein. Henny Strassfeld, ihr IT Experte, war bei der Truppe. Sie informierte ihn und bat ihn, sie sofort anzurufen, sobald Ergebnisse vorlägen.

Draußen, an der frischen Luft, atmete Wagenknecht durch. Bei Strassfeld lag der Fall in guten Händen. Er war zuverlässig und auf sie eingeschworen. Im Fall der Kunstmorde, sein erster Fall, hatte der frisch gebackene Kommissar sich besonnen und einsatzfreudig gezeigt. Und er hatte sich problemlos dem Team angepasst. Etwas, worauf Wagenknecht besonderen Wert legte. Im Dienstwagen blickte sie zu Wolfsbach hin. Irgendetwas ging in ihm vor.

»Wollen Sie noch bleiben?«, sagte sie.

»Hier«, er wedelte mit einem Stückchen Papier.

»Der überhaupt beste Kriminalassistent hat etwas gefunden«, witzelte er.

»Du bist doof«, kam es vom Rücksitz und schon hatte Heike Bachem die Geschäftskarte in der Hand.

»OrganLogistikCologne«, las sie vor.

»*Certificate EuroClassic1000* für Organ Logistik, steht hier weiter. Ich werde verrückt. Gernolf, du hast das große Los gezogen.«

»Sag ich doch.«

»Das glaube ich jetzt nicht«, staunte Wagenknecht.

»Wo haben Sie die Karte her?«

»Die war unter dem Blumenkübel gerutscht, der neben dem Tisch stand, an dem die Bande sich gezofft hat. Einer der Typen muss sie verloren haben.«

»OrganLogistikCologne, Standort Butzweilerhof. Leute«, Heike Bachem klang aufgeregt, »die machen Heliflüge bis in den Ostblock.«

»Wolfsbach, Sie haben ein Essen gut«, sagte Wagenknecht spontan. »Das könnte eine Spur sein, auf der wir weiterkommen. Das wäre echt irre, wenn die Schießerei mit den Organmorden zu tun hat. Ihr beide bringt über die Firma alles heraus was aufzutreiben ist. Fragt in den Transplantations-Zentren und auch in den privaten Instituten nach.«

Es gab eine Spur. Wagenknecht bekam Auftrieb. Sie musste Blumberg anrufen, im Kölner Norden kannte der sich bestens aus. Vielleicht war ihm die Firma mal untergekommen.

Hoffentlich kriegt er einen Infarkt, dachte Synthia, dann bin ich das Schwein los. Pathos war kurz vor dem Explodieren. Knallrot im Gesicht hämmerte er mit der geballten Faust auf den Tisch. Er starrte auf Tum Loos wie eine Schlange, die ihre Beute fixiert.

»In eurem eigenen Revier lasst ihr euch wie Anfänger demontieren«, brüllte er. Die eingeschlagene Nase von Loos und das Blut am Hemdsärmel ignorierte er. Lange würde er das Gejammer von dieser Niete nicht mehr ertragen können.

Loos, kreideweiß im Gesicht konnte sich kaum noch auf den Beinen halten. Die Schussverletzung pochte, ihm war schlecht, die Augen brannten. Er zeigte auf seinen schlaffen Arm.

»Meinst du nicht, du solltest mich erst versorgen, bevor du deine Scheißfragen stellst? Oder willst du, dass ich krepiere?«

Synthia, die an der Wand lehnte, ging zu dem Behandlungswagen und wollte ihn zu Loos schieben, als Pathos sich dazwischen stellte.

»Was ist mit Zimball?«

Loos blickte ihn fassungslos an und presste den Arm fester an seinen Körper. In dem Moment nahm er sich vor, es Pathos heimzuzahlen.

»Louis ist mir im Auto weggeknickt.

Für immer.

Er hatte zwei Kugeln im Bauch. Ich wollte ihn noch bis hier zu unserem OP bringen, aber er hat es nicht geschafft. Ich habe ihn zu dem Kaff gefahren, wo der vergammelte Hof von dem Suffkopp ist«, quetschte er heraus. »Der Typ war nicht da und die Jauchegrube hinter dem Hof ist randvoll. Darin findet Louis kein Arsch.«

Synthia riss die Augen auf.

Entsetzt starrte sie auf Loos.

Sie fühlte sich wie in einem Horrorfilm. Panik überkam sie. Sie musste weg, sofort. Weg von diesen durchgeknallten Irren.

15

Steinmüller Center

Gestresst klappte Heike Bachem den Laptop zu und sah zu ihrem Kollegen hin.

»Ich glaube, es reicht für heute. Ich muss was essen, kommst du mit?«

Überrascht sah Wolfsbach sie an und nickte.

»Okay. Eigentlich wollte ich noch die Düsseldorfer Klinik unter die Lupe nehmen, aber ich gehe mit. Um die Zeit kriegen wir sowieso nichts Vernünftiges mehr aus den Leuten heraus. Bei denen läuft die Nachtschicht.«

»Na prima, wie wäre es mit dem *Krützche*?«

»Gute Idee, da brauchen wir nicht weitzulaufen.«

Sie löschten im Büro das Licht, verließen die Dienststelle und steuerten den Moltkeplatz an. Selbst um die späte Abendstunde war das *Krützche*, eine Stehkneipe mit nur wenigen Tischen, gut besucht. Hier trafen sich die Leute, deren Dienstzeit nicht vor zwanzig Uhr endete. Leute, die keinen Bock hatten, nach einem langen Tag anschließend alleine in ihrer Hütte zu sitzen. Oder die, die noch schnell etwas Kleines essen wollten. Hier bot die Kneipe eine leckere Gulaschsuppe und hausgemachte Frikadellen an. Und das bis Mitternacht.

Heike Bachem und Wolfsbach ergatterten zwei Plätze am Ende der Theke. Sie bestellte ein Krützchen

Gulasch, Wolfsbach zwei Frikadellen mit extra viel Senf. Dazu tranken sie Mineralwasser.

Schweigend aßen sie, um erst einmal den Hunger zu stillen. Wolfsbach wurde bewusst, dass er seit dem Frühstück nichts gegessen hatte. Bei ihm machte sich jetzt so richtig der Appetit bemerkbar. Er bestellte sich anschließend noch eine Gulaschsuppe.

»Du hast es aber nötig gehabt«, schmunzelte Heike Bachem.

Beide hingen eine Weile ihren Gedanken nach. Hin und wieder musterte Wolfsbach verstohlen seine Kollegin. Im Stillen bewunderte er sie. Kaum älter als er hatte sie es bereits zur Oberkommissarin gebracht. Er war beeindruckt von ihrem energischen Auftreten und dass sie nicht locker ließ, bis sie eine Sache zu Ende gebracht hatte. Dazu sah sie auch noch verdammt gut aus. Kurz geschnittene blonde Haare, klare blaue Augen, dichte schwarze Augenbrauen. Wenn sie lachte, blitzten ihre weißen Zähne und ihrer sportlichen Figur sah man an, dass sie schnell unterwegs sein konnte.

Was ihn irritierte, war ihr verändertes Verhalten ihm gegenüber. Noch bis vor kurzem war er für sie immer nur der Wolfsbach gewesen, mit spürbarer Distanz. Konsequent hatte sie ihn als einzigen Kollegen gesiezt. Und plötzlich nun nannte sie ihn beim Vornamen und ging mit ihm essen. Er wusste nicht so richtig, wie er sich verhalten sollte.

»Und wie hältst du es so mit dem Kochen?« Interessiert blickte Heike Bachem ihn an. »Du lebst doch alleine, oder?«

»Schon, doch kochen kann ich gar nicht. Meistens ist Fastfood angesagt. Wenn ich dann mal Zeit habe und was Vernünftiges essen möchte, gehe ich ins Brauhaus. Da steht immer was Leckeres auf der Karte.«

Unwillkürlich musste Heike Bachem an die Reporterin denken, mit der man Wolfsbach im Brauhaus gesehen hatte. Die hatte ihn dort wohl so richtig angemacht. Naiv wie er war, war er mächtig darauf reingefallen und hätte seinen Job fast an den Nagel hängen können. Die bissige Bemerkung, die ihr auf der Zunge lag, schluckte sie hinunter. Sie hatte sich vorgenommen, ihm eine Chance zu geben. Irgendwie hatte sie das Gefühl, dass seine Arroganz nur gespielt war. Vielleicht gab es Komplexe, die er so überdecken wollte. Und wenn sie ehrlich war, musste sie zugeben, dass sie eigentlich gerne mit ihm zusammen war. Es regte sich etwas in ihr, was sie schon lange nicht mehr kannte.

»Mir geht es nicht viel anders«, antwortete sie.

»Ich kann zwar kochen, bei uns zu Hause kam immer vernünftiges Essen auf den Tisch. Aber«, sie lehnte sich zurück, »wenn ich nach Hause komme, habe ich einfach keinen Bock mehr, mich in die Küche zu stellen. Lieber nehme ich mir was mit, setze mich vor den Fernseher und entspanne mich.«

Wolfsbach nickte verständnisvoll.

»Geht mir auch so. Je nachdem, wie blöd der Tag gelaufen ist, ist abends nur noch Relaxen angesagt. Möglichst mit einem spannenden Fantasy Film.«

»Du siehst gerne Fantasy Filme?«

»Mein Lieblingsgenre. Vor Jahren habe ich angefangen mir eine Bibliothek aufzubauen. Heute habe ich bereits über zweihundert Filme.«

»Das ist ja echt cool«, Heike Bachem war begeistert.

»Die würden mich auch interessieren.«

»Kein Problem. Wenn du willst, kannst du dir Filme mitnehmen. Ich wohne praktisch um die Ecke, im Steinmüller-Haus.«

Spontan sagte Heike Bachem zu. Sie freute sich nicht nur auf einen guten Film, sondern war auch neugierig, wie ihr Kollege wohnte. Da er zur Dienststelle stets zu Fuß ging, nahm sie ihn in ihrem Mini mit. Sie fuhren durch die Innenstadt, überquerten den großen Platz vor der Schwalbe Arena. Wolfsbach zeigte auf die reservierten Stellplätze vor dem neuen Apartmenthaus.

»Du kannst neben meinem Wagen parken«, meinte er. Sein Auto kannte Heike Bachem. Beim ersten Auftauchen von Wolfsbach auf der Dienststelle hatte sein Porsche für ziemliches Aufsehen gesorgt. Ein Kriminalassistent mit einem Porsche, das kam nicht alle Tage vor. Und besonders von Vorteil war das für ihn auch nicht gewesen. Der Neid der Kollegen konnte ganz schön ätzend sein. Das Team um Wagenknecht kannte seinen gesellschaftlichen Hintergrund, für sie war der Porsche okay.

An der Haustür gab Wolfsbach einen Zahlencode ein und Heike Bachem war echt beeindruckt von dem Foyer, in das sie kamen. Dickes Bruchsteinmauerwerk bildete die Außenwände, während das Treppenhaus mit grauem, glänzendem Marmor belegt war. Die restlichen Bausegmente bestanden aus Glas und Edelstahl. Alles nur vom Feinsten ging es ihr durch den Kopf. Mit dem Aufzug fuhren sie in die vierte Etage, in das oberste Geschoss. Die Aufzugtür glitt zur Seite und sie standen vor einer Wohnungstür. Wolfsbach schloss sie auf und ließ seiner Kollegin den Vortritt. Heike Bachem blieb so abrupt stehen, dass die schließende Aufzugtür Wolfsbach fast eingeklemmt hätte.

»Wow, sag bloß, wir sind jetzt schon in deiner Wohnung«, staunte sie und blickte in den durchgängig offenen Wohnbereich. Betrachtete die hell verkleidete Decke, die bis in die Giebelspitze reichte. Bodentiefe Fenster boten einen grandiosen Ausblick über das neue Steinmüller-Gelände. In einem gedämpften Orange reflektierte die Außenbeleuchtung bis in die Wohnung hinein.

Wahnsinn.

Heike Bachem war hin und weg. Angetan betrachtete sie die geschmackvolle Einrichtung. Eine helle, sandfarbene Ledergarnitur bildete das Zentrum des Wohnbereichs. Modernes Design, einladend. Davor ein rechteckiger Glastisch, exakt der Breite der zweisitzigen Couch angepasst. Und an der Stirnwand ein riesiger Bildschirm, super flach, schwarz glänzend.

Weiter hinten im Raum, getrennt durch eine Rauchglaswand, sah sie die hochmoderne Küche. Freistehend blitzte sie mit Fronten aus poliertem Edelstahl.

»Gernolf, du wohnst ja hier im reinsten Luxus«, sagte Heike Bachem überwältigt.

»Ein Geschenk meines Vaters«, erklärte Wolfsbach verlegen. »Der kommt in Kürze mit Mitglieder des Landtags nach Gummersbach, um sich die Sanierung des Steinmüller-Geländes anzusehen. Schließlich stecken ja jede Menge Landesmittel in dem Projekt. Und bei dieser Stippvisite kommt er natürlich auch zu mir. Einige seiner Kollegen werde er mitbringen, so die Ansage. Na ja, dann muss die Hütte hier natürlich stimmen.«

»Och, so schlecht finde ich das gar nicht«, grinste Heike Bachem. »So einen spendablen Vater könnte ich auch schon mal gebrauchen.«

Sie sah sich um.

»Deine DVD Sammlung hast du wo?«

»Komm, zeige ich dir.«

Wolfsbach führte sie in eine kleine Diele und zeigte auf mehrere Türen.

»Dort ist das Gäste-WC, daneben das Bad und dann gibt es noch ein Gästezimmer und mein Schlafzimmer«, erklärte er.

»Und hier«, er ging auf ein indirekt beleuchtetes deckenhohes Buchenregal zu, »sind die DVDs. Alles Fantasy.«

Heike Bachem war beeindruckt. Das Regal war gut zwei Drittel gefüllt, alle Titel alphabetisch geordnet.

»Dort«, Wolfsbach zeigte auf das oberste Regalbrett, »sind die Filme aus den achtziger Jahren. *Aliens*, *Highlander* und noch andere Titel. Nach unten hin bauen sich die Jahrgänge dann weiter chronologisch auf. Derzeit warte ich auf die fünfte Folge von *Die Wächter von Avalon*, sie soll im Sommer erscheinen.«

»Echt toll deine Sammlung, Gernolf. Ich darf mir einen Film ausleihen?«

»Klar, such dir aus, was du möchtest. Ich hole uns ein Wasser.«

Ein Bier hätte Heike Bachem lieber getrunken, Wasser kam ihr langsam hoch, doch sie wollte die Situation nicht ausnutzen. Zudem würde der kommende Tag noch einiges von ihnen fordern. Sie suchte sich zwei Filme aus, nahm einen Schluck Wasser und meinte, es wäre an der Zeit nach Hause zu fahren.

»Danke, Gernolf«, sagte sie, »das war ein schöner Feierabend. Und morgen«, sie blickte ihn nachdenklich an, »kommen wir hoffentlich mit den Kliniken weiter. Irgendwas ist an dieser Firma OrganLogistikCologne faul, das sagt mir mein Bauchgefühl.« Sie zog sich ihre Jacke an, hauchte Wolfsbach einen Kuss auf die Backe und versprach die Filme bald zurückzubringen. Wolfsbach brachte sie noch nach unten und wartete, bis sie abgefahren war. Er sah ihr hinterher, bis sie in Richtung Innenstadt verschwunden war.

16

Klinik Merheim

Auf der Fahrt zum Kölner Hauptbahnhof wollte Blumberg einen Abstecher zum Krankenhaus machen. Er musste wissen, wie es Steingass ging. Dass man seinen Freund so brutal fertiggemacht hatte, ließ ihm keine Ruhe. In der letzten Nacht hatte er geträumt, er hätte auf der Beerdigung von Steingass als Sargträger fungiert. Fürchterlicher Gedanke.

Auf der A4 steuerte er die Ausfahrt Mehrheim an und orientierte sich an der Ausschilderung. Wie schon so oft beeindruckte ihn die Weitläufigkeit des Klinikgeländes. Er konzentrierte sich auf die Parkhinweise für Besucher. Früher, bei seinen dienstlichen Besuchen, hatte er vor dem Haupteingang halten können, als Privatperson hieß es ein Stück laufen. War ihm aber recht. So konnte er sich auf den Besuch einstimmen.

Am Empfang sagte man ihm, das Steingass auf der Inneren liege. Zimmer 408. Erleichtert atmete er auf, Steingass hatte die Intensivstation verlassen.

Er hatte es geschafft.

Auf der vierten Etage verließ er den Aufzug, sah das Hinweisschild Zimmer 401-410 und ging mit gemischten Gefühlen den Gang entlang.

»War ja klar, dass man noch nicht mal hier seine Ruhe haben kann.« Steingass verzog das Gesicht, was ein Grinsen sein sollte. »Carl, schön dass du da bist«, nuschelte er zwischen seinen neu eingebauten Zähnen.

»Hast du mir wenigstens ein Früh Kölsch und eine leckere Frikadelle mitgebracht?«, nuschelte er weiter.

Blumberg konnte vor Rührung kaum die Tränen zurückhalten. Sein Kumpel war wieder da.

»Du Sauhund«, sagte er.

»Uns solche Sorgen zu machen.«

Schmunzelnd reichte er Steingass ein gerolltes Magazin. »Eigentlich wollte ich dir den Spiegel mitbringen, aber ich glaube, das hier bringt dich schneller auf Trapp.«

Steingass, der gerade an seinem Tee nippte, bekam beim Anblick der Titelseite einen Hustenanfall.

Playboy, Ausgabe 03.

»Carl, du bist doch immer noch so ein verrückter Hund wie früher.« Er linste zur Tür und legte das Magazin mit der Titelseite nach oben auf den Beistellwagen.

»Wenn gleich Schwester Mathilda kommt, kriegt die einen Herzinfarkt«, sagte er. »Das ist so eine ganz graue Maus. Sie ärgert mich immer damit, dass sie mich auf die Pfanne setzen will.«

Steingass schnaufte.

»Das ist ja nun rein gar nichts für mich. Dabei kann ich mit dem Rollator doch auf die Toilette gehen. Aber nein, sie will mich auf der Pfanne sehen. Carl, die Frau musst du erleben. Dann schmeckt dir dein Bierchen heute Abend in häuslicher Freiheit nochmal so gut.« Impulsiv drückte Steingass seinem Freund die Hand.

Blumberg registrierte, dass seine Augen noch etwas

trüb waren, der Druck seiner Pranken ließ jedoch schon wieder die alte Energie spüren. Er musterte den Riesen im Bett. Um den Kopf hatten die Ärzte einen Verband angelegt, die Oberarme waren geschient. Ein Glück, dass die Hände unverletzt sind, dachte Blumberg. Was es sonst noch so alles an Verletzungen gab, verbarg die Bettdecke.

»Wie ist es passiert?«, fragte er.

»Elektroschock. Sack über den Kopf und aus.«

Steingass stöhnte auf.

»Das ging alles so schnell, ich hatte keine Chance. Wenn nicht ein Taxifahrer die Kollegen angefunkt hätte, hätten die Schweine mich totgeschlagen.«

»Hast du einen Verdacht, wer die Typen gewesen sein könnten?«

Nachdenklich sah Steingass ihn an. Schließlich gab er sich einen Ruck.

»Carl, wenn ich dir erzähle, was ich weiß, oder glaube, hängst du mit drin. Ich kenne dich. Du lässt dann nicht los. Und das kann ich nicht verantworten. Du bist im Ruhestand. Genieße ihn.«

»Dann sag mir wenigstens, ob es mit den Kölner Organ-Morden zusammenhängt.«

So schnell wollte Blumberg nicht aufgeben.

»Es gibt keine Kölner Organ-Morde mehr. Carl, das war gestern. Heute ist ganz NRW die Bühne, wo sich diese Dreckskerle tummeln. Und da gehört euer schönes Bergische Land auch dazu.«

»Das wusstest du aber schon, als wir uns kürzlich beim Früh getroffen haben«, gab Blumberg einen Schuss ins Blaue ab. Steingass druckste herum und

Blumberg bemerkte, dass er einen roten Kopf bekam. Er durfte ihn nicht weiter belasten. Doch es war zu spät. Mühsam zog Steingass sich im Bett hoch.

»Sie hat mir das Versprechen abgenommen, dich in den Fall nicht weiter hineinzuziehen. Ich konnte nicht anders. Es tut mit leid Carl.«

»Sie?«

Schlagartig wurde Blumberg klar, wen Heinz mit „Sie" meinte. Elsa, sie hatte gewusst, dass er sich mit Steingass in Köln treffen wollte.

»Du hast Kontakt mit Elsa gehabt?«

»Sie rief aus dem Zug an, bevor du beim Früh aufgekreuzt bist. Und Carl«, Steingass blickte ihn beschwörend an. »Elsa hat recht, du musst die Finger von dem Fall lassen. Sonst geht es dir wie mir, das willst du euch doch nicht antun, oder?« Das Schweigen, das sich breit machte, war bedrückend. Sie hingen ihren Gedanken nach.

»Heinz«, meinte nach einer Weile Blumberg, »sag mir wenigstens, was du über die Typen weißt, die sich im Bergischen herumtreiben.«

»Das muss eine ganz kleine Gruppe sein, Carl. Die haben hier mit der Kölner Bande nichts zu tun. Aber ich habe gehört, dass die Kölner ihre Konkurrenz im Bergischen aus dem Weg schaffen wollen.«

Sorgenvoll blickte Steingass auf Blumberg.

»Und das ist saugefährlich für dich. Wenn du bei euch weiterhin mit mischst, gerätst du in einen Strudel voller Scheiße. Tu dir das nicht an. Mach dir mit Elsa ein schönes Leben. Sie hat es nicht verdient, dass sie jetzt, wo ihr im Ruhestand seid immer noch Angst um dich haben muss. Das hat sie doch weiß Gott lange genug gehabt. Und während deiner Krebsgeschichte war das Leben für sie ja auch nicht gerade ein Zuckerschlecken.

Also, lass die Finger von der Sache.«

Es war deutlich, Steingass machte sich auch Sorgen um Elsa. Blumberg spürte, dass er immer noch an ihr hing, obwohl sie sich damals gegen ihn entschieden hatte. Aber es war okay so. Steingass war ein Mensch, auf den man zählen konnte. Darum nahm er ihm das nicht übel.

»Du hast ja grundsätzlich recht, Heinz, aber ich kann die Hauptkommissarin nicht so einfach hängen lassen. Der geht es so schon beschissen genug. Aber«, Blumberg legte ihm beruhigend seine Hand auf die Schulter, »ich werde nichts riskieren. Ich werde mich in der hintersten Reihe halten. Versprochen.«

»Dann sag aber Elsa, dass ich versucht habe, dich da rauszuhalten«, bat Steingass.

»Mache ich Heinz. Aber etwas anderes: Sagt dir der Name OrganLogistikCologne etwas?«

Durch Steingass ging ein Ruck.

»Und ob, die stehen im Mittelpunkt unserer Ermittlungen. Wir vermuten, dass von dort aus das Geschäft mit illegalen Spenderorganen wie ein Spinnennetz über NRW geknüpft wird. Wenn nicht sogar EU weit. Aber wie kommst du an den Namen?«

»In Gummersbach wurden gestern in einem Spielcasino zwei Leute angeschossen. Vermutlich hat einer der beiden das nicht überlebt. Und an der Stelle, wo das ablief, wurde die Geschäftskarte dieser Firma gefunden. Einer der Beteiligten muss sie verloren haben.«

»Kann die Karte da schon vorher gelegen haben?«, gab Steingass zu bedenken.

»Nein. Kurz vor der Schießerei hat die Putzfrau den Boden aufgewischt. Sie schwört, dass da keine Karte gelegen hat.«

»Was waren das für Typen?«

»Wenn wir das wüssten. Obwohl einer der Angeschossenen schwer verletzt sein muss, haben die sich verdünnisiert.«

»Klar, die wollten nicht erkannt werden. Ich fresse meinen Gips, wenn die nicht zu der Bande gehören, die bei euch die Leute ausnehmen.«

Blumberg wurde unruhig.

»Das hieße, dass die sich bei uns wie normale Bürger bewegen. Verdammt, das macht die Sache auch nicht leichter.«

»Habt ihr denn gar keinen Ansatzpunkt, was für Leute das sind?«

»Das macht uns ja so fertig. Wir kommen einfach keinen Schritt weiter. Der Hauptkommissarin geht es deshalb richtig mies. Nicht mehr lange und sie hat fremde Ermittler in ihrer Dienststelle sitzen. Wir hofften, über die Firma OrganLogistikCologne weiter zu kommen. Aber da halten wir uns jetzt wohl besser zurück.«

»Genau, Carl, und du ganz besonders.«

Steingass nahm die Hand von Blumberg und sah ihn beschwörend an.

»Überlasse das uns. Da gibt es Verbindungen zum

Ostblock. Du kannst dich sicher daran erinnern, was ich dir über das Kosovo erzählt habe. Wie die jungen Leute dort geschnappt und ausgenommen werden. Wenn OrganLogistikCologne da mit drinhängt, ist das eine ganz heiße Kiste. BKA und Europol sind in der Richtung auch schon aktiv.« Erschöpft ließ Steingass den Kopf in das Kissen sinken. Er war blass geworden. Blumberg machte sich Vorwürfe, er war zu weitgegangen. Steingass, der ihn beobachtete, schien seine Gedanken zu ahnen.

»Ist schon okay, Carl. Es war gut, dass wir darüber gesprochen haben. Jetzt wisst ihr wenigstens, mit wem ihr es zu tun habt. Und ich werde dafür sorgen, dass ihr alle Informationen, die in Köln vorliegen, bekommt. Sag das der Wagenknecht.«

»Danke, Heinz. Wenn wir neuen Input bekommen, geht der auch an euch.« Blumberg blickte auf die Wanduhr, es wurde höchste Zeit. Elsa würde bald in Köln eintrudeln.

»Ich muss los, Heinz. Du kennst ja Elsa, wenn die mit ihrem Gepüngel am Bahnhof auf mich warten muss gibt es einen Anschiss.«

Steingass quetschte sich ein Grinsen ab.

»Du wolltest es ja nicht anders.«

17

Butzweilerhof

Martin Schlösser überholte einen LKW, der eine riesige Zigarre mit Flüssiggas transportierte. Er linste zu seiner Chefin hin.

»Meinst du, die lassen uns bei der Firma überhaupt herein?«

»Wir versuchen es erst gar nicht.«

»Wie war das gerade?«

Henny Strassfeld, der während der Fahrt über die A57 im Fond vor sich hindöste glaubte sich verhört zu haben.

»Wir wollen uns da gar nicht umsehen?«

»Genau. Die Kölner Kollegen observieren die Firma bereits. Wir sollen uns da raushalten. Schneider war da sehr deutlich.«

»Na ja, wenn der Herr Kriminalrat das sagt«, frotzelte Strassfeld.

»Henny, sei nicht unfair«, meinte Wagenknecht.

»Schneider steht auf unserer Seite. Er unterstützt uns, wo er nur kann. Aber ihm sitzen die Oberen mächtig im Nacken.«

»Und was versprichst du dir dann von unserem Trip hier zum Butzweilerhof, da wir doch nichts unternehmen können?«

Martin Schlösser klang irritiert.

»Ich wollte mir einen Eindruck von dem

Unternehmen verschaffen. Alles Weitere wird sich ergeben.«

»Na, wenn du meinst.« Schlösser fuhr die Abfahrt Longerich ab und ordnete sich in Richtung Köln-Pesch ein. Schweigend fuhren sie weiter über die Militärringstraße, vorbei am westlichen Grüngürtel Richtung Butzweilerhof. Wagenknecht rief sich in Erinnerung, dass in dieser Ecke nach Kriegsende militärische Einheiten der Engländer und Belgier ihre Stützpunkte hatten. Und sie hörte noch, wie ihre Oma, die in Ossendorf wohnte, dem Himmel dankte, dass die Russen nicht so weit nach Westen gekommen waren. Jahrelang fungierte der Butzweilerhof als Flugplatz für die englischen und belgischen Truppen. Nach deren Abzug tummelte sich dort anschließend die Bundeswehr. Mitte der 90er Jahre wurde der Flugverkehr schließlich ganz eingestellt. Wagenknecht dachte daran, wie sie mit Freunden auf dem verlassenen Gelände Open-Air-Konzerte besucht hatte. Veranstaltungen mit Tausenden von Fans. Heute fuhren sie auf dem gleichen Gelände durch ein dicht bebautes Gewerbegebiet. Interessiert betrachtete sie die Logos der großen Medienunternehmen, die hier ihre Verwaltungen hatten.

»Sind auch nicht gerade Frittenbuden, die hier stehen«, staunte Strassfeld.

»Alles Promi Firmen. Schwer vorstellbar, dass sich hier Firmen einnisten, die nicht sauber sind«, meinte sein Kollege Schlösser. Er zeigte auf das Firmengebäude des Fernsehsenders *News1*, an dem sie gerade vorbeifuhren. »Die würden sich doch von den

Medienfuzzis ständig beobachtet fühlen.«

»Das ist der Trick, Martin«, sinnierte Wagenknecht. »Sich mit der Firma da niederlassen, wo die Öffentlichkeit präsent ist. Kein Mensch macht sich dort Gedanken, was hinter den Kulissen abgeht.«

Auf der linken Straßenseite tauchte das Firmengebäude von OrganLogistikCologne auf. Ein moderner langgestreckter Kasten. Mit seiner glatten schnörkellosen Fassade wirkte der Firmensitz zwischen den Protzbauten rundum geradezu bescheiden. Auffallend war nur die große kreisrunde Fläche in einem gesicherten Außenbereich.

»Landeplatz für Helis«, stellte Schlösser fest.

»Jungs, wir müssen uns unsichtbar machen«, erinnerte Wagenknecht. »Unsere Kölner Kollegen stehen garantiert hier irgendwo herum. Die müssen uns nicht unbedingt sehen. Martin, fahr da vorne rechts in die Einbahnstraße.«

»Okay, aber wie gehen wir dann vor? Ehrlich gesagt halte ich unsere Aktion hier für Blödsinn.«

Erstaunt registrierte Wagenknecht, das Schlösser sich so aggressiv anhörte. Das war sie von ihrem Stellvertreter nicht gewohnt. In seiner ruhigen besonnenen Art stand er sonst hinter ihren Entscheidungen. Immer, ausnahmslos. Da stimmte was nicht.

»Martin, was ist los?«

Es blieb eine Zeitlang ruhig.

Sie ließ ihm Zeit.

Henny Strassfeld, sonst immer für einen flotten Spruch gut, blieb stumm.

»Meine Töchter, die drehen langsam durch. Ich kriege das nicht mehr auf die Reihe.«

Schlösser klang deprimiert.

»Was haben die für Probleme?«

»Eva und Katrin geht es auf den Geist, dass sie am Wochenende nicht wie sonst abends in der Disko herumhängen können. Alle ihre Freunde wären dort. Na ja, ihr kennt das ja.«

»Du hast es ihnen wegen den Organfällen verboten?«

»Klar, ich kann sie doch nicht der Gefahr aussetzen, dass sie nachts vor der Disco gekillt werden. Alleine der Gedanke macht mich schon fertig. Aber was will ich machen? Wenn ich Dienst habe, kann ich mich nicht um sie kümmern. Und meine Exfrau hängt am Wochenende mit ihrem Lover irgendwo rum. Für die sind ihre Töchter nur da, wenn es heißt shoppen gehen. Um sich dann von ihnen bewundern zu lassen, wenn sie Fummel kauft, der besser den Kids stehen würde.«

»Mensch, Martin, warum hast du nichts gesagt? Wir hätten dir doch helfen können.« Wagenknecht war sauer.

»Das fehlt ja noch, dass ich meine Probleme mit in die Dienststelle bringe.«

Typisch Martin.

Noch gut konnte sich Wagenknecht an die Situation erinnern, als Schlösser die Tatsache verarbeiten musste, dass seine Frau mit einem anderen ins Bett ging. Eine Weile hatte er nichts von der Geschichte durchsickern lassen. Um damit klar zu kommen, hatte er wie ein Verrückter gearbeitet. Erst als seine Mutter es mit den Töchtern nicht mehr schaffte, hatte er sich ihr anvertraut. Um mehr Zeit für die Kids zu haben, wollte er sogar seinen Job hinschmeißen. Es durfte keine Neuauflage geben.

»Martin, das ist doch kein Problem. Gib deinen Töchtern fürs kommende Wochenende zwanzig Euro Taschengeld extra und sag ihnen, dass du sie von der Disko abholst.«

»Wie soll das denn gehen?«, sagte Martin verdutzt.

»Ganz einfach, für die kommenden Wochenenden gehst du mal wieder auf Streife.«

Wagenknecht grinste sich einen.

»Und nun sehen wir uns an, was diese Firma hier so hergibt.« Sie wartete keine Reaktion ab, drehte sich um und schlenderte in die Herboldsteinstrasse. Auf dem Gelände von OrganLogistikCologne sah sie wie Mitarbeiter in Richtung Ausgang eilten. Mittagspause, ging es ihr durch den Kopf. Wie immer musste jede Minute genutzt werden. Sie kannte das. Während ihres Studiums hatte sie im Amtsgericht Köln gejobbt und in den Pausen Dinge erledigt, für die sie sonst keine Zeit hatte. Henny Strassfeld hatte sie eingeholt und zeigte auf das Firmengelände.

»Ich habe eine Idee.«

»Wie meinst du das?«

»Ich logg mich da ein.«

Wagenknecht blieb so abrupt stehen, das Schlösser hinter ihr gegen sie lief.

»Du loggst dich wo ein?« Sie ahnte die Antwort.

Henny Strassfeld war einer der besten Hacker in der

Cyberszene gewesen. Bevor er auf der legalen Schiene landete, hatte er sich hemmungslos in der Datenwelt ausgetobt. Kurz vor dem Absturz hatte Wagenknecht ihn geschnappt und umdrehen können.

»Ich versuche mal deren Server zu checken.«

Wagenknecht war unsicher.

Von „geht gar nicht" bis „ist einen Versuch wert", sprang die Kurve rauf und runter. Sie dachte an die Menschen im Bergischen, an die jungen Leute, die bereits qualvoll sterben mussten, an die Töchter von Schlösser.

Das musste aufhören.

Sie entschied sich für das Motto: „Der Zweck heiligt die Mittel."

»Okay, Henny. Martin und ich werden uns in der Zeit das Firmengelände von außen ansehen. Du meldest dich übers Handy.«

»Also, Leute«, seit Tagen blickte Wagenknecht wieder zuversichtlich in die Runde.

»Wir haben endlich was, das uns weiter bringt.«

Sie registrierte den Ruck, der durch das Team ging. Selbst Blumberg, der alte Hase, bekam eine spitze Nase.

»Heike, leg los.«

»Okay, aber«, Heike Bachem zeigte auf Wolfsbach, »ihm haben wir die Info zu verdanken. Und dabei hätte er fast seine Unschuld verloren.« Sie grinste von einem Ohr zum anderen.

Carl Blumberg, der wie immer die Leute im Blick hatte, bemerkte das Wolfsbach dunkelrot anlief wie eine überreife Tomate. Ihm stand wieder die Szene vor Augen, als der gleiche Wolfsbach im Fall der Kunstmörder in dieser Runde einmal leichenblass geworden war. Als rausgekommen war, dass er einer Reporterin, die ihn angemacht hatte, Internes erzählt hatte. Anderntags stand dann alles brühwarm in der Presse. Ein Disziplinarverfahren gegen ihn wäre kaum zu vermeiden gewesen. Nur der Umstand, das Wagenknecht sich vor ihren Assistenten stellte und Blumberg die guten Beziehungen zu seinem Studienfreund Kriminalrat Schneider nutzte, hatte Wolfsbach vor einem Verfahren bewahrt.

Das war alles hinten rumgelaufen. Keiner hatte was mitbekommen. Aber es hatte sich gelohnt, Wolfsbach machte sich. Und wie aus heiterem Himmel wurden dann auch plötzlich die seit langem ausstehenden Renovierungsarbeiten in der Gummersbacher Dienststelle bewilligt. Auf die Idee, dass der Vater von ihrem Kriminalassistenten an irgendwelchen Rädchen gedreht haben könnte, kam Wagenknecht erst viel später. Oder anders: Der Dank des Staatssekretärs war wohlwollend auf die Provinz-Dienststelle gefallen. Nun, Blumberg freute sich jedenfalls über den Erfolg von Wolfsbach in dem aktuellen Fall. Er hatte seine zweite Chance wahrgenommen. Und wenn ihn seine Menschenkenntnis nicht täuschte, bahnte sich da etwas zwischen der Oberkommissarin Bachem und dem Kriminalassistenten an. Auch nicht schlecht. Sie war eine Frau mit Biss, sie würde Wolfsbach in die richtige Spur halten.

»Also, wie war das mit der fast verlorenen Unschuld

von unserem Kollegen? Heike, mach es nicht so spannend.« Henny Strassfeld platzte fast vor Neugier.

»Leute, das war echt krass«, fuhr Heike Bachem fort. »Als wir gestern im Transplantations-Zentrum Rheinberg waren kamen wir in der Cafeteria mit einem Typen ins Gespräch. Genauer gesagt, mit einem OP Assistenten, der die Faxen dicke hatte. Nach dem zweiten Cappuccino, den wir ihm spendierten, wurde er so richtig gesprächig. Er bombardierte uns förmlich mit seinem Frust über die langen Dienstzeiten und dem geringen Einkommen. Dagegen ginge es anderen Leuten in der Klinik ja geradezu sündhaft gut, meinte er. Luxuskarossen und Eigentum in den besten Wohngegenden wäre bei denen Standard.«

»Und wie kamt ihr auf das Thema Transplantation, Organhandel?«

Wagenknecht war gespannt, wie das gelaufen war.

»Nun, das ergab sich dadurch, dass Holger Schneefall, so heißt der Mann, bei Transplantationen assistiert. Und hier wurde es dann so richtig interessant.«

»Der wird euch ja kaum etwas erzählt haben, das nicht schon bekannt ist. Wegen Arztgeheimnis und so«, meinte Schlösser skeptisch.

Heike Bachem blickte zur Hauptkommissarin hin.

»Hier sollte Wolfsbach übernehmen.«

»Okay.« Wagenknecht nickte. »Wolfsbach, machen Sie weiter.«

Wolfsbach, nicht gewohnt Referate zu halten, stellte sich verkrampft neben das Flipchart.

»Also, es war so: Der Kaffee drängte, ich musste

mal aufs Klo. Und dieser Holger Schneefall wohl auch. In der Toilette stellte er sich dann neben mich und meinte, wie gut es doch tut, so frei weg pinkeln zu können. Patienten von ihm, die über Katheter entsorgen müssten, träumten davon, auch mal wieder schön strudeln zu können. Leider hätten nur wenige eine Chance auf eine neue Niere.

Dann wurde es interessant.

Auf meine Frage, wie lange die Wartezeit für ein Spenderorgan wäre, meinte der Mann, das sei lediglich eine Frage der Kohle.«

Wolfsbach bemerkte die Spannung in den Gesichtern seiner Kollegen.

Er wurde sicherer.

Fühlte sich angenommen.

»Als ich nachbohrte, lud Schneefall mich abends zu sich nach Hause ein. Bei einem netten Abend, so meinte er, könnten wir uns weiter über das Thema unterhalten.«

»Du musst auf dem Klo ja mächtigen Eindruck auf ihn gemacht haben«, platzte Strassfeld heraus.

Wolfsbach drückte die Schulter durch, stellte sich kerzengerade hin. Blockte ab. Auf die blöde Bemerkung von seinem Kollegen ging er nicht ein.

»Das war die Chance, an Informationen zu kommen und bin natürlich hingegangen.« Strassfeld, der wieder einen Kommentar loswerden wollte, fing den strengen Blick seiner Chefin ein.

Er ließ es.

»Nun ja«, Wolfsbach konnte ein Grinsen nicht unterdrücken. »Der Abend lief dann nicht so, wie

Schneefall es gerne gehabt hätte. Ich glaube, ich habe ihn enttäuscht.« Wolfsbach zuckte mit der Schulter.

»Aber wie auch immer. Nach der zweiten Bloody Mary rückte Schneefall damit heraus, dass in der Rheinberg Klinik krumme Dinger laufen. Krumme Dinger, die so richtig viel Geld in die Kasse spülen. In private Kassen, versteht sich.«

»Wolfsbach, klasse«, kommentierte Wagenknecht.

»Ich habe hier die Fakten, die unser Kollege erfahren hat«, übernahm Heike Bachem wieder. »Danach hatte Transplant, das ist die deutsche Zentralstelle die über die Organspenden verfügt, der Klinik Rheinberg für das vergangene Jahr maximal zwölf Nierenspenden zugesagt. Transplantiert wurden aber sage und schreibe einundzwanzig.« Aufgeräumt blickte Heike Bachem in die Runde.

»Woher also kamen die zusätzlichen neun Organspenden?«

»Eine Frage.« Blumberg schob seinen Stuhl zurück, er brauchte Bewegung. Langes Sitzen war nicht sein Ding. Fragend blickte er zu Wolfsbach hin. »Woher wusste der OP Assistent das alles so genau? Ich kann mir nicht vorstellen, dass er zu dem Kreis der Personen gehört, der solch kompliziert zu organisierende Dinge durchführt. So etwas kann nur Chefsache sein. Und der wird kaum einen Assistenten mit ins Boot nehmen.«

»Vollkommen richtig.« Zustimmend nickte Wolfsbach. »Schneeball ist auch nur durch einen Oberarzt, mit dem er eine Zeitlang ein Verhältnis hatte, dahintergekommen. Dieser Oberarzt, der

Verwaltungsleiter der Klinik und der Chefarzt der Chirurgie haben die Sache aufgezogen. Und wenn diese Herrgötter belegen, dass einundzwanzig Organspenden zur Verfügung standen, dann ist das so. Keiner würde es wagen genauer nachzufragen.«

»Da treten wir aber ganz schön in die Scheiße.« Angewidert verzog Wagenknecht das Gesicht.

»Gernolf, hat dein neuer Freund«, Strassfeld konnte es einfach nicht lassen, »dir auch zugeflüstert, wie die illegalen Organspenden in die Klinik gekommen sind?«

»Henny, du bist ein Arschloch!«

Heike Bachem blickte ihn vernichtend an.

Wolfsbach winkte ab.

»Heike, lass mal. Wie bekannt«, erklärte er, »dürfen die Organspenden nur eine gewisse Zeit ohne Blutversorgung transportiert werden. Und genau das war das Argument des Verwaltungsleiters gegenüber seinem Klinikpersonal, warum er die Lieferungen immer für nachts orderte. Dann nämlich gibt es die wenigsten Verzögerungen. Die Flieger, Helikopter, die Zustellung per PKW, alle haben nachts die größten Chancen, den Zeitplan einzuhalten. Und in der Klinik geht ab zwanzig Uhr alles über die Notaufnahme. Der Rest war perfekt organisiert.«

»Das heißt«, Blumberg ließ sich auf seinen Stuhl plumpsen, »keiner in der Klinik hat was mitgekriegt.«

»Doch, etwas haben wir.« Hastig tippte Wolfsbach auf sein iPhone ein. »Hier ist ein Logo, welches Schneefall nachts auf einem Fahrzeug vor der Notaufnahme gesehen hat. Heike projiziere es doch auf das Flipchart.«

»Irre«, Strassfeld hörte sich aufgeregt an. »Das ist das Logo von OrganLogistikCologne. In der Firma lief das als Bildschirmschoner auf den Monitoren. Scheiße aber auch«, Strassfeld stöhnte, als wenn er körperliche Schmerzen hätte. »Das war aber auch alles, was ich sehen konnte. Die IT dort ist clever. Sie sichert über die Mittagspause den Server. Auf die Schnelle war da kein Reinkommen.«

»Tja Henny, da wurden dir deine spitzen Hackerflügel wohl etwas gestutzt, oder?«

Heike Bachem konnte es auch.

»Okay, Leute, gehen wir folgendermaßen vor:« Wagenknecht zeigte auf Wolfsbach und Bachem. »Ihr beide grabt alles aus, was es über den Verwaltungsleiter, den Chefarzt und diesen Oberarzt gibt. Familie, Affären, Konten, Vorstrafen. Martin und Henny, ihr versucht herauszubekommen, welche Kontakte OrganLogistikCologne im Ausland hat. Import, Export und so. Lasst euch vom Zoll die Dokumente über die Transaktionen zeigen. Aber Leute, das muss keiner mitkriegen. Ich möchte mir einen Anschiss von Schneider ersparen. Und wir«, strahlend blickte sie zu Blumberg hin, »haben von zwei netten Damen eine Einladung zum Kaffee erhalten.«

»Ist ja klar«, motzte Strassfeld, »unser Boss hat sich wieder das Beste herausgepickt.«

»Wenn du da auftauchen würdest, würde den Damen die Milch sauer.« Heike Bachem zeigte Strassfeld den Mittelfinger und zog Wolfsbach grinsend zur Tür.

18

Wiehl, Weiherplatz

»Sehen Sie dort oben«, Kareen Wagenknecht zeigte auf die Wohnanlage oberhalb des Weiherplatzes.

»Dort wohnen die beiden.«

»Sieht ja alles sehr neu aus«, stellte Blumberg fest.

»Stimmt, die Wohnungen wurden erst vor einigen Jahren gebaut und waren begehrt wie warme Semmel. Bevor der Rohbau fertig war, waren schon alle verkauft. Kürzlich wurde nun eine Wohnung veräußert und Martine Klasing und ihre Lebensgefährtin haben diese gekauft.« Während sie über den Weiherplatz gingen, sah Blumberg sich den Komplex genauer an. Moderner, großzügiger Baustil, terrassenförmig angelegt. Große Fenster, breite ausladende Balkone, Blick über Wiehl. Alles top gepflegt.

»Gelungen finde ich auch«, Kareen Wagenknecht zeigte auf die links liegende ältere Wohnanlage, »die Anlehnung an die bestehende Bausubstanz. Die Planer haben sich wirklich etwas dabei gedacht.«

»Waren Sie schon mal bei den beiden?«

»Ja, vor drei Tagen beim Umzug. Ich hatte doch versprochen zu helfen. Sind dann leider nur drei Stunden am Abend draus geworden.«

»Deshalb wird Ihnen ja kaum einer einen Vorwurf machen. Bei dem Stress den Sie zur Zeit haben.«

»War dann auch so, das Hendrik geholfen hat. Als

die Möbelfirma weg war, gab es noch hier und da was zu räumen. Ich glaube, da waren die beiden froh, dass sie ihn hatten.«

»Finde ich toll, das Hendrik das gemacht hat, er hat ja so keinen Kontakt zu den beiden Damen gehabt.«

»So ist Hendrik. Als ich ihm von Martine Klasing erzählt habe und dass sie mit ihrer Lebensgefährtin nach Wiehl zieht, hat er sofort gemeint, dass wir helfen sollten. Er ist da total sozial eingestellt. Übrigens ist auch er eingeladen und wird schon da sein.«

Als Wagenknecht die Klingel betätigte aktivierte sich die Rufanlage und es wurde aufgedrückt. Im zweiten Stock standen die beiden Frauen in der Wohnungstür und blickten ihnen freudestrahlend entgegen. Nach einer herzlichen Umarmung wurden sie hineingebeten und in der freundschaftlichen Atmosphäre fühlte Blumberg sich sofort wohl. Erleichtert stellte er fest das Martine Klasing wieder so weit hergestellt war. Wenn auch noch blass um die Nase machte sie doch einen stabilen Eindruck.

»So, Kinder, nun kommt mal durch.«

Doro Albrechtis dunkle sonore Stimme beeindruckte Blumberg aufs Neue. Sie zauberte eine Atmosphäre der Entspannung, der Ruhe. Die Frauen führten ihre Gäste durch die Wohnung und hatten zu jedem Interieur etwas zu erklären. Bei den Bildern an den Wänden brach die Galeristin in Albrechti durch und sie hatte zu den zeitgenössischen Malern immer eine Anekdote in petto.

»Dieses Bild«, sie tippte auf ein hochformatiges Kreidebild, »ist die Szene eines Straßenmusikers, der mit seiner Geige vor dem Hauptportal des Kölner Dom spielt. Das Motiv hat ein damals noch junger Kunststudent auf die Domplatte gemalt. Mit der Malerei hat er sich ein paar Euro für ein warmes Essen verdient. Heute ist dieser Straßenmaler Professor an der Düsseldorfer Kunstakademie. Und was wirklich irre ist«, Albrechti zeigte auf den gemalten Straßenmusiker, »dieser hier, ist schon mehrmals in der Philharmonie aufgetreten. Er hat dort mittlerweile seine Fans und noch heute habe ich Kontakt zu beiden Künstlern.«

Blumberg bemerkte, wie Martine Klasing ihre gerührte Lebensgefährtin um die Schulter fasste und an sich drückte.

»Und jetzt«, Martine Klasing ging zu einer Anrichte, nahm ein Tablett mit gefüllten Sektgläsern und bot ihren Gästen ein Glas an. »Jetzt möchte ich einmal für eure Hilfe Danke sagen. Dafür, dass ihr mich aufgebaut habt, für die Sicherheit, die ihr mir gegeben habt. Nach dem schrecklichen Ereignis hat mir das wieder Mut gemacht und mich stabilisiert.

Danke, danke euch allen.«

Martine Klasing konnte nicht vermeiden, dass Tränen über ihr Gesicht liefen. Mit einem verlegenen »entschuldigt bitte«, verschwand sie in Richtung Bad.

In der anschließenden Kaffeerunde erzählten sich Albrechti und Blumberg eine kölsche Anekdote nach der anderen. Es stellte sich heraus, dass sie die Tochter eines Puppenspielers vom Kölsch Hänneschen Theater war. Ihre Mutter, eine Französin, war bei einem Besuch des Theaters von der Stimme des *Schäl* so beeindruckt gewesen, dass sie noch in der Nacht mit dem Interpreten dieser Stockpuppe ins Bett gegangen ist.

»Das Ergebnis dieses One-Night-Stand sitzt jetzt vor dir«, sagte Doro Albrechti. Ihre Augen wurden feucht und Blumberg fragte sich, ob diese nach außen hin so ausgeglichene Frau nicht doch Vergangenheitsprobleme hatte.

»Leider konnte meine Mutter mit Tochter und Familie nichts anfangen. Nach meiner Geburt legte sie mich in eine Tasche und stellte sie in die Theater Garderobe meines Vaters. Nach der Vorstellung rief sie ihn an, fragte, ob er seine Tochter bemerkt hätte und wurde nie wieder gesehen. So hat es mir mein Vater an meinem achtzehnten Geburtstag erzählt.« Albrechti lehnte sich zurück. Ihre Gedanken verfingen sich in der Vergangenheit. Blumberg schwieg ebenfalls. Er wusste, wie es war, wenn einen die Gedanken überschwemmten. Dann zog man sich zurück. Brauchte Abstand.

»Mein Vater hat für mich die Sterne vom Himmel geholt.«

Sie war wieder da.

»Als Mitglied des Hänneschen Theaters war er in Köln bekannt wie ein bunter Hund.« Sie zeigte auf ein Bild, das in der Ecke des Raumes auf einer schmalen Wandscheibe seinen Platz hatte. Von einem Kind fantasievoll gemalt, zeigte es einen Marktplatz. Schräge Puppenfiguren bevölkerten die Bänke. Figuren, wie sie im Hänneschen Theater spielten.

»Das habe ich gemalt, da war ich sechs Jahre alt. Es

soll den Eisenmarkt darstellen, da, wo heute noch das Theater steht. Gewohnt haben wir am Severins Tor und ich wurde ein Kind der Südstadt. Ich liebte Köln, die historischen Gassen und Plätze, liebte die Kölschen Originale. Bei einem Bühnenstück im Hänneschen Theater durfte ich einmal eine Marktfrau interpretieren. Von da an war das Theater mein zweites Zuhause.

Es war meine glücklichste Zeit.

Auch ohne Mutter.

Dann kam eine weniger glückliche Zeit.«

Sie blickte Blumberg mit feuchten Augen an.

»Carl, entschuldige bitte, ich brauche einen Cognac. Darf ich dir einen mitbringen?« Er lehnte dankend ab und hörte dieser bemerkenswerten Frau weiter zu.

Stumm.

Sie brauchte seine Aufmerksamkeit.

Ohne Kommentar.

Er ahnte, dass sie sich selten öffnete, wenn überhaupt. Mit ihrer rauchigen Stimme erzählte sie, dass im Kunstunterricht ihre gestalterischen Fähigkeiten erkannt wurden. Ihr Pate Jakob Stein, ein alter Freund ihres Vaters, ermöglichte es, dass sie einen Studienplatz an der Kunstakademie in Düsseldorf bekam. Finanziert wurde das Stipendium aus dem Fond eines Großunternehmens in Düsseldorf.

Zu der Vernissage einer Ausstellung, die sie im sechsten Semester mit zwei befreundeten Kunststudenten ausrichtete, wurde ihr Sponsor als Ehrengast eingeladen. Wider Erwarten kam dann tatsächlich der Senior des Unternehmens, begleitet von

143

seiner Frau und seinem Sohn.

»Und wie das Leben so spielt, verliebte ich mich in Klaus-Heinzgerd, in den Sohn des Unternehmers und auch er war geradezu verrückt nach mir. Kurz darauf wurde geheiratet.«

Doro Albrechti trank einen Schluck Cognac.

»Genau fünf Monate hielt die Ehe, bevor ich die Scheidung einreichte. Über die Scheidungsgründe wurde öffentlich nie etwas bekannt. Nur die Familie wusste, dass mein Ehemann froh sein konnte, wegen Gewalt in der Ehe nicht im Knast zu landen. Für meine Diskretion war mir mein Schwiegervater zutiefst dankbar. Er sicherte mich finanziell so ab, dass ich ein unabhängiges Leben führen konnte, das einzig Gute an der Sache.« Albrechti stellte den Cognac auf den Tisch.

»Das Studium nahm ich aber trotzdem nicht mehr auf. Stattdessen gründete ich in Köln eine Galerie, die schon nach kurzer Zeit einen Namen hatte. Auf der Art Cologne steht sie mittlerweile im internationalen Fokus.«

Zaghaft legte Albrechti ihre Hand auf den Arm von Blumberg und blickte ihm entrückt in die Augen.

»Es war dann nur so, dass ich seit dem Masochismus in meiner Ehe mit keinem Mann mehr näher zusammen sein konnte. Ich habe es versucht, aber es klappte nie. So habe ich eines Tages einen Schnitt gemacht und blieb Single. Erst als ich Martine kennenlernte, habe ich wieder einen Menschen lieben gelernt.«

Sie atmete tief durch.

»Ich weiß nicht, was ich getan hätte, wenn sie das

Drama nicht überstanden hätte.« Lächelnd blickte sie zu ihrer Lebensgefährtin hin.

»Aber nun ist alles gut. Die Wohnung gehört uns beiden und hier können wir in Ruhe unser neues gemeinsames Leben genießen.«

Mit der Ruhe sah Blumberg das nicht so. Nicht, solange die Organkiller nicht gefasst waren. Es bestand die Gefahr, dass sie Wind davon bekommen hatten, das Martine Klasing den Anschlag überstanden hatte. Und keiner wusste, was in den kranken Köpfen dieser Verbrecher vorging. Doch das behielt er lieber für sich. Jetzt brauchte er erst einmal Bewegung. Zu Hause stand Max sicher schon mit beleidigter Schnute am Fenster und war stinksauer, dass er alleine die Stellung halten musste. Elsa war in Bergneustadt auf einer Kunstausstellung, das konnte dauern.

Gerade hatte er den Land Rover in die Garage gefahren, als das Handy brummte. Vielleicht ist es Elsa, dachte Blumberg und blickte aufs Display. Abrupt blieb er stehen. Die Handynummer der Hauptkommissarin war personifiziert. Ein mieses Gefühl beschlich ihn.

Wagenknecht schien Gedanken lesen zu können.

»Keine Sorge, alles okay.« Sie hörte sich gut an.

»Es hat sich noch was ergeben. Martine Klasing hat mir eben, quasi schon beim Herausgehen etwas Wichtiges erzählt.«

»Betrifft das ihre Geschichte?«

Blumberg fühlte ein Kribbeln im Bauch.

»Genau. Es kam so, dass ich Martine nochmals auf

das Parfüm *Atmosphäres* angesprochen habe. Sie glaubt ja, diesen Duft beim Überfall bemerkt zu haben. Ich habe sie gefragt, ob sie wüsste, wo man dieses Parfüm bei uns kaufen könnte.«

»Und? Sagen Sie jetzt nicht, wir kämen auf dieser Schiene weiter. Das wäre dann aber verdammt spät.« In Gedanken überflog Blumberg die Tage, die seit dem Überfall ins Land gegangen waren.

»Sie weiß das erst seit gestern, von daher«, Wagenknecht atmete durch, »zwar spät, aber immerhin. Martine war in dem Parfümeriegeschäft am Weiherplatz. Interessehalber hat sie nach *Atmosphäres* gefragt und es stellte sich heraus, dass dieses Parfüm tatsächlich dort verkauft wird. Und es ist richtig teuer. Für einhundertachtzig Euro gibt es gerade mal die kleinste Verkaufseinheit, 30 ml.«

»Donnerwetter.«

Spontan dachte Blumberg an Elsa. Vielleicht war das ja mal was für einen besonderen Anlass.

»Aber das Wichtigste ist«, Wagenknecht machte eine Pause, sie machte es spannend, »bis jetzt hat nur eine Frau dieses Parfüm gekauft.«

»Und die Verkäuferin kennt auch noch die Kundin?«

»Leider nein. Aber sie weiß, wo sie diese schon einmal gesehen hat. Genauer gesagt, deren Auto. Ein schickes Smart Cabrio. Der Wagen ist ihr aufgefallen, als er vor dem Geschäft geparkt hat. Knallrot, mit dem markanten Kennzeichen K-XX 6666. Und abends sah sie dann dieses Auto in Schalenbach stehen. Dort wohnen ihre Eltern.«

»Schalenbach, der kleine Ort oberhalb der Wiehltalsperre?«

»Genau. Aber wir wissen nicht, wo sich die Frau dort aufgehalten hat. Das Auto stand an einer Bushaltestelle. Und hier müssen wir nachhaken.«

Blumberg registrierte die gut gelaunte Stimme der Hauptkommissarin. Er ahnte, was kam.

»Ich glaube, Max würde sich dort bestimmt mal gerne umsehen«, meinte Wagenknecht mit fröhlichem Unterton. »Es soll dort noch so richtig naturbelassen sein, und seine speziellen Freunde, die Fußkranken, gibt es dort haufenweise. Und Sie haben dort bestimmt auch noch den einen oder anderen aus Ihrer Verwandtschaft wohnen. Der Clan Ihrer Tante Frieda soll ja das halbe Bergische bevölkert haben.«

Blumberg musste grinsen. Sie kannte sich verdammt gut aus.

»Tatsächlich könnte da noch einer von der Sippe wohnen«, meinte er. »Ich höre mich mal um.«

»Prima, das ist ein guter Ansatzpunkt. Aber versuchen Sie nicht wieder James Bond zu spielen, einmal reicht.«

Das war es, was Blumberg an ihr schätzte. Ihre gerade Art, die Dinge beim Namen zu nennen. Und er konnte es sich nicht verkneifen, dass er sich darüber freute, dass sie sich Sorgen um ihn machte.

Sie meinte das ehrlich.

Das spürte er, das tat gut.

19

Das Trio

Sie wollte nicht glauben, was sie und Wolfsbach ausgegraben hatten. Wieder einmal hatte sich bestätigt, dass Leute, die sowieso schon richtig Kohle hatten, den Hals nicht genug voll bekamen. Korruption, Urkundenfälschung, Steuerhinterziehung, das waren nur die ersten Ergebnisse ihrer Ermittlungen. Die vollständige Anklage gegen die drei Verdächtigen der Rheinberg Klinik dürfte umfangreicher werden.

Heike Bachem schwebte noch die ultramoderne Villa, die Verwaltungsleiter Dr. Gerhold Stadelheim im Lindlarer Nobelviertel Hochwald bewohnte, vor Augen. Im weiteren Verlauf der Ermittlungen hoffte sie, sich dieses Anwesen einmal von innen ansehen zu können. Für moderne Architektur hatte sie ein Faible.

Eines war sicher, von seinem Einkommen als Verwaltungsleiter hatte Stadelheim diesen Protzbau nicht finanzieren können. Es musste Nebeneinkünfte geben, die in keinen Büchern zu finden waren. Die Tierarzt Praxis seiner Frau konnte auch keine Goldgrube sein, da war auch nichts mit zusätzlicher Kohle. Heike Bachem kam es hoch, wenn sie daran dachte, das Stadelheim seine demenzkranke Mutter in einem drittklassigen Pflegeheim in einem abgelegenen Kaff vor die Hunde gehen ließ.

»Und solch ein Scheißkerl hat die Verantwortung für eine Klinik«, sprudelte es aus ihr heraus.

Wolfsbach, der sich über den Stau auf der Westtangente ärgerte, blickte irritiert zu ihr hin.

»Wo bist du denn mit deinen Gedanken?«

»Bei Stadelheim. Ich will ihn hinter Gitter sehen. Und zwar schnell.«

Der Stau löste sich auf, Wolfsbach gab Gas.

»Ich glaube«, überlegte Heike Bachem laut, »das Stadelheim und die beiden Ärzte noch andere Dinger drehen. Von dem Schwarzgeld, das sie für die illegalen Transplantationen in der Klinik bekommen, können die sich den Luxus nicht leisten.«

»Heike, ich weiß nicht. So ein Chefarzt verdient schon eine Menge Geld. Alleine seine Privatstation bringt richtig was in die Kasse«, meinte Wolfsbach.

»Trotzdem, das reicht nicht.«

Heike Bachem schüttelte den Kopf.

»Es sind ja nicht nur die Immobilien, die Typen leben ja auch sonst auf großem Fuß. Oberarzt Fischenich zum Beispiel käme finanziell auf keinen Fall zurecht. Da muss es mehr geben.«

»Illegale Transplantationen außerhalb der Klinik?« Wolfsbach hatte das mehr so dahin gesagt. Über die Reaktion seiner Kollegin war er dann so richtig überrascht.

Ignorierend, dass er am Steuer saß, beugte Heike Bachem sich zu ihm hin und drückte ihm einen schnellen Kuss auf die Backe.

»Gernolf, du bist doch ein kluges Kerlchen«, sagte sie und legte ihre Hand auf seinen Oberschenkel.

»Das könnte es sein. Die arbeiten auch außerhalb der Klinik. Wahnsinn, das ist es!«

»Aber wo?«

Mehr kriegte Wolfsbach nicht heraus. Er spürte noch den Kuss und fühlte die Hand auf seinem Bein. In seinem Bauch begannen Schmetterlinge zu tanzen.

»Wo die das machen, Gernolf, bekommen wir heraus. Und dann lassen wir die Bande hochgehen.«

Wolfsbach fiel ins Grübeln. Vor der Abfahrt Rospetal bremste er so abrupt, dass Heike Bachem nach vorne ruckte.

»Ich glaube, ich weiß, wie es laufen könnte.«

Seine Stimme klang belegt. Er fuhr rechts in eine Bushaltestelle, hielt an und wandte sich seiner Kollegin zu, die ihn entgeistert anblickte.

»Heike, das OP Mobil!«

Mit zusammengekniffenen Augen sah sie ihn an.

»Du meinst, die hätten diese Dinger gedreht? Und auch die Überfälle?«

»Nein, das nicht. Schon aus zeitlichen Gründen hätten die das nicht hinbekommen. Aber sie könnten in einem OP, der irgendwo versteckt steht, operieren.«

»Das würde bedeuten, das Trio hätte nichtgemeldete Patienten, bekommt Spenderorgane von wem auch immer, und transplantiert in einem klinikfremden OP. Das klingt gut, aber«, Heike Bachem klang skeptisch, »das mit dem Mobilen OP glaube ich nicht. Ich denke, dass es etwas Stationäres sein muss. Hier irgendwo in der Nähe, quasi vor der Haustür. Wo die Chirurgen mal eben hin hüpfen, schnell ein Nierchen einsetzen und dann wieder in der

Klinik auftauchen. Und«, die Vorstellung nistete sich bei Heike Bachem förmlich ein, »ich wette mit dir um die demnächst erscheinende Fantasy DVD, dass die Firma OrganLogistikCologne da mit drinhängt. Die liefert die Ersatzteile, illegal versteht sich!«

»Und der Verwaltungsleiter Stadelheim sorgt für die Patienten. Heike, das passt. Das passt sogar ganz gewaltig.

Aber«, Wolfsbach spielte das Geschehen durch, »mit der Transplantation ist es ja alleine nicht getan, die Patienten müssen weiter intensiv versorgt werden. Da ist stationärer Aufenthalt, längere Kontrolle angesagt.«

Heike Bachen drückte sich tiefer in den Sitz. Sie stellte sich das Ganze im Ablauf vor. Es gab nur eine logische Schlussfolge.

»Du hast recht. Es muss mehr eine chirurgische Klinik sein. Klein, aber gut eingerichtet. Mit einem Arzt und Pflegepersonal für die Nachsorge. Und sie darf nicht öffentlich bekannt sein. Aber wo könnte die sein?«

Beide hingen ihren Gedanken nach.

Sie standen kurz vor der Lösung, aber sie war noch nicht rund. Plötzlich schoss Heike Bachem ein Gedanke durch den Kopf.

»Gernolf, du hast doch recherchiert, dass die Frau von dem Verwaltungsleiter eine Tierarzt Praxis hat. Wo ist die?«

»In Verr. Eine ganz ruhige Ecke zwischen Bielstein und Drabenderhöhe. Dort sagen sich die Füchse gute Nacht. Für eine Tierarzt Praxis geradezu ideal gelegen.«

»Und für eine illegale chirurgische Klinik die perfekte Tarnung.«

Das war es, Heike Bachem war sich sicher. Sie blickte auf die Uhr, es war spät geworden. Auf der Dienststelle würden sie jetzt nichts mehr erreichen können. Und sie hatte Hunger.

»Für heute machen wir Schluss«, entschied sie. »Wir lassen das Ganze sacken, sprechen es morgen früh noch mal durch und berichten es dann unserer Chefin. Aber jetzt muss ich was essen. Was hältst du von einer Pizza bei Tino?«

Das »ja« hatte Wolfsbach schon auf der Zunge, als ihm etwas anderes einfiel.

»Zuhause habe ich noch Lasagne. Genug für uns beide. Und etwas zu trinken ist auch da. Dazu einen Fantasy Film. Wäre das eine Alternative zu Pizza bei Tino?«

»Immer!«

20

Schalenbach

Hinter dem Wasserwerk des Aggerverband fuhr er die Straße weiter in Richtung Schalenbach. Max war unruhig, er musste mal raus. Blumberg beschloss, bereits vor dem Ort zu parken, so konnte Max sein Geschäft erledigen. Bedächtig fuhr er auf den ausgewiesenen Wanderparkplatz. Von hier aus führten herrliche Wanderwege rund um die Wiehltalsperre, ein markierter Weg endete am Aussichtsturm.

Früher!

Wegen Baufälligkeit wurde das Wahrzeichen von Reichshof abgebaut. Eine Sanierung wäre zwar möglich gewesen, doch die leeren Kassen der Gemeinde und des Kreises gaben nichts mehr her. Ein Zeichen der Zeit. Wenn seine Zeit noch reichte, wollte Blumberg mit Max später zu der Stelle gehen, wo der Turm gestanden hatte. Mal sehen, wie die dortige Ecke jetzt aussehen würde. Doch erst musste er sich in Schalenbach umsehen. Spontan beschloss er, einen auf Ahnenforscher zu machen, das kam an.

Vor dem Ortseingang wurde Max von einigen Pferden, die auf einer Weide grasten, misstrauisch bekneist. So ganz geheuer kam er ihnen wohl nicht vor. Doch ganz Herr des Geschehens stolzierte Max mit erhobenem Kopf und piel aufrecht gerichtetem Schwanz souverän an ihnen vorbei.

Stumm.

Vornehm.

Immerhin war man ja wer!

Obwohl es schon später Vormittag war, sah Blumberg keine Menschenseele. Linker Hand war in einem schmucken Haus eine Galerie. Kunsthandwerk in Metall und mehr. Leider geschlossen. Weiter die Straße hoch, standen Fachwerkhäuser, alle traditionell instandgehalten. Die Menschen hier liebten ihre Anwesen, in denen schon ihre Vorfahren die Herausforderungen des Lebens bewältigt hatten. Das sah man. Blumberg überlegte gerade, an welcher Tür er klingeln sollte, als durch eine Stalltür eine Gestalt gestiefelt kam.

Grüne, mit Mist bespritzte Gummistiefel, ausgebeulte grüne Cordhose, grünes kariertes Holzfällerhemd, grüne Kappe. Vor Blumberg stand ein bergisches Urgestein. Geschätztes Mittelalter. Nur schwer konnte er sich den Mann in modischen Klamotten vorstellen. Er ging auf ihn zu und blickte in kritisch blinzelnde Augen. In ein kantiges Gesicht mit Augenbrauen, die manchem als Schnauzbart gereicht hätten. Hochgewachsene, hagere Figur, Hände wie Schaufeln. Ein Mann, mit dem man besser in Frieden lebte.

Max umrundete den Fremden, scannte die Gummistiefel, nahm interessiert die Ausstrahlung der geschichtsträchtigen Cordhose auf. Es dauerte, bis er mit Schwanzwedeln und einem zufriedenen Grunzen Entwarnung gab.

»Wenn ihr beiden mich denn nun genug bekneist

habt, kann ich euch vielleicht irgendwie helfen?«

Das bergische Platt übersetzte Blumberg unbewusst ins Hochdeutsche. Seitdem er in Nümbrecht wohnte, klappte das immer besser.

»Carl Blumberg«, sagte er und reichte dem Mann die Hand.

»Ich mache so was wie Ahnenforschung. Vielleicht können Sie mir ja helfen. Ich glaube, dass es hier noch weitläufige Verwandte meiner Familie gibt. Oder mal gab.«

Der Mann trat einen Schritt zurück. Kritisch musterte er Blumberg von oben bis unten.

Und dann nochmals von unten bis oben.

»Blumberg. Oha.«

Er schüttelte den Kopf.

»Die haben wir hier nicht.

Auch früher schon nicht.

Eigentlich überhaupt nicht.

Deine Vorfahren müssen aus dem Ausland stammen.

Ich bin der Heiner.«

Mit Mühe konnte Blumberg ein Grinsen verkneifen. Er hatte den richtigen getroffen. Wenn einer wusste, wo hier ein knallroter Smart mit einer Frau zu finden war, dann Heiner.

»Merkwürdig, meine Cousine mütterlicherseits«, setzte er nach, »hat mir gemailt, das hier eine Großtante von ihr lebt. Sie hätte sie kürzlich erst besucht.«

»Gemailt?«

Heiner wurde unsicher.

»Ist das so was wie Post?«

»Genau, so in etwa«, antwortete Blumberg.

»Vielleicht ist dir meine Cousine ja vor Tagen hier aufgefallen. Sie fährt so ein knallrotes Auto.«

»Knallrotes, kleines Auto, mit einer scharfen Frau?« Wippend bewegte sich Heiner auf der Stelle.

»Blumberg, die habe ich gesehen. Junge, der hätte ich mal gerne meinen Stall gezeigt. Mann, das wäre ein Fest geworden.«

Auf das Fest wollte Blumberg lieber nicht weiter eingehen.

»Sag bloß, du weißt, wo sie hier ihre Großtante besucht hat.«

Heiner wippte schneller. Er blickte an Blumberg vorbei auf das Ortsende.

»Also, das mit der Großtante, das kann nicht stimmen.« Er zeigte auf ein altes Hofgebäude, das quasi den Bebauungsabschluss des Ortes bildete.

»Ich habe mich schon gewundert, was so ein strammes Weib in dem heruntergekommenen Seibel-Hof zu suchen hat. Dort ist doch fast nie einer. Die Bande, die sich dort eingenistet hat, ist doch immer auf so ein Avent Jedöns. Du weißt schon, was ich meine.«

»Event, Heiner. Du meinst, die sind auf Veranstaltungen.«

»Sag ich doch.«

»Und du weißt nicht so ganz zufällig, was die in dem Hof da oben so machen?« Aufmerksam beobachtete Blumberg die Reaktion von Heiner.

Das Wippen hörte auf. Heiner nahm die Mütze vom Kopf und kratzte sich seine Glatze. Er musste sich zu etwas durchringen, das war offensichtlich.

»Nun, eigentlich weiß ja keiner, was die da treiben. Die kennt ja auch keiner. Im Ort siehst du von denen nicht mal eine Nasenspitze. Aber ich habe denen mal das große Tor zugemacht, das bei einem Sturm aufgeflogen ist. Die Typen hatten das nicht richtig verriegelt. Nachlässig ist das. Richtig nachlässig ist so was, das sage ich dir. Das darf nicht passieren, nicht.«

»Na, die werden sich ja dann sicherlich bei dir mit einer Flasche Bergischen Korn bedankt haben.« Wenn nötig, konnte Blumberg so richtig schleimen.

»Scheiße haben die!«

Heiner verlegte sich wieder aufs Wippen.

»Als zwei Typen tags darauf mit ihrem LKW angebraust kamen, bin ich hin zu ihnen. Ich wollte ihnen das mit dem Tor sagen. Das war dann ein Empfang, du glaubst es nicht. Ich dachte, ich wäre im verkehrten Film. Ich hatte das Gefühl, dass die Angst hatten, ich hätte was mitgekriegt, was mich nix anging. Oder dass ich was geklaut hätte. Dabei habe ich noch nicht mal sehen können, was in der Scheune war. Ich war doch froh, dass ich das Tor zugedrückt bekam. Der Sturm war brutal, richtig brutal. Mit hineingehen und so, war da nichts.«

Ungläubig verzog Blumberg das Gesicht.

»Heiner, das glaube ich jetzt nicht. Mit solchen Leuten würde meine Cousine sich nie abgeben. Die steht auf solide Männer.«

Er blickte Heiner so intensiv an, dass der beim Wippen aus dem Takt kam.

»Solide Männer, genau Blumberg, sehe ich auch so.«

Heiner blickte über sein Anwesen und nickte zufrieden.

»Hier ist alles solide, nur die Frau fehlt mir noch. Ich hatte ja schon mal welche hier. Weißt du, so durch Anzeigen und so. Aber wenn ich denen dann den Stall zeigen wollte, hatten die plötzlich Termine. Jetzt aber habe ich eine feine Adresse. Im Fernsehen läuft doch die Serie *Bauer sucht Frau*. Da habe ich mich angemeldet. Da werden die Frauen froh sein, so was Schönes und Solides wie das hier zu kriegen, das.«

Wie angezogen blickte Blumberg auf den dampfenden Misthaufen im Hof. Hofidylle pur.

»Aber trotzdem, Blumberg, wenn du deine Cousine mal vorbeischicken würdest, könnte ich mein Angebot ans Fernsehen glatt vergessen. Ich habe zwar nicht so einen Straßenkreuzer wie der da oben auf dem Hof stand, dafür aber einen nagelneuen Trecker. Mit Turbo Sitzheizung. Mit dem kann man sonntags herrliche Touren durch die Gegend machen. Und einen kalten Arsch kriegt man auch nicht.«

»Was meinst du mit Straßenkreuzer, Heiner?« Blumberg fühlte sich wie elektrisiert.

»Na, so ein Schlitten halt. Mercedes E-Klasse, Diesel. Schickes Modell. Ich hatte ja auch mal überlegt, mir so ein Teil zu kaufen. Da fliegen doch die Frauen drauf. Aber für Diesel gibt es ja keine Subventionen mehr. Von daher«, Heiner zuckte mit den Schultern, »habe ich mich für den Luxus Trecker entschieden.«

Max wurde unruhig. Er wollte laufen, wollte die Fußkranken aufmischen. Sehnsüchtig blinzelte er zu der Weide hin, die sich hinter dem Ort hinstreckte.

Blumberg brauchte aber noch ein paar Minuten. Wie er Heiner einschätzte, hatte der bestimmt versucht, die Kennzeichen der beiden Autos auszubaldowern. Das musste er noch aus ihm herauskitzeln.

»Tja, Heiner, dann werde ich mal wieder. Mein Hund braucht Auslauf. Aber ich werde meiner Cousine mal ordentlich den Marsch blasen, dass sie mich in den verkehrten Ort geschickt hat.« Kumpelhaft schlug er Heiner auf die Schulter.

»Aber weißt du, die ist aus Düsseldorf, da hapert es mit den bergischen Namen. Die hat irgendwie die Ortsnamen verwechselt.«

Durch Heiner ging ein Ruck. Er verfiel ins Wippen. Und am Kopf kratzen musste er sich auch wieder.

»Also das ist ja komisch.«

Nachdenklich zeigte er auf das Gebäude seinem Hof gegenüber.

»Ich hatte dort am Nachmittag mit meinem Kumpel Fritz ein paar Korn getrunken. Wir hatten gut Heu gemacht und uns die ja dann auch verdient. Aber das habe ich klar erkannt: Beide Autos hatten Kölner Nummern. Und das Kennzeichen des roten Flitzers hatte viermal die sechs. Da haben wir uns noch drüber lustig gemacht, der Fritz und ich.«

Blumberg reichte es, er wollte weiter.

Er verabschiedete sich von Heiner, der nochmals daran erinnerte, dass er seiner Cousine doch nun ja sagen sollte, wie schön und solide hier alles wäre. Und den Trecker mit der Turbo Sitzheizung sollte er auch nicht vergessen.

21

Verr

In Bielstein fuhren sie durch den neu gestalteten verkehrsberuhigten Ortskern und Wolfsbach überlegte, ob er an der Erzquell Brauerei links in Richtung Drabenderhöhe fahren sollte, hatte aber eigentlich keinen Bock auf die nervende Kurverei auf dieser Strecke. Entschlossen fuhr er geradeaus bis Weiershagen und dort an der Kreuzung auf die B56. Die gut ausgebaute Straße schlängelte sich durch das Waldgebiet zwischen den Orten Forst und Brächen. Eine wohltuende Ruhe strahlte die Landschaft aus, lud zu langen Spaziergängen ein. Doch Laufen war nun nicht gerade seine Sache, mit dem Mountainbike würde es ihm mehr Spaß machen. Er sah zu Heike Bachem hin, die ihr iPad bearbeitete, um Informationen über die Tierarzt Praxis in Verr zu bekommen. Wolfsbach dachte an die Besprechung, die am Morgen stattgefunden hatte. Noch bevor die Kollegen in der Dienststelle auftauchten, hatten sie ihrer Chefin berichtet, was sie hinter der Praxis vermuteten. Dass sie das Cover für eine illegale Klinik sein könnte.

Wagenknecht war sofort auf ihrer Linie und hatte umgehend das Team zusammengetrommelt. In der anschließenden Morgenbesprechung analysierten sie die Zusammenhänge, die sich daraus ergeben könnten. Heike Bachem spannte ein Seil von der Rheinberg

Klinik bis zu der Tierarzt Praxis der Ehefrau des Verwaltungsleiters. Stadelheim und die beiden Ärzte waren die Seiltänzer. Deren illegale Transplantationen wollte Wagenknecht allerdings nicht in Verbindung mit den Organräubern sehen, konnte sich nicht dazu durchringen zu glauben, dass die Verdächtigen auch für die Morde verantwortlich sein sollten.

Vor dem neuen Kreisverkehr in Drabenderhöhe ging Wolfsbach mit der Geschwindigkeit herunter. Er staunte über die neuen Discounter, die sich dort in kurzer Zeit niedergelassen hatten. Obwohl ein alltägliches Bild, wünschte er sich selbst tatsächlich mehr Individualität beim Einkaufen. Impulsiv nahm er sich vor, in Zukunft wieder mehr die kleineren Läden zu berücksichtigen.

»Über diese Dr. Ilona Stadelheim findet sich ja nun rein gar nichts«, unterbrach Heike Bachem seine Überlegungen.

»Auch wenn Ärzte keine Werbung machen dürfen, müsste sie zumindest bei Google und Co. als Person zu finden sein.

Doch nichts. Die Frau lebt im Hintergrund.«

»Was ist mit der Ärztekammer der Veterinärmediziner?«

»Bin dabei. Aber da gibt es keine öffentliche Mitgliederliste. Datenschutz und so. Ich schicke gerade Alina eine Mail. Sie soll sich darum kümmern.«

Auf der großen Kreuzung in der Ortsmitte von Drabenderhöhe bog Wolfsbach rechts ab. Ein Hinweisschild zeigte nach Verr. Mit Tempo 30 fuhr er durch den Außenrand des Ortes. Nette

Einfamilienhäuser zeugten auch hier vom Drang zum Leben auf dem Land. So richtig ländlich wurde es dann, als sie die letzten Häuser hinter sich ließen. Bis nach Verr ging es durch saftige Weiden und Streuobstwiesen, nach Engelskirchen hin erstreckte sich ein riesiges Mischwaldgebiet. Dort gibt es bestimmt Niederwild, ging es Wolfsbach durch den Kopf. Er musste mal seinen Vater darauf ansprechen, der war passionierter Jäger. Möglicherweise hatte er in diesem Gebiet schon mal gejagt.

»Fährst du gerne mit dem Fahrrad?«, fragte er spontan seine Kollegin.

»Klar, warum fragst du?«

»Wie wäre es nach Abschluss des Falles mit einer Radtour durch diese tolle Gegend hier?«

»Super!

Aber nur mit Picknickkorb, Kaffee und Kuchen.«

»Okay, ich freue mich.«

In Verr fuhren sie langsam an den wenigen Häusern vorbei. Eine Atmosphäre wie ausgestorben. Von einer Tierarzt Praxis war weit und breit nichts zu sehen.

»Sind wir hier überhaupt richtig?«, meinte Wolfsbach. »Ich kann mir nicht vorstellen, dass Leute mit ihren kranken Tieren bis hier herausfahren. Stell dir erst einmal die Situation im Winter vor.«

»Das passt doch zu unserer Theorie. Hier soll ja auch keiner hinkommen. Alles nur Schein, das mit der Praxis. Aber fahr mal dort weiter.« Heike Bachem zeigte auf einen ausgebauten Wirtschaftsweg, der in ein Waldgebiet führte.

»Ich wette, dort finden wir, was wir suchen.

Und da haben wir es doch schon!« Sie zeigte auf ein kaum lesbares Hinweisschild, das an einer Fichte genagelt war.

»Tierarzt Praxis Dr. Ilona Stadelheim. Behandlung nach terminlicher Vereinbarung«, entzifferte sie laut.

»Wetten, Gernolf, dass du da für deine Stoffschildkröte keinen Termin bekommst?«, frotzelte sie.

Langsam ließ Wolfsbach den Passat auslaufen und hielt in einer Einbuchtung rechts am Weg. Angespannt blickte er in Richtung der Ausschilderung.

»Heike, wir waren doof. Wir hätten Blumberg und seinen Max mitnehmen müssen. Die beiden hätten es garantiert geschafft, da reinzukommen.«

»Macht nichts«, sagte Heike Bachem entschlossen. »Ich schelle da jetzt und dann sehen wir, was sich tut.« Nachdenklich blickte sie zu Wolfsbach hin.

»Ich glaube, es ist besser, ich gehe alleine. Du bleibst unsichtbar, die dürfen keinen Verdacht schöpfen.«

»Umgedreht wäre es mir lieber«, knurrte Wolfsbach. »Wer weiß, welche Typen dich dort in Empfang nehmen.«

»Hier«, Heike Bachem holte ihr Smartphone aus der Jackentasche. »Ich habe deine Nummer auf dem Display. Wenn ich merke, dass es brenzlig wird, drücke ich die Taste. Kriegt keiner mit. Du rufst sofort Verstärkung und kommst mir nach. Dann machst du einen auf dienstlich.« Bevor ihr Kollege ein weiteres Veto einlegen konnte, stieg sie aus und marschierte los. Nach einer Wegbiegung blickte sie auf ein älteres

Fachwerkhaus mit großer Umlage. Bestimmt ein ehemaliges Forsthaus, überlegte Heike Bachem. Mit einem angrenzenden Nebengebäude neueren Datums lag das Haus etwa in der Mitte des Grundstücks. Idealerweise führte die Zufahrt auf die Rückseite des Anwesens, so bekam keiner mit, was da alles raus und reinging.

Ein hoher, schmiedeeiserner Zaun mit aufgesetzten geschärften Spitzen umschloss das Gelände. Den zu überklettern schloss sie sofort aus. Zudem bemerkte sie einige Kameras, die unter dem Dachüberstand des Hauses das Gelände sicherten.

Und mit Klingeln war schon mal gar nichts.

Sie musterte die ultramoderne Rufanlage mit Scanner und integrierter Kamera. Das alles für eine Tierarzt Praxis? Sie war sich sicherer denn je, dass hier etwas ganz anderes vorging.

Den Finger hatte sie noch auf der Sensortaste, als eine unfreundliche Stimme fragte, ob sie nicht gelesen hätte, was auf dem Schild stehe. Erst jetzt bemerkte Heike Bachem die kleine Edelstahlplatte, die in dem Mauerwerk eingelassen war.

„Termine nur nach telefonischer Vereinbarung", las sie. Dazu gab es eine Handynummer. Sie bemühte sich, ein verzweifeltes Gesicht zu machen.

»Entschuldigen Sie bitte«, sagte sie hastig. »Mein Kater ist angefahren worden, da muss unbedingt nach gesehen werden.«

Erst einmal war Ruhe.

Heike Bachem war überzeugt, dass ihr Konterfei aufgezeichnet wurde.

Wozu auch immer.

Dann wieder diese unfreundliche Stimme.

»Frau Dr. Stadelheim ist unterwegs zu ambulanten Behandlungen. Versuchen Sie es bei einem Kollegen.«

Bevor Heike Bachem noch etwas sagen konnte, hörte sie ein leises Pling, dann war Stille.

»Eine Unverschämtheit«, zischte sie in die Sprechanlage, »wenn meinem Hektor was passiert, mache ich Sie dafür verantwortlich.« Dann drehte sie sich um und trottete mit hängenden Schultern den Weg zurück. Direkt hinter der Biegung sah sie Wolfsbach hinter einer dicken Buche stehen. Sie glaubte Erleichterung auf seinem Gesicht zu sehen.

Fühlte sich gut an.

»Und?«

Wolfsbach war gespannt wie ein Flitzebogen.

»Da stimmt was nicht, da kann man dran fühlen. Alles mit Hightech gesichert. Und mit einer Behandlung war da schon mal gar nichts. Auch nicht als Notfall.«

Wolfsbach machte ein verkniffenes Gesicht.

»Wir müssen etwas finden, um einen Durchsuchungsbeschluss zu bekommen. Wir sollten uns das Gelände mal von der Rückseite ansehen.«

In dem Moment hörten sie ein Fahrzeug auf dem Wirtschaftsweg näherkommen. Reaktionsschnell zog Heike Bachem ihren Kollegen hinter hoch gestapelte Holzstämme und gespannt sahen sie dem dunkelgrauen Renault Kastenwagen nach, der vor dem eisernen Tor stoppte.

Wolfsbach machte Fotos mit dem Smartphone.

Flott sprang ein dunkelhaariger jüngerer Mann in Jeans und Kapuzenshirt aus dem Wagen, sprach etwas in die Rufanlage und ging zum Wagen zurück. Als er startete, glitt das Tor zur Seite und der Renault fuhr hinter das Gebäude.

»Das ist die Gelegenheit«, flüsterte Wolfsbach und setzte zum Spurt auf das Tor an. Im letzten Moment bekam seine Kollegin ihn an der Jacke zu fassen.

»Vergiss es!«

Sie zeigte auf die Kameras.

»Die würden dich sofort entdecken. Dann hätten wir eine Klage wegen Hausfriedensbruch am Hals. Kann ich gut drauf verzichten. Aber ist dir das Kennzeichen aufgefallen?«

»Klar, Kölner Nummer, die habe ich auf dem Foto.«

»Und, funkt da was?«

»Du meinst OrganLogistikCologne?«

»Genau, darauf wette ich die Flasche Wein, die wir für unsere Radtour kaufen müssen. Kläre das mit dem Kennzeichen mal eben ab, und wenn dem so ist, wird das Fahrzeug gleich in eine Verkehrskontrolle geraten.«

Heike Bachem grinste zufrieden.

»Finden wir einen konkreten Beweis, dass die Firma Organspenden an die Tierarzt Praxis geliefert hat, können wir gegen sie vorgehen.

Gernolf, das wäre der Durchbruch.

Ein Durchsuchungsbeschluss ist dann kein Thema mehr, den kriegen wir ruckzuck. Unsere Chefin regelt das mit Kriminalrat Schneider.

Ich glaube, heute ist ein guter Tag.

Wir haben uns was verdient.«

Verschmitzt blinzelte sie zu Wolfsbach hinüber, der bereits das Handy am Ohr hatte.

22

Ergebnisse

Endlich zeichnete sich ein Hoch bei den Ermittlungen ab. Wagenknecht fuhr schneller. Sie wollte Kriminalrat Schneider nicht warten lassen. Die Überprüfung des Renaults in Verr war ein voller Erfolg gewesen. Gekennzeichnet mit dem Firmenlogo von OrganLogistikCologne wurden mehrere spezielle Transportbehälter für Spenderorgane gefunden. Normalerweise nicht zwingend ein Grund für einen sofortigen Durchsuchungsbeschluss, konnte sie Schneider dennoch bewegen, sich dafür einzusetzen. Und der machte vieles möglich, wo andere passen mussten. Sie dachte an das Gerücht, das derzeit in Kölner Kollegenkreisen umging. Demnach wurde ihr Chef bereits als Nachfolger des Polizeipräsidenten gehandelt, der in einigen Monaten in den Ruhestand ging. Nun, das Schlusswort würden die Politiker sprechen. Sie glaubte jedoch, dass Schneider es schaffen könnte. Er stammte aus dem Kölner Adel, war vernetzt vom Regierungspräsidenten bis hin zum Pförtner beim WDR.

Und sie wusste, dass er sie nach Köln holen wollte. Er hatte es mit ihr, das spürte sie. Schneider wollte sie fördern. Aufstieg und mehr Gehalt wären ihr dann sicher.

Aber sie wollte nicht.

Nach Jurastudium und Polizeihochschule hatte sie von der Großstadt die Nase voll. Aufgewachsen im Bergischen, war Köln während des Studiums eine ganz tolle Sache gewesen. Wenn finanziell auch immer knapp, hatte sie doch klasse Zeiten erlebt. Und an so manch wilde Party wollte sie lieber nicht denken. Nach Abschluss der Polizeihochschule war mittelfristig das Bergische dann wieder ihr Ziel gewesen.

Die Ruhe der Wälder, die saftigen Wiesen mit friedlich grasenden Tieren, die idyllisch gelegenen Talsperren, all das zog sie zurück zu ihren Wurzeln. Sie wollte ihr Teil dazu beitragen, dass die Menschen im Bergischen in Sicherheit leben konnten.

Schließlich war dann ein Mordfall mit Migrantenhintergrund ausschlaggebend für ihre Versetzung gewesen. Als während der Ermittlungen die Situation im Umfeld des Opfers zu eskalieren drohte, hatte sie die Macher der randalierenden Gruppen zusammengetrommelt, auf den Tisch gehauen, und ihnen gesagt, dass sie allesamt Arschlöcher wären.

Dass sie besser den Mund aufmachen sollten, damit der Mörder vom Sohn des Khali Safja, ein auf beiden Seiten geschätzter Gemüsehändler, endlich geschnappt würde. Drei Tage später saß der rechtsradikale Mordverdächtige im Kölner Klingelpütz in Untersuchungshaft. Dieses ungewöhnliche Vorgehen war wohl Dr. Schneider zu Ohren gekommen. Seitdem hatte sie das Gefühl, dass er sie nicht mehr aus den Augen ließ. Er hatte ihrer Versetzung nach Gummersbach zugestimmt und sie gleichzeitig befördert. Zudem kannten sich Dr. Schneider und Carl Blumberg gut. Wie gut, wusste keiner so genau. Beide waren alte Füchse, die alles wussten, aber nichts sagten. Dass sie hinten rumklüngelten, darauf hätte Wagenknecht geschworen.

Auf der Rodenkirchener Brücke wechselte sie auf die rechte Fahrspur. Der Kriminalrat hatte sie zuvor angerufen und informiert, dass er sofort nach Hause fahren müsse. In seiner Nachbarschaft wäre eingebrochen worden. Sie möchte den Durchsuchungsbeschluss doch bei ihm zu Hause abholen.

In der Nachbarschaft eingebrochen, sinnierte Wagenknecht. Und das in Marienburg. Neben Hahnwald das nobelste Viertel in Köln. Da war Taktgefühl, Diskretion angesagt.

Schneider war da der richtige Mann für.

Auf der Straße *Zum Forstbotanischen Garten* fuhr sie am elitären Köln-Marienburger Golfclub vorbei, überquerte die Militärringstraße und fuhr Richtung Südpark. Wie schon so oft bewunderte sie die stilvollen alten Häuser. Teils richtig groß, lagen sie in schön angelegten Gärten mit altem Baumbestand. Dagegen wirkten die Anwesen, die von hohen, modernen Metallzäunen abgeschottet wurden, direkt fehlplatziert. Wie sie von Schneider wusste, waren die Besitzer Neureiche, die sich dort eingekauft hatten. Leute, die keinerlei Wert auf Kontakte zur Nachbarschaft legten. Hauptsache, ihre Wohnadresse hieß Marienburg.

Sie bog in die Lindenallee ein und parkte vor dem

Haus von Schneider. Eine kleine rundliche Person öffnete die Haustür und sah sie mit strahlenden Augen an.

»Kareen, schön, dich mal wieder zu sehen«, sagte Marianne Schneider und umarmte die Hauptkommissarin herzlich.

Prüfend blickte sie Wagenknecht an.

»Kind, du gefällst mir aber gar nicht. Du siehst mitgenommen aus. Hat mein Mann dich zu sehr beansprucht? Der wird von mir was zu hören kriegen.«

Lächelnd winkte Wagenknecht ab.

»Alles bestens, Marianne. Dein Mann hilft uns, wo er nur kann. Ich denke, bald können wir wieder etwas ruhiger treten.«

»Auf jeden Fall trinken wir jetzt erst einmal eine Tasse Kaffee, und ein Stück Erdbeertorte gibt es auch noch. Und ich will kein Nein hören. Mein Mann kann warten, der hat sowieso gerade einen aus der Nachbarschaft da.«

Sie ging mit der Hauptkommissarin ins Wohnzimmer, bugsierte sie auf die Couch und verschwand in Richtung Küche. Aus Erfahrung wusste Wagenknecht, dass jeglicher Widerstand zwecklos war. Hier war die Hausherrin die Chefin.

Marianne Schneider schien sie besonders gerne betüddeln zu wollen. Die Stücke selbst gebackenen Kuchen, die sie hier schon verputzt hatte, konnte Wagenknecht gar nicht mehr zählen. Und sie war sich sicher, ohne ein Glas selbstgemachte Marmelade und eingewecktes Gemüse käme sie nicht weg. Marianne war leidenschaftliche Gärtnerin, kreierte neue

Marmeladensorten und kochte hemmungslos gerne „Gesundes" ein. Und während sie ihren Mann als konservativen Stockfisch bezeichnete, war Marianne selbst eine unkomplizierte, lebenslustige Person. Als Dozentin für Ernährungswissenschaft hatte sie viel mit jungen Menschen zu tun. Versuchte denen einzubläuen, wie wichtig gesunde und maßvolle Ernährung sei. Dass sie selbst vor drei Stück Obsttorte mit Sahne nicht zurückschreckte, war dabei für sie kein Problem.

Wagenknecht blickte auf ihr Handy, sah, dass keine drängenden Nachrichten eingegangen waren und freute sich nun doch auf etwas Entspannung beim Kaffeeklatsch.

Wettermäßig kündigte sich ein wunderschöner Tag an. Sie hatte noch ein paar Minuten Zeit, stand in Shorts und T-Shirt auf ihrer Terrasse, einen Becher Kaffee in der Hand und genoss die frische, klare Luft. Es bewegte sich noch nicht viel in Wiehl. Das eine oder andere Fahrzeug, das die Discounter belieferte, erinnerte daran, dass es Werktag war.

An diesem vielversprechenden Morgen verspürte Wagenknecht ein starkes Verlangen nach Natur, nach dem Duft der noch feuchten Wiesen. Nach der Atmosphäre der Wälder, durch die das Wild zog, um sich eine geschützte sonnige Lichtung zu suchen.

Leise seufzte sie vor sich hin.

So eine Lichtung hätte sie sich heute auch gewünscht. Zusammen mit Hendrik. Auf der sie beide abschalten konnten. Hendrik einmal ohne drängende

Schülerprobleme, ohne Eltern, die meinten, die Lehrer müssten ihre Erziehungsaufgaben übernehmen. Und sie ohne Ermittlungen, ohne Angst, dass weitere Morde passieren könnten. Sie sah zu dem Rotkehlchen hin, das sich auf ihrer Terrasse heimisch fühlte. Mit seinen dünnen Beinchen wippte es auf der Brüstung und sah sie mit winzigen Knopfaugen an.

Heimische Idylle, ging es Wagenknecht durch den Kopf, und das soll so bleiben. Dafür werde ich sorgen. Sie gab sich einen Ruck, trank den Kaffee aus und dachte an die nächsten Schritte.

Von Köln bis Gummersbach liefen die Ermittlungen auf Hochtouren. Kriminalrat Schneider hatte sie noch in seinem Haus über den aktuellen Stand der Kölner Ermittlungen aufgeklärt. Hatte sie weiterhin darüber informiert, das Heinz Steingass bereits aus der Klinik entlassen wurde. Dass der Klotz von einem Mann schon wieder im Büro säße und Einsätze koordiniere. Er wäre aus der Dienststelle nicht wegzuschlagen, so hieß es. Allerdings hatte ihm Schneider einen Außeneinsatz untersagt. Sollte sich Steingass nicht daran halten, würde er für drei Monate zwangsbeurlaubt, so die Androhung des Kriminalrats.

Was Wagenknecht ins Grübeln brachte, war die Meinung ihres Chefs, dass er eine Verbindung zwischen den Fällen in Köln und denen im Bergischen vermutete. Wenn auch verschiedene Akteure, musste es eine Schnittstelle geben.

Wagenknecht sah das auch so.

Noch am Abend hatte sie sich mit Blumberg in der Schenke des Sport-Hotels in Nümbrecht getroffen.

Auf Bierdeckeln hatten sie die kriminellen Gruppen notiert, zusammengeschoben, hin und her zugeordnet. Dabei wurde deutlich, dass OrganLogistikCologne in allen Fällen mit drinhängen könnte. Sie hatten mit Schneider telefoniert und ihm ihre Überlegungen mitgeteilt. Er war ganz ihrer Meinung, auch er glaubte an eine solche Verbindung, brauchte aber Ergebnisse.

Am heutigen Morgen war die Durchsuchung der Tierarzt Praxis angesetzt. Fänden sich Beweise, dass OrganLogistikCologne mit drinhinge, würde Schneider die Firma hochgehen lassen.

In dem Zusammenhang fiel Wagenknecht ein, dass sie noch keinen Bericht von Schlösser und Strassfeld vorliegen hatte. Die sollten doch die Aktivitäten der Firma unter die Lupe nehmen.

Sie hatten sich nicht gemeldet.

Das war ungewöhnlich, sie wurde unruhig. Sie musste nachhaken. Sofort.

»Strassfeld hier.«

Wagenknecht hielt sich nicht mit Vorgeplänkel auf.

»Henny, was macht der Bericht über OrganLogistikCologne? Und wieso meldet sich Martin nicht auf seinem Handy?«

»Nun«, die Stimme von Strassfeld hörte sich brüchig an.

»Der Bericht geht dir in der nächsten Stunde zu.«

»Und was ist mit Martin?«

»Er musste sich mal kurz ausklinken.«

»Kurz ausklinken? Henny, verdammt noch mal, was heißt das?

Sag, was los ist.«

»Okay. Martin ist etwas durch den Wind. Seine älteste Tochter ist gestern Abend nicht nach Hause gekommen und heute Morgen zu Schulbeginn ist sie auch nicht aufgetaucht.«

Wagenknecht wollte nicht glauben, was sie da hörte. Ihr Stellvertreter suchte nach seiner Tochter und informierte sie nicht. Ging nicht ans Handy. Die eben noch sonnige Impression auf ihrer Terrasse verblasste zu dichtem Nebel.

»Henny, was genau macht Martin? Er wird ja nicht einfach durch die Gegend fahren.«

»Er ist zum Gymnasium. In der Pause will er dort nach Eva sehen. Vielleicht ist sie ja schon wieder aufgetaucht. Und Kareen, mach ihn nicht fertig, Martin wollte nicht die Pferde scheu machen. Eva ist sechzehn, da kann es passieren, dass sie mal über Nacht wegbleibt.«

»Aber doch nicht ohne Bescheid zu sagen. Die kriegt doch mit, was für ein Gesindel sich herumtreibt. Ihr müsst doch klar sein, dass ihr Vater sich große Sorgen macht.«

»Kareen, wie war das bei dir in dem Alter?«

Wagenknecht überhörte die Frage.

»Okay, Henny. Du rufst jetzt Martin an und sagst ihm, dass ich laufend informiert sein will. Und sobald er mit seiner Tochter gesprochen hat, soll er nach Verr kommen. Wir beide müssen jetzt schon los. Dort sicherst du die Computer, Daten und was da sonst noch alles an elektronischem Kram ist. Bestätigt sich unser Verdacht, könnten wir auch noch über Patienten stolpern. Welche mit zwei Beinen versteht sich. Und jetzt bitte vorab in Steno die Info über die Firma OrganLogistikCologne.«

23

Jauchegrube

Blumberg war unruhig. In ihm kribbelte und krabbelte es. Sie waren nahe an den Typen dran, die im Bergischen Beute machten.

Organbeute!

Sein Instinkt täuschte ihn selten.

Oberhalb von Schalenbach parkte er den Land Rover unter einer weit ausladenden Zwillingsbuche. Von hier aus hatte er freien Blick auf den Hof, von dem Heiner gesprochen hatte. Kaum vorstellbar, dass sich in dem heruntergekommenen Gebäude etwas Klinisches verbergen sollte, überlegte Blumberg. Aber auch hier galt: Tarnung war alles. Und die Idee mit der Eventfirma als Aushängeschild war genial. Unter diesem Label war fast alles möglich. Oder erklärbar. Er ärgerte sich, dass er sein Fernglas nicht dabei hatte und musterte nun angestrengt jeden Winkel des Anwesens. Außer einer verrosteten Zinkwanne, die einmal als Tränke für Kühe fungiert hatte, war der Hof wie leer gefegt.

Rundum Stille.

Nichts regte sich.

Tot, wie ausgestorben.

Blumberg spürte, wie es ihn dorthin zog. Die Versuchung flüsterte ihm ins Ohr, sich einmal umzusehen. Doch er wollte nicht. Es könnte in die

Hose gehen. Alleine, ohne Rückendeckung, das Risiko durfte er nicht eingehen. Max war der gleichen Meinung. Auffordernd stupste er seinen Chef an den Beinen und schielte in Richtung Weide oberhalb des Bucheneinschlags.

»Gut, Max, laufen wir ein paar Schritte.«

Er ließ ihn von der Leine und ging den Kopf voller Gedanken die schmale Landstraße in Richtung Denklingen. Links registrierte er einen gut aufgeräumten Buchenwald, rechts eine Schonung mit Weihnachtsbäume für die Wohnzimmer der noch traditionell denkenden Bürger dieses Landes.

So langsam bekam er ein flaues Gefühl im Magen. Es ging auf Mittag zu. Irgendwie war der Vormittag zeitlich an ihm vorbeigegangen. Elsa würde bald dass Essen auf dem Tisch haben, da hieß es pünktlich sein. Und wenn er am Morgen richtig gehört hatte, gab es Reibekuchen mit Apfelmus und bergisches Schwarzbrot. Dazu ein gut gekühltes Veltins konnte er sich auch noch vorstellen. Gründe, den kürzesten Weg zu nehmen. Hinter der Fichtenschonung verließ er die abfällige Landstraße und ging rechts in einen geteerten Wirtschaftsweg. Auf einem alten Hinweisschild konnte er so etwas wie *Weiler Baldsiefen* entziffern. Auch gut. Nicht weit hinter dem Weiler müsste eigentlich schon sein Land Rover stehen, vermutete er.

Vorneweg lief Max mit beleidigter Miene.

Er war sauer.

Keine Weide, keine Fußkranken. Immer musste er das machen, was sein Chef wollte.

Ein Hundeleben.

Nach einigen hundert Metern lichtete sich das Waldgebiet. Kritisch musterte Blumberg den Weiler mit dem Hofgelände. Eigentlich hatte er keinen Bock mehr auf schöne, solide Anwesen. Das von Heiner hatte ihm gereicht. Doch Max war nicht mehr zu bremsen. Er hatte Witterung aufgenommen. Mit nach oben gerichteter Schnauze lief er schnurstracks auf den Weiler zu. »Okay, wenn es sein muss«, stöhnte Blumberg und folgte ihm. Seine Befürchtung im Hinblick einer schönen soliden Bausubstanz wurde dann noch übertroffen.

»Ein neuer Kyrill und alles ist hin«, brummelte er. Vielleicht wäre das nicht die schlechteste Lösung. Weit und breit war kein Mensch zu sehen. Sollte es hier einen Hofhund gegeben haben, hatte der frustriert das Weite gesucht. Blumberg überlegte, den Hof zu umrunden, oder den kürzeren Weg mittendurch zu nehmen. Sein knurrender Magen endschied sich für die zweite Möglichkeit.

Froh, keiner Menschenseele zu begegnen, legte er einen Zahn zu. Max schnüffelte in jede Ecke, er musste sich vorkommen wie Aladin im Wunderland. Inständig hoffte Blumberg, dass er sich nicht etwas Fieses dabei holte. Erleichtert, es geschafft zu haben, ließ er das Hofgelände hinter sich und sah schon die ersten Häuser von Schalenbach.

Dann spielte Max plötzlich verrückt.

Sein tiefes Knurren und das auf Abwehr nach oben gerichtete Fell bremsten Blumberg, als wenn er gegen eine Wand gelaufen wäre.

»Max, sitz«, befahl er sofort und streichelte

beruhigend den Kopf des Hundes.

»Scheiße, was ist hier los?«, murmelte er.

Aufmerksam beobachtete er das Gelände. Außer einem ausgeschlachteten Traktor Marke Deutz von Anno Pief und eine bis an den Rand gefüllte Jauchegrube sah er nichts Bemerkenswertes. Auf einem Weidenpfahl hatte es sich ein Bussard gemütlich gemacht, aber wegen einem Vogel machte Max kein solches Theater. Ansonsten Wiesen, die sich bis Schalenbach hinstreckten.

Alles ruhig und friedlich.

Geradezu idyllisch.

Max musste das anders sehen.

Sein Knurren ging noch eine Oktave tiefer. Vor diesen Tönen hatte schon so manch menschlicher Macho den Schwanz eingezogen. Nur gab es hier weder einen Macho noch überhaupt jemanden.

»Okay, Max, dann zeig mal, was dir nicht gefällt«, sagte Blumberg und gab lange Leine. Entgegen seinem sonstigen Drang, alles im Spurt zu nehmen, zog Max geradezu langsam in Richtung Jauchegrube. Schlagartig verwandelte sich bei Blumberg die gute Laune in Frust. Er musterte den Beton um das Becken, eine einzige braune ekelhafte Fläche. Ausgerechnet da wollte Max durch.

Unmöglich.

Blumberg dachte an sein Auto, das würde bestialisch stinken. Und die Reaktion von Elsa erst, wenn sie nach Hause kämen. Er befahl Max Platz zu machen und zu bleiben. Zwischen Mist und Dreck balancierte er auf die Grube zu. Landluft, dagegen hatte er ja grundsätzlich nichts. Doch der Gestank, der ihm hier entgegenwehte, war zu viel des Guten. Schon seit einer Ewigkeit musste die Jauche hier vor sich hin dümpeln. Die Konzentration hatte einen Grad erreicht, der das Amt für Umweltschutz in höchste Alarmbereitschaft versetzen würde. Blumberg durfte gar nicht daran denken, dass hier mal Kinder spielen könnten. Mit zusammengekniffenen Augen betrachtete er die Blasen, die aus der Grube aufstiegen.

Gärungsprozess!

In seinem Kopf braute sich eine bizarre Vorstellung zusammen.

Nur das nicht!

Er dachte an die leckeren Reibekuchen, die Elsa schon am backen war, an das gut gekühlte Bierchen. Er wurde sauer. Als er näher an die Grube heranging, sah er so etwas wie ein Stück Stoff, das wie ein kleines Segel aus der Brühe herausstach.

»So eine Scheiße«, fluchte er und sah sich nach etwas Langem um. Widerwillig nahm er eine verdreckte Mistgabel vom Boden und pikste damit vorsichtig nach dem braunen Etwas. Dabei war Abstand angesagt. Er musste nicht noch die Jauche an seinen Klamotten haben. Einen Augenblick später hatte er eine Jeansjacke vor sich liegen.

Herrengröße.

Alter unbestimmt.

Sah nicht nach Bauer aus.

Auf die nächste Aktion hätte er gerne verzichtet. Aber er musste es genau wissen. Langsam tauchte er die Mistgabel wieder in die Brühe, stocherte herum, tauchte sie tiefer ein.

Spürte Widerstand.

Als er den Druck verstärkte, löste sich etwas augenscheinlich Größeres und driftete langsam an die Oberfläche. Rundum stiegen noch mehr hässliche Blasen auf. Der Gestank war kaum zum Aushalten.

Der Anblick, der sich ihm dann bot, hätte Blumberg nicht gebraucht. Besorgt blickte er zu Max hin, der resigniert mit einem Seufzer seinen Schädel auf die Vorderläufe knallte. So wie sein Chef seine Reibekuchen vergessen konnte, hatte er bereits sein Leberwurstbrot abgeschrieben.

24

Tierarzt Praxis

Selbst die Kühe auf den Weiden spürten, dass etwas Ungewöhnliches im Gange war. Neugierig starrten sie zu den Fahrzeugen hin, die ihren Alltag durcheinander brachten. Vorneweg ein dunkler Daimler, dahinter ein Passat, ein Mannschaftswagen, sowie als Schlusslicht ein Johanniter Rettungsdienst, quälten sich über die schmale Landstraße zwischen Drabenderhöhe und Verr.

»Muss das sein«, meinte Martin Schlösser verdrießlich, »dass wir mit einem solchen Aufgebot anrücken?«

Mit der Antwort ließ sich Wagenknecht, die den Mercedes steuerte, Zeit. Kurz bevor sie aufgebrochen war, war Schlösser in der Dienststelle aufgetaucht und hatte verkündet, dass seine Tochter in der Schule wäre. Wo sie in der Nacht gewesen sei, darüber hätte sie kein Wort verloren. Verstohlen musterte sie Schlösser. Er sah aus wie ein Penner. Unausgeschlafen, unrasiert, roch nach Stress und Frust.

Sie hatte Verständnis für ihn.

Ihr war es einmal ähnlich ergangen. Damals, als sie in Köln in einer billigen Absteige ihren Mann im Bett einer Nutte überrascht hatte. Als ihre kurze Ehe damit beendet war. Doch sie hatte das Glück gehabt, dass sie Hendrik kennenlernte. Er holte sie aus dem schwarzen

Loch heraus. Schlösser musste seine Probleme alleine bewältigen. Seine Exfrau trieb sich mit fadenscheinigen Typen herum. Die gemeinsamen Töchter interessierten sie nur dann, wenn sie durch sie Vorteile ergattern konnte. Mitfühlend legte sie ihre Hand auf den Arm ihres Stellvertreters.

»Martin, entspann dich. Alles ist gut. Deine Tochter ist gesund und munter wieder da.«

Frustriert trommelte Schlösser mit den Fingern auf die Mittelkonsole.

»Kareen, Eva geht mit ihren sechzehn Jahren mit einem Kerl ins Bett. Morgen kommt sie nach Hause und erklärt mir, dass ich Opa werde. Nichts ist gut.«

Wagenknecht spürte, wie fertig er war.

Sie musste ihn runterholen.

Ihn stärker belasten, das würde ihn ablenken. Und er brauchte Zuhause Hilfe. Sie überlegte, ob es in ihrem Bekanntenkreis eine zuverlässige Person gab, die ihm bei den Problemen mit seinen Töchtern helfen könnte.

Das dumpfe Anklopfen der Bluetooth Verbindung unterbrach ihre Überlegungen.

»Blumberg hier. Ich sitze in einer richtig großen Sauerei fest«, tönte es aus den Lautsprechern. »Wer sich von euch heute noch den Appetit verderben möchte, der kann hier zu dem Weiler am Arsch der Welt kommen.«

Es war unverkennbar, Blumberg klang frustriert. Er war sauer. Etwas, das sie nicht an ihm kannte.

Wagenknecht fuhr rechts an den Straßenrand, hielt an, und versuchte die Ruhe zu bewahren. Während

Blumberg berichtete, gab sie Schlösser ein Zeichen, dass er den Fall übernehmen sollte. Danach bat sie Blumberg solange am Tatort zu bleiben, bis ihr Stellvertreter eintreffe.

»Martin«, sagte sie, »informiere die Pathologin. Bring alles in Gang. Ich möchte schnellstens wissen, wer da in der Gülle liegt. Möglicherweise hängt das mit unseren Fällen zusammen.« Bei dem Gedanken bekam sie eine Gänsehaut. War ja einfach irre, was sich plötzlich im Bergischen abspielte.

»Und Martin, nimm den Passat, Wolfsbach fährt mit dir. Heike soll zu mir ins Auto kommen. Wenn wir hier fertig sind, kommen wir nach.«

In Verr klärte Wagenknecht ihre Leute über die neue Situation auf und ordnete die Absperrung der Tierarzt Praxis an.

Sie entspannte sich.

Schlösser hatte nun genug zu tun, um von seinen privaten Problemen wegzukommen. Und sie konnte sich ganz auf das, was vor ihr lag, konzentrieren.

Die junge Schönheit, die ihnen nach langem hin und her endlich die Tür öffnete, hätte auf jeden Laufsteg gepasst. Hypnotisiert starrte Henny Strassfeld sie an. Erst der Fußtritt seiner Kollegin Bachem holte ihn wieder runter.

Ehe der dunkelhaarige Engel etwas sagen konnte, drängte sich Wagenknecht an ihr vorbei und steuerte den unbesetzten Empfang der Praxis an. Aufmerksam betrachtete sie die Poster an den Wänden. Allesamt klasse Farbfotos von wunderschönen Rassehunden. Dazwischen Zertifikate über die Teilnahme an irgendwelchen Veterinärseminare, ausgestellt auf Frau Dr. Ilona Stadelheim. Auf der Theke des Empfangs lagen Flyer über die Erlösung schwerkranker Tiere durch schmerzlose Euthanasie. Und damit auch alle was davon hatten, gab es noch Handzettel von Tierbestattern, die selbst für größere Tiere modernste Methoden der Einäscherung anboten. Einschließlich der Bestattung, versteht sich.

Das Entree ließ keinen Zweifel aufkommen, dass man sich in einer kompetenten, modernen Tierarzt Praxis befand. Die aufkommenden Zweifel, sich doch geirrt zu haben, verdrängte Wagenknecht. Selten hatte ihre Intuition sie getäuscht und hier hatte sie das ganz starke Gefühl, dass alles nur aufgesetzt war.

Majorin Rosa, Assistentin von Frau Dr. Stadelheim, so stellte sich der Traum von einer Frau vor, informierte sie, dass Frau Doktor gerade ein kompliziertes Screening durchführe. Es könne eine Weile dauern.

»Aber ich mache Ihnen gerne Kaffee oder Tee«, sagte sie mit einem strahlenden Lächeln und blickte dabei intensiv Henny Strassfeld an. Sein Nicken erstarb in der Bewegung, der Blick seiner Chefin sagte ihm was anderes.

Kein Kaffee und auch kein Tee.

»Wir werden nicht warten«, sagte Wagenknecht.

»Ab sofort wird hier keine Unterlage, Ordner oder sonstiges angefasst oder entfernt. Einschließlich der Computer ist alles beschlagnahmt.«

Von der Assistentin fiel die Freundlichkeit ab wie vertrocknetes Laub im Spätherbst. Aggressiv stellte sie sich vor die Hauptkommissarin.

»Hier kommen Sie erst durch, wenn Dr. Stadelheim es erlaubt. Es gibt ja auch noch Anwälte.«

Amüsiert taxierte Wagenknecht die Frau. Bei dem tollen Aussehen war sie sicherlich nicht gewohnt, dass ihr etwas abgeschlagen wurde. An ihrer Intelligenz musste sie allerdings noch arbeiten.

»Kindchen«, Wagenknecht flüsterte fast, »entweder Sie bewegen ihren Hintern zur Seite oder ich nehme Sie vorläufig fest.«

Majorin Rosa sackte urplötzlich weg. Ihre straffe Körperhaltung veränderte sich zu einem schlaffen Fragezeichen. Mit hängender Schulter, den Kopf auf die Brust gesenkt, trat sie wortlos zur Seite. Strassfeld, der beruhigend auf sie zugehen wollte, wurde von Heike Bachem geblockt.

»Du kümmerst dich um die Software, die Hardware gibt es erst heute Abend«, knurrte sie und zog ihn in Richtung Flur.

Nach Abschätzung der Lage machte Wagenknecht per Funk ihren Leuten im Außenbereich nochmals deutlich, keinen vom Gelände zu lassen. Ihr gefiel überhaupt nicht, dass die Chefin des Ladens noch nicht aufgetaucht war. Irgendwas war im Gange.

Sie mussten sich beeilen.

Mehrere kleinere Räume, die notdürftig auf Praxis getrimmt waren, ließen sie außen vor. Da war nichts, was sie interessieren konnte.

Kurz darauf standen sie vor einer breiten Stahltür.

Keine Klinke, ohne Schloss.

Zugänglich nur mit einem Zahlencode.

Gesichert durch eine Alarmanlage.

»Aufmachen.« Auffordernd blickte Wagenknecht die Assistentin an.

»Bewegung ist angesagt.«

Das Ambiente, in das sie kamen, hatte mit einer Tierarzt Praxis nun gar nichts mehr gemein. Beeindruckt ließ Wagenknecht die Atmosphäre des eleganten Lichthofes auf sich einwirken. Ein quadratischer Springbrunnen aus weißem Carrara Marmor bildete dass Zentrum. Filigrane Skulpturen mit Motiven aus der Mythologie sprudelten fein dosiertes Wasser ins Becken. Durch bodentiefe Panoramafenster blickte sie in eine gepflegte Außenanlage. Wege, die mit Marmorplatten belegt waren, schlängelten sich durch bunte Blumenbeete und an hohe Rhododendren vorbei.

»Das gibt es doch nicht«, staunte Heike Bachem. »Von außen hätte ich einen solchen Chic nie vermutet. Hier ist es ja wie in einem Sanatorium.«

»Kein Sanatorium, aber ein Reha-Bereich für Leute mit Geld«, erwiderte Strassfeld. »Ich wette, da kommt noch einiges mehr.«

Kurz checkte Wagenknecht die Räumlichkeiten und zeigte dann in Richtung einer sandgestrahlten Glastür. Sie schlug ihre Jacke zurück, zog ihre Pistole und entsicherte sie.

»Heike, du machst die Tür auf, Henny und ich gehen rein. Aber Vorsicht, man weiß ja nie.«

Von der Ausstattung her setzte sich der elegante Stil in dem Foyer, in das sie kamen, weiter fort. Spiegelblanker Granitboden, mit Pastellfarben getönte

Wände, hochglänzende breite Türen. Breit genug, um ein Krankenbett durchschieben zu können, dachte Wagenknecht. Sie wurde ungeduldig, es ging ihr alles zu langsam. Sie musste noch zu der Leiche in der Gülle.

»Los«, sagte sie, »wir nehmen uns die Zimmer vor. Gleichzeitig.«

Von der luxuriösen Ausstattung her hätten die Zimmer in ein First-class Hotel gepasst. Mit der Abweichung, dass in jedem ein supermodernes Krankenbett, ein Infusionsständer und ein Rollwagen mit ärztlichem Behandlungsbesteck stand.

Unbenutzt.

Kein Zipfel von einem Patienten zu sehen.

»Feine Tierarzt Praxis«, grinste Strassfeld.

»Wir haben sie«, stieß Heike Bachem erleichtert aus.

Verdrießlich winkte Wagenknecht ab.

»Noch ist hier nichts strafbar.«

Ihre Laune hob sich aber schlagartig, als sie am Ende des Ganges an eine hydraulisch gesteuerte Edelstahltür kamen.

Darüber ein rot leuchtendes Display.

OP bis ...13 Uhr.

»Verdammt, da kommen wir jetzt nicht rein«.

Frustriert sah Wagenknecht auf die Uhr.

»Noch vierzig Minuten, mindestens. Aber egal«, erleichtert blickte sie ihre Kollegen an, »jetzt haben wir sie wirklich am Haken.

Sozusagen in flagranti erwischt.

Besser konnte es gar nicht kommen.«

Sie drehte sich nach der Assistentin um. Majorin

Rosa presste sich so eng an die Wand, als ob sie in ihr verschwinden wollte. Wagenknecht fragte sie, ob man die Tür öffnen könne.

»Unmöglich«, war die knappe Antwort.

»Auch gut«, Wagenknecht wollte die Zeit nutzen.

Sie wandte sich an Strassfeld.

»Henny, Heike und ich bleiben hier. Wir vernehmen schon mal Frau Rosa. Du nimmst dir Leute und kümmerst dich um die obere Etage.« Sie grinste übers ganze Gesicht.

»Ich freue mich schon auf die Gesichter, wenn die Herrschaften hier gleich rauskommen.« Sie gab dem Außenteam noch einige Inputs und wandte sich dann an die Assistentin.

»Wer ist da alles drinnen?«

Majorin Rosa zuckte zusammen, als wenn man sie geschlagen hätte. Wagenknecht ließ ihr Zeit. Machte ihr klar, in welcher Klemme sie steckte. Mit Unschuldsengel, der von nichts wusste, war da nichts.

»Professor Käfer und Doktor Fischenich operieren.«

Sie war kaum zu verstehen.

»Frau Doktor Stadelheim ist die OP Assistentin.«

Prüfend blickte Wagenknecht sie an, das konnten nicht alle sein. Nicht bei solch einer OP.

»Wer noch?«, knurrte sie.

Durch Majorin Rosa ging ein Ruck. Sie setzte sich kerzengerade hin. Ihre Schönheit kam wieder zur Geltung.

»Hilft das bei der Strafmilderung, wenn ich Sie über alles aufkläre?«

Wagenknecht nickte.

»Ich werde es versuchen, kann aber nichts versprechen.«

Majorin Rosa zeigte auf die Tür zum OP Bereich.

»Da ist noch eine Anästhesistin. Ein junges Flittchen, das es gerne hat, wenn die Männer ihr am Hintern grabschen.« Irritiert blickte Wagenknecht die Frau an. Die Wut in ihrem Gesicht war eindeutig, das sah nach Eifersuchtsfrust aus. Da musste mehr dahinterstecken.

»Wie muss ich das verstehen?«, fragte sie.

»Gottlieb, ich meine Professor Käfer und ich, sind seit drei Jahren zusammen.« Majorin Rosa zeigte hoch zur Decke. »Im oberen Stock habe ich meine Wohnung.«

»Wie praktisch«, entfuhr es Wagenknecht.

»Auf der Party eines Pharmaherstellers hat der Professor vor kurzem dann diese Frau kennengelernt«, erklärte die Assistentin weiter. »Olivia Tresko, so heißt sie, hat Wochen später hier angefangen. In fester Anstellung. Anfangs konnte ich mir keinen Reim darauf machen, wir brauchen einen Anästhesisten ja nur während der paar OPs im Monat.

Kein Job für eine Festanstellung.«

Grübelnd starrte sie gegen die Wand.

»Bis dann meine Mutter krank wurde und ich übers Wochenende bei ihr in Bonn bleiben wollte. Es ergab sich aber, dass ich doch schon samstags zurückfuhr. In meiner Wohnung überraschte ich dann Gottlieb und die Tresko in meinem Bett.« Majorin Rosa drehte sich zur Seite und wischte sich Tränen ab. »Ich bin nur noch hier, weil ich Ilona, also Frau Dr. Stadelheim, nicht alleine lassen wollte. Sie hatte schon längst vor, hier aufzuhören, aber ihr Mann erpresst sie. Ihr bleibt nichts übrig, als weiterzumachen.«

»Und was ist mit der Frau von Ihrem Professor? Weiß die von all dem hier? Von Ihrem Verhältnis mit ihrem Mann?«

Majorin Rosa zuckte mit den Schultern.

»Möglich. Sie war auf jeden Fall noch nie hier. Mich kennt sie nicht. Ob sie weiß, was ihr Mann so alles treibt, da müssen Sie Frau Käfer schon selbst fragen.«

»Na, das sind ja tolle Verhältnisse«, brummelte Heike Bachem. »Vorne hui, hinten pfui. Wer ist eigentlich der Patient, der dort drinnen teilerneuert wird?«

»Patientin«, stellte die Assistentin richtig. »Es ist die Frau eines Inders. Leute mit viel Geld. Vor zwei Tagen wurde sie eingeflogen.«

»Wahnsinn, das Ganze. Das wird gewaltige Kreise ziehen«, stöhnte Wagenknecht. »Ich informiere Kriminalrat Schneider, der muss sich um das Formelle kümmern.«

Schneider versprach, sofort ein Ärzteteam nach Verr zu schicken. Leute aus einer Kölner Klinik. Die würden die frisch Operierte übernehmen. Verdeckt. Er wollte sichergehen, dass nichts zu der Rheinberg Klinik durchsickern konnte. Ein Hubschrauber des Roten Kreuz würde den Transport der Patientin übernehmen.

25

Das Quartett

Es war kurz vor einundzwanzig Uhr. Entgegen ihrer Gewohnheit ließ sie in der Diele ihre Umhängetasche und ihre Jacke zu Boden gleiten und verschwand direkt unter die Dusche. Mit viel Wasser versuchte sie den Mief des Tages aus den Poren zu spülen. Sie war fertig, so richtig kaputt. Aber es war ein erfolgreicher Tag gewesen. Sie hatten die ganze Bande hochgehen lassen.

Chefarzt Prof. Käfer, sein Oberarzt Fischenich, sowie Verwaltungsleiter Stadelheim nebst Frau waren auf dem Weg ins Kölner Polizeipräsidium. Sie würden erfahren, wie das Leben hinter Gitter ist. Es würde nicht ihre letzte Nacht in einer Zelle sein. Für den Morgen war ein Haftprüfungstermin angesetzt.

Kriminalrat Schneider persönlich hatte Stadelheim in seiner Villa verhaftet. Fast hätte sich dort noch ein Drama abgespielt. Als Stadelheim hörte, dass zeitgleich seine Frau und das gesamte Team in Verr verhaftet wurden, hatte er versucht sich zu erschießen. Im letzten Moment hatten Einsatzkräfte ihn daran hindern können.

»Den Dreckskerl wollte ich hinter Gitter sehen«, so Schneiders Kommentar dazu.

Majorin Rosa, die ausrangierte Geliebte des Chefarztes, zwei Pflegeschwestern und die Anästhesistin hatten sie nach Hause gehen lassen. Es bestand keine Fluchtgefahr.

Wagenknecht verließ das Bad und ging in die Küche. Direkt ins Bett gehen würde nichts bringen. Sie war zu aufgedreht, um schlafen zu können. Ihr Magen knurrte und einen Absacker würde sie sich auch noch gönnen. Mit Hendrik war auch nichts. Der war in Eckenhagen beim Bezirkssportfest und drehte Spanferkel am Spieß. Bei der Vorstellung lief ihr das Wasser im Mund zusammen. Sie machte sich ein Brot mit mittelaltem Gouda, dazu reichlich Senf aus der Historischen Kölner Senfmühle. Den hatte ihr Blumberg mitgebracht.

In der einen Hand den Teller, in der anderen ein Glas Weißwein, ging sie ins Wohnzimmer und setzte sich in ihren Lieblingssessel. Entspannt blickte sie durch das Panoramafenster auf die Wiehler Kirche. Wie immer abends angestrahlt, tauchte sie das Umfeld in eine heimelige Atmosphäre. Für Wagenknecht war das ein Stück Heimat. Ihre Gedanken wanderten zu Martine Klasing und ihrer Lebensgefährtin. Die beiden waren überglücklich, in Wiehl ihr gemeinsames Zuhause gefunden zu haben. Tags zuvor hatte sie in der Metzgerei Martine getroffen. Sie hatte toll ausgesehen. Körperlich hatte sie sich gut erholt, psychisch war sie noch angeschlagen. Im Traum erlebte sie immer wieder aufs Neue, was man mit ihr angestellt hatte. Und seit dem Überfall wäre sie furchtbar schreckhaft, so hatte sie erzählt.

Überfall!

In dieses Wort durfte Wagenknecht sich nicht verbeißen, sonst war die Nacht dahin. Der Tote in der

Gülle projizierte sich vor ihren Augen.

»Nein, für heute ist Schluss«, murmelte sie entschlossen. Mit Genuss trank sie den Rest Wein, warf noch einen Blick auf die Kirche, und freute sich auf ihr Bett.

»Eindeutig!«

Heike Bachem zeigte auf das Foto, das sie auf die Wand projiziert hatte.

»Den Toten in der Jauchegrube konnten wir als Louis Zimball identifizieren. Und Laskowski, der Besitzer der Spielhalle, hat ihn auch wiedererkannt. Ebenso die Barfrau. Zimball ist der Mann, der angeschossen wurde. Bauchschuss. Wie bekannt, hat sein Kumpel ihn ins Auto verfrachtet und ist mit ihm auf und davon.«

»Hat sich schon ergeben, wer sein Kumpel ist?«, fragte Wolfsbach. Er sah seine Kollegin angespannt an. Am Abend zuvor hatte er mit ihr lange zusammen gehockt und das Leben von Zimball durchleuchtet. Wegen Totschlag hatte dieser zwölf Jahre im Knast gesessen. Nie Besuch gehabt, keine Familie, nichts.

»Ja, wir haben den Kumpel von Zimball.«

Heike Bachem warf ein weiteres Foto an die Wand. Sie sahen einen etwa fünfzigjährigen Mann mit rasierter Glatze, aufgeworfenen Lippen, den Mund zynisch verzogen. Kalte, ausdruckslose Augen.

Wagenknecht lief ein Schauer über den Rücken.

»Heute Morgen kam das Foto von der JVA Leipzig herein«, erklärte Bachem weiter.

»Der Mann heißt Tum Loos und saß die letzten drei

Knastjahre zusammen mit Zimball in einer Zelle. Er wurde zwei Monate vor Zimball entlassen.«

»Weswegen saß Loos hinter Gitter?«, warf Blumberg dazwischen.

»Gute Frage!

Haltet euch fest.«

Heike Bachem blickte in angespannte Gesichter.

»Sieben Jahre und sechs Monate hat Loos wegen mehrfacher Vergewaltigung abgesessen. Als leitender Krankenpfleger in einer Leipziger Klinik hat er Frauen, die in Einzelzimmer lagen, während der Nachtschicht betäubt und sich an ihnen vergangen. Und nur dadurch, dass bei einer Patientin das Betäubungsmittel nicht richtig gewirkt hat, ist das Schwein aufgeflogen.«

Blumberg brauchte frische Luft. Er stand auf und öffnete ein Fenster. Tief atmete er die kühle Morgenluft ein. Selbst hier mitten in Gummersbach schmeckte sie würzig und roch nach frischem Grün. Er dachte an die hilflosen Frauen, die im Krankenbett von einem perversen Irren vergewaltigt wurden. Wer weiß, mit welchen Folgen. Er dachte an Elsa, daran, was er machen würde, wenn ihr so etwas passiert wäre. Sein Abdriften in die Selbstjustiz wurde von der Hauptkommissarin unterbrochen. Sie klopfte auf den Tisch, schlug eine dünne Mappe auf und entnahm ein Blatt Papier.

»Das hier hat mir eben Alina gegeben. Die Mail kommt von Schlösser. Er ist mit dem Foto von diesem Loos nochmals zu dem Casinobesitzer hin und der hat Loos als den zweiten Mann wiedererkannt. Die Fahndung nach ihm habe ich eben veranlasst. Doch wie der Teufel es so will, sind weder Zimball noch Loos irgendwo gemeldet. Nach der Entlassung aus der Haftanstalt in Leipzig sind beide untergetaucht.«

Bei Blumberg bohrte sich etwas ins Langzeitgedächtnis. Da war etwas, das zu der Geschichte passte. Er spulte die Fakten nochmals zurück. Zimball und Loos waren beide Gewaltverbrecher. Beide hatten in Leipzig zusammen in einer Zelle gesessen.

Drei Jahre.

Aus Erfahrung wusste er, dass es danach zwei Möglichkeiten gab. Entweder hassten die Typen sich bis aufs Blut oder wurden zu eingeschworenen Kumpels. So, wie es bei Zimball und Loos gewesen sein könnte.

Leipzig!

Sein Gehirn rotierte.

Irgendwo hakte seine Erinnerung.

Vage registrierte er, dass die Hauptkommissarin die Frage zur Diskussion stellte, ob die beiden in die Überfälle auf die Organopfer verwickelt sein könnten. Ob sie die Opfer zur Ausschlachtung angeschleppt hatten.

Ausschlachtung!

Blumberg fühlte sich wie elektrisiert.

Krankenhaus in Leipzig, kurz nach der Wende!

Er stand auf und stellte sich neben die Hauptkommissarin. Sofort konzentrierte sich die Aufmerksamkeit der Runde auf ihn.

»Möglicherweise gibt es Zusammenhänge«, begann er. »So etwa ein Jahr nach der Wende gab es in einem

Leipziger Krankenhaus einen Riesenskandal. Damals wurde ein westdeutsches Ärzteteam dorthin beordert, um den Standard der Klinik zu dokumentieren. In diesem Zuge wurden Unterlagen von DDR-Bürgern gefunden, die sich empörten, dass ihren Verstorbenen willkürlich Organe entfernt wurden.«

Blumberg blickte in die Runde.

»Dass die Organe nicht auf dem Müll gelandet sind, dürfte klar sein. In diesem Zusammenhang geriet der damalige Direktor der Medizinischen Klinik ins Zwielicht. Er wurde beschuldigt, neben der offiziellen Patientenliste zusätzlich Parteibonzen operiert zu haben. Transplantationen, die nicht eingeplant waren. Woher die Spenderorgane kamen, war nicht zu ermitteln. Und ob bei so manchem Verstorbenen nachgeholfen wurde, um an seine wertvollen Innereien zu kommen, konnte nicht bewiesen werden.

Leider«, Blumberg verzog missmutig das Gesicht, »wurden bereits vor der Prüfung alle Dokumente vernichtet. Vor Gericht stand schließlich Aussage gegen Aussage. Immerhin wurden der Direktor und seine Stellvertreterin, die mit im Boot war, fristlos entlassen. Ob sie ihre Approbation behalten durften, ist mir nicht bekannt.«

»Und wenn man zwei und zwei zusammenzählt«, ergänzte Wagenknecht, »kommt ein Team von vier Personen heraus: Louis Zimball, Tum Loos, der Arzt und die Ärztin.

Das könnte passen.«

Sie wandte sich an Blumberg.

»Wissen Sie auch noch die Namen der Ärzte?«

»Leider nein, aber das herauszubekommen dürfte kein Problem sein.«

Lächelnd zeigte er auf Heike Bachem.

»Unser Recherchegenie kann uns die in ein paar Minuten bestimmt liefern.«

Blumberg drehte sich um und steuerte den Kaffeeautomaten an, als es bei ihm einschlug. In seinem Kopf tauchte ein Muster auf. Er vergaß den Kaffee, ging zum Flipchart und nahm den dicken Filzstift in die Hand. Dann malte er Kreise. Verwundert verfolgten alle das Geschehen.

»Leute«, begann der ehemalige Leiter der Kölner Mordkommission elektrisiert, »wenn der Gedanke stimmt, der bei mir gerade eingeschlagen ist, schwinge ich nach Abschluss des Falles für euch den Kochlöffel. Bei mir Zuhause, versteht sich.

Also, nehmen wir mal an, der ehemalige Direktor der Medizinischen Klinik und seine Stellvertreterin, beide Chirurgen, würden hier bei uns illegal die Leute ausnehmen.«

Beide Personen schrieb er in einen Kreis.

»Stellen wir uns vor, Loos und Zimball sind ihre Helfer. Zuständig für die Drecksarbeit. Für das Fahren des OP Mobil, für das Killen und Entsorgen der Opfer.«

Die Namen schrieb Blumberg in den zweiten Kreis.

»Nehmen wir weiterhin an, die Organe, die entnommen wurden, landeten bei der Firma OrganLogistikCologne.«

Ein weiterer Kreis wurde beschrieben.

»Die Firma verkauft dann diese an Stadelheim und

Co.« Der vierte Kreis bekam Inhalt. »Und der Kreislauf schließt sich in dem Moment, wo die Innereien wieder in menschliche Körper landen.«

Um die vier Kreise zog Blumberg einen großen Kreis.

»Wow, eine runde Sache.« Heike Bachem war begeistert.

Blumberg war noch nicht zu Ende.

»Es geht noch weiter!«

Er malte noch einen großen Kreis und schrieb darin: Zweite Gruppe: Organ-Mafia.

»Hier kommt eine weitere Gruppe ins Spiel. Bei weitem die gefährlichste. Laut unserem Kollegen Steingass, ihr wisst, was man mit ihm gemacht hat, breitet sich eine Organ-Mafia bereits in ganz NRW aus. Das ist für die hier«, Blumberg zeigte auf den ersten Kreis, »tödlich. Sie sind dem Syndikat im Wege.

Doch weiter: Steingass hat mich gestern Abend angerufen. Seit langem hörte er sich mal wieder richtig gut an. Gesundheitlich ginge es ihm wieder bestens, behauptet er.

Das ist das eine.

Das zweite ist, dass er mir erzählt hat, dass seit Monaten ein verdeckter Ermittler des LKA bei OrganLogistikCologne arbeitet.«

Blumberg registrierte wie die Hauptkommissarin verwundert die Augenbrauen hob. Anscheinend war ihr das nicht bekannt.

»Und dieser Ermittler hat herausgefunden, was hinter der Firma steckt. Es ist so, dass das offizielle Geschäft mit Kliniken, Transplantations-Zentren,

Notlazaretten, richtig gut läuft. Da wird viel Geld verdient. Für die Stadt Köln ist die Firma ein lukrativer Steuerzahler. Mitglieder der Geschäftsführung stammen aus italienischen Familien, die vor Jahrzehnten in Köln eingewandert sind. Sie zahlen pünktlich ihre Steuern, führen ein strenges Familienleben, sind nie irgendwie aufgefallen.

Quasi der Klassiker.

Aber«, Blumberg spürte die Spannung, die sich breit machte, »das wirkliche Ziel des Clans ist, ein Handelszentrum für illegale Organspenden aufzubauen. Und zwar vom Beschaffen der Organe bis hin zur Transplantation.

Alles aus einer Hand!

Und das Europaweit!«

Wolfsbach hob den Arm. Ihm war etwas nicht ganz klar.

»Wenn OrganLogistikCologne hier mit der Bergischen Gruppe, ich nenne die jetzt mal so, bereits Geschäfte macht und die jetzt ausschalten will, sägen die sich doch selbst einen Kunden ab«, meinte er.

»Stimmt. Nur ist es seit kurzem so, dass alleine aus dem Kosovo, Organspenden ohne Ende zu haben sind. Der Bevölkerung dort, vor allen den jungen Leuten, geht es so dreckig, dass sie ihre Organe verkaufen. Von den Opfern, die erst gar nicht gefragt werden, mal abgesehen. Und stellt euch mal vor, was aus den ständigen weltweiten Krisengebieten und Flüchtlingslagern zu holen ist. Da ist so eine kleine Klitsche wie die Bergische Gruppe, wie Wolfsbach das so schön formuliert hat, nicht mehr gefragt. Die sind nur im Wege. Auf sie könnten die Behörden aufmerksam werden, die müssen weg.

Aber weiter.«

Schwungvoll strich Blumberg den zweiten großen Kreis durch.

»Um die kümmern wir uns nicht. Laut Steingass wird die Kölner Kripo, Europol und wer weiß sonst noch alles, die ganze Bande zeitnah hochgehen lassen.«

Blumberg tippte auf sein erstes Kunstwerk.

»Hier, in diesem Kreis hat es bei mir gefunkt. Auslöser war der Gedanke an die Ärztin aus Leipzig. Atmosphäres«, er blickte zur Hauptkommissarin hin. »Wie bekannt, hat eine Frau in Wiehl dieses exklusive Parfüm gekauft. Und die Verkäuferin der Parfümerie hat das Auto der Kundin gesehen. In Schalenbach, einem kleinen Ort in Reichshof. Das Auto stand an einer Bushaltestelle, von daher war nicht erkennbar, zu wem die Frau wollte.

Leider.

Aber ich habe mich dort mal umgesehen und konnte herausfinden, wo das Auto mehrmals gesehen wurde. Und die Frau dazu. Wo wahrscheinlich auch das OP Mobil der Organkiller seinen Stellplatz hat.«

Im Raum war es mucksmäuschenstill, die Luft wurde noch stickiger.

Keiner rührte sich.

Blumberg fühlte sich wie in seiner aktiven Zeit, wenn er vor seinem Kölner Team die Karten auf den Tisch legte.

»Nur einige hundert Meter von der Jauchegrube entfernt, in der Louis Zimball gefunden wurde, ist das

Versteck der Organkiller. Auf einem alten Hofgelände. Darauf wette ich ein Fässchen Kölsch.«

»Hoffentlich verlieren Sie die Wette«, frotzelte Henny Strassfeld. »Ich schmeiße dann den Grill an.«

»Henny mach das, aber später.«

Wagenknecht war nicht zum Lachen zumute. Sie saß in der Zwickmühle. Zum einen konnten sie auf den Verdacht von Blumberg hin nicht einfach drauf losdonnern und das mutmaßliche Versteck der Bande stürmen, zum anderen durfte sie nicht das Risiko eingehen, dass es noch weitere Opfer geben könnte. Sie blickte zu Blumberg hin, sah ihn nachdenklich an. In seinem Blick las sie Verständnis. Er kannte solche Situationen.

Trotzdem, sie musste sich entscheiden.

»Wir werden die Bude stürmen«, sagte sie.

»Aber nicht gleich.

Morgen in aller Frühe. Mit Unterstützung. Alleine machen wir das nicht.«

Sie blickte auf die Wanduhr.

»Ich informiere jetzt Kriminalrat Schneider, der muss für das Nötige sorgen. Aber bis dahin«, Wagenknecht blickte in die Runde, »müssen wir das Nest im Auge behalten.

Also, zwei Freiwillige vor!«

»Ich bin dabei«, meldete sich spontan Wolfsbach.

»Ich ebenfalls«, schloss sich Heike Bachem an.

»Und Max und ich sorgen für eure Verpflegung«, rundete Blumberg ab. Nicht ganz überzeugt sah die Hauptkommissarin ihn an. Sie dachte an seine Frau, an Elsa. Die würde nicht vor Glückseligkeit in die Luft springen, wenn sie davon erfuhr. Auf der anderen Seite kannte Blumberg die Örtlichkeit. Es konnte nicht schaden, wenn er vor dem Einsatz noch einmal alles checkte. Auf Distanz, verstand sich. Das würde sie ihm noch einbläuen.

»Okay«, willigte sie ein.

»So machen wir es.«

26

Der Hof

Hätten sie eine Decke dabei gehabt, bestenfalls noch einen Picknickkorb, hätte es ein toller Nachmittag werden können. So aber saßen sie auf einer harten Holzbank, nuckelten an ihrer warmen Cola und blickten auf den verkommenen Hof. Unter ihnen lag eingebettet in die Landschaft Schalenbach.

Regungslos, friedlich.

»Ob Blumberg uns wirklich etwas zu essen bringt?«, meinte Wolfsbach. »Das hat er doch sicher nur aus Spaß gesagt.«

»Glaube ich nicht.« Heike Bachem blickte auf die Stelle, wo ihr Passat stand. »Ich wette, der steht gleich mit einem Riesenpicknickkorb hier vor uns. Aber bis zum Abend sind es ja noch ein paar Stündchen.«

Wolfsbach gähnte gelangweilt. Unter ihnen tat sich absolut nichts. Im Hof parkte ein alter Peugeot. Das Wohnhaus wirkte wie ausgestorben, nur eine kleine Tür, die in die Scheune führte, stand offen.

»Jemand muss da sein«, meinte seine Kollegin. »Sonst würde ja nicht der Wagen im Hof stehen.«

»Wahrscheinlich hält derjenige gerade sein Mittagsschläfchen«, brummte Wolfsbach. »Könnte ich auch schon.«

»Gernolf, mach das doch, wir müssen ja nicht beide wie Holzfiguren auf den Hof starren. Leg dich auf die

Bank, ich setzte mich davor.« Wolfsbach wollte protestieren als Heike Bachem seinen Oberkörper auch schon auf die Bank drückte. Dass sie ihm dabei nahe kam, eigentlich sehr nahe, fand er nun wieder richtig gut. Er machte einen auf gehorsam. Es gab Schöneres als den vergammelten Hof. Leider war das dann auch schon alles.

»Liegen bleiben«, kommandierte Heike Bachem, erhob sich und setzte sich vor die Bank ins Gras.

»Hast du eigentlich noch Kontakt zu deiner Mutter?«, fragte sie plötzlich. »Ich meine, du sprichst eigentlich immer nur von deinem Vater.«

»Willst du das wirklich wissen?«

»Ja, interessiert mich. Aber wenn du nicht darüber reden willst, ist das okay.« Wolfsbach verfiel ins Grübeln, seine Familiengeschichte war nicht gerade eine Heile-Welt Story.

»Meine Eltern sind geschieden«, begann er nach einer Weile. Seine Stimme hörte sich belegt an.

»Ich war acht Jahre alt, als meine Mutter uns verließ. Also meinen Vater und mich. Geschwister habe ich keine. Ich musste dann ins Internat. Dort blieb ich bis zum Abitur.«

»Und deine Mutter, was machte die?«

»Sie ging in die Schweiz. Zu einem Maler, der zehn Jahre jünger war als sie. Sie war total verknallt in ihn und nun ja, umgedreht war es wohl auch so. Meine Mutter machte einen auf Aktmodell. Der Typ produzierte am laufenden Band Bilder von ihr. Das ging damals sogar durch die Presse.«

»Wie hat dein Vater das verkraftet?«

»Er wurde zum Workaholic. Kannte nur noch seine Arbeit. Und Frauen. So wie es sich gerade ergab. Das habe ich natürlich erst später erfahren.«

»Ach du Scheiße, da habe ich ja noch richtig Glück gehabt«, meinte Heike Bachem lakonisch.

Wolfsbach setzte sich wieder aufrecht. Besorgt blickte er sie an.

»Wie muss ich das verstehen?«, meinte er.

»Nun, bei mir war es umgekehrt. Mein Vater ist abgehauen. Von da an war meine Mutter alleinerziehend. Heute weiß ich, wie schwer das für sie gewesen sein muss. Sie war Schneiderin, Tag und Nacht hat sie an der Nähmaschine gesessen, um uns durchzubringen.«

»Hat dein Vater euch denn nicht unterstützt? Es gibt doch so etwas wie Unterhaltspflicht.«

»Meine Mutter hat die abgelehnt. Sie war stolz. Sie wollte von dem Mann, der wegen einem jungen Flittchen seine Familie im Stich gelassen hat kein Geld. Ohne dass ich es mitbekommen habe, ich war damals vier Jahre alt, hat sie sich von ihm scheiden lassen. Wir haben dann auch nie mehr etwas von ihm gehört.«

»Lebt deine Mutter noch?«

Betrübt schüttelte Heike Bachem den Kopf.

»Das ist es, was mich oft fertig macht. Als ich endlich anfing Geld zu verdienen und meine Mutter hätte unterstützen können, wurde bei ihr Leukämie diagnostiziert. Es folgten drei furchtbare Jahre. Wechselbäder. Einmal schien eine Heilung sicher zu sein, dann gab es wieder einen Rückschlag. Das ging so hin und her. Am Ende hatte sie keine Kraft mehr, um weiterzukämpfen.« Die Erinnerung machte Heike Bachem immer noch zu schaffen. Sie legte den Kopf auf ihre Knie und schluchzte leise. Wolfsbach setzte sich neben sie ins Gras. Behutsam umfasste er ihre Schulter und drückte sie an sich. Es blieb lange still zwischen ihnen, sie hingen ihren Gedanken nach. Spürten, dass sie etwas verband, dass sich zwischen ihnen etwas entwickelte. Fühlten die Wärme des anderen. Ein Motorengeräusch holte sie zurück. Heike Bachem richtete sich ruckartig auf und blickte zu ihrem Auto hin. Neben dem Passat hielt ein Land Rover.

»Unser Picknickkorb ist im Anmarsch«, sagte sie vergnügt und ging zu Blumberg hin. Der ließ gerade Max aus dem Fond und nahm anschließend einen Korb vom Rücksitz. Max stürmte auf Heike Bachem zu, rieb jaulend seinen Kopf an ihren Beinen und setzte seine Begrüßung bei Wolfsbach fort.

»Ich hoffe, ich habe nichts verpasst«, meinte Blumberg, reichte Heike Bachem »mit einem schönen Gruß von Elsa« den Korb und setzte sich auf die Bank.

Wolfsbach zeigte auf den Hof.

»Alles ist ruhig! Das Auto stand schon da, als wir kamen. Keine Menschenseele zu sehen. Nur die kleine Tür der Scheune stand offen.«

»Merkwürdig.«

Blumberg bekam ein flaues Gefühl im Magen.

»Das Auto dort gehört doch jemand, da muss sich doch was tun.«

»Wir tippen auf Mittagsschläfchen«, informierte

Heike Bachem. »Allerdings, so langsam«, sie blickte auf die Uhr, »könnte sich mal was bewegen.«

Blumberg sah das auch so.

»Wir müssen wissen, ob da jemand ist.« Er zeigte auf den Picknickkorb. »Während ihr euch bedient, mache ich mal einen auf Spaziergänger. Einen auf Rentner.« Blumberg grinste diebisch. Heike Bachem wollte protestieren, als ein kleines Auto vom Ort her auf den Hof zusteuerte.

Smart Cabrio, knallrot.

»Das muss die Frau sein, auf die wir warten«, äußerte sich Blumberg. »Und wenn sie wirklich die Ärztin aus Leipzig ist, wird unsere Theorie rund.«

»Aber was machen wir jetzt?« Angespannt beobachtete Heike Bachem, wie der Smart in die Hofeinfahrt verschwand. »Wir dürfen die Frau nicht wieder fahren lassen.«

»Erst einmal abwarten was sich tut«, beruhigte Blumberg. »Ich hole mein Fernglas aus dem Wagen.« In dem Moment, wo er Max zu sich rief, hörten sie wie ein weiteres Auto auf der Straße angebraust kam.

»Den müsste man blitzen, der fährt auf der engen Landstraße doch glatt hundert«, empörte sich Blumberg. »Die Idioten werden einfach nicht alle.«

»Der Idiot fährt Mercedes, E-Klasse, neustes Modell, große Maschine«, ergänzte Wolfsbach. Als sie sahen, wie der Mercedes ebenfalls zum Hof fuhr, konnten sie ihr Glück kaum fassen.

»Wenn das die Nummer drei ist, können wir den Sack gleich zumachen«, jubelte Heike Bachem. Sie beobachtete, wie ein Mann ausstieg und zur Scheune ging. Er war mittelgroß, kompakt. Selbst aus der Entfernung spürte sie seine Aggressivität.

»Mit dem ist nicht gut Kirschen essen«, bemerkte Blumberg. »Ich wette, das ist der ehemalige Direktor der Klinik Leipzig.« Besorgt wandte er sich an Heike Bachem.

»Wir können das nicht im Alleingang machen. Das da unten sind Mörder, Killer. Die haben nichts zu verlieren, sie werden nicht zögern zu schießen. Für die gibt es keine Alternative, wenn sie ihr restliches Leben nicht hinter Gitter verbringen wollen.«

Heike Bachem wägte die Möglichkeiten ab. Die Chance, die drei Verdächtigen zusammen festnehmen zu können, kam vielleicht nicht wieder. Verstohlen blickte sie zu Wolfsbach und Blumberg hin. Durfte sie die beiden einer Gefahr aussetzen?

Unmöglich!

Sie hatten keine Schutzwesten, keine ausreichende Bewaffnung. Nein, es ging nicht, es war zu gefährlich. Sie gab sich einen Ruck, setzte sich auf die Bank und holte ihr Handy aus der Tasche.

»Ich rufe unsere Chefin an, die muss hier sofort alles absperren lassen. Die Bande darf uns nicht durch die Lappen gehen«, sagte sie entschlossen.

27

Synthia

Ihre Stimmung war auf dem Nullpunkt. Das Frühstück mit Klara hatte in einer Katastrophe geendet. Ihre Tochter wollte einfach nicht akzeptieren, dass ihr Freund nachts nicht bei ihr schlafen durfte.

Synthia wollte das nicht.

Klara musste sich auf ihr Abi vorbereiten. Da hieß es noch gravierende Lücken schließen. Das hatte Vorrang. Nach dem Abi sah man weiter. Nicht mehr weitermachen wollte Synthia mit Pathos. Sie wollte Schluss machen.

Endgültig!

Aber sie hatte Angst.

Pathos war hochgradig jähzornig. Er könnte gewalttätig werden. Automatisch fühlte sie nach dem Pfefferspray, das sie in der Tasche hatte. Sie musste auf Abstand zu ihm bleiben. Er durfte nicht die Möglichkeit bekommen, sie zu fassen. Gegen den bärenstarken Mann hätte sie keine Chance. Synthia wurde es regelrecht schlecht vor dem, was vor ihr lag, aber sie musste es versuchen. Sie musste das Ruder herumreißen, bevor sie dazu keine Kraft mehr hatte. Wenn sie auch die schrecklichen Dinge, die sie begangen hatte, nicht mehr ungeschehen machen konnte, durfte es keine Fortsetzung geben.

Wie in einem Film spulten sich die Geschehnisse in

ihrem Kopf ab. Sie hatte nie gewollt, dass die Organopfer sterben mussten. Doch gegen Pathos hatte sie sich nicht durchsetzen können. Und die beiden gehirnamputierten Idioten Loos und Zimball hielten bedingungslos zu ihm. Vor denen hatte sie immer Schiss gehabt. Oft genug hatte sie die heimlichen Blicke der beiden bemerkt. Die hätten sie am liebsten flachgelegt. Auch gegen ihren Willen.

Und dann der Hof. Die vergammelten Gebäude, die Muffigkeit, die in der Luft hing, das Gefühl, dass sich dort so manche Tragödie abgespielt hatte, löste jedes Mal Depressionen in ihr aus.

Nein, so konnte sie nicht weiterleben.

Heute war sie vor Pathos da. Sie atmete auf. Dadurch bekam sie die Möglichkeit, sich leichter zu positionieren, sich auf das Kommende vorzubereiten. Schlagartig verschwand das gute Gefühl, als sie an der Längsseite der Scheune den dreckverschmierten Peugeot von Tum Loos stehen sah. Sie war geschockt. Pathos hatte ihr doch gesagt, Loos wäre nach Köln gefahren, neue Werbefolien holen.

Ein unangenehmes Gefühl beschlich sie.

Etwas stimmte nicht.

War das Absicht, wollte Pathos, das Loos über sie herfiel und sie fertigmachte? Sie verwarf den Gedanken. Pathos war an etwas neuem dran und soviel sie verstanden hatte, waren neue Abnehmer aufgetaucht. Die musste er bedienen und dazu brauchte er sie.

Noch!

Allerdings nicht mehr lange!

Synthia dachte an Ulf Holtmann, einen guten Bekannten. Holtmann war Dozent an der Medizinischen Fakultät der Uni Köln. Kürzlich hatte sie ihn auf der Schildergasse getroffen. Spontan hatte Holtmann sie zu einem Gulasch in die Puszta Hütte eingeladen. Nach dem zweiten schnellen Kölsch, bei dem höllisch scharfen Gulasch war das ein Muss, hatte ihr Bekannter merkwürdige Dinge erzählt. Demnach hatten drei Medizinstudenten, alle über das achte Semester hinaus, von heute auf morgen ihr Studium hingeschmissen. Sie hatten rumgetratscht, dass sie einen lukrativen Job in der Transplantationsmedizin bekommen hätten.

Einen Job mit Zukunft.

Was und wo genau hatten sie verschwiegen.

Aufgefallen war, dass sie sich Tage vorher mehrmals von einem Mann in einer Szenenkneipe im Univiertel aushalten ließen. Ein Mann um die fünfzig, mit einer auffallend großen Sonnenbrille, markantem Schnauzer, mittelgroß, kräftige Statur. Dass es sich um Pathos handeln musste, wurde Synthia in dem Augenblick klar, als Holtmann ihr schilderte, dass einer Freundin der Studenten, die der Sache skeptisch gegenüberstand, ein Ring aufgefallen war. Ein Siegelring mit dem Abbild eines Drachen auf der Ringplatte. Offensichtlich aus hochkarätigem Gold. Der Mann trug den Ring am rechten Mittelfinger, was ungewöhnlich war. Und die Frau, eine Frisöse, hatte bemerkt, dass sowohl die Haare wie auch der Schnurrbart des Mannes Toupets waren.

Genau solch einen Ring hatte Pathos, und auch er

trug ihn rechts am Mittelfinger. Die Maskerade mit den Toupets hatte Pathos getragen, als sie sich auf dem Markt in Waldbröl die Frau geschnappt hatten.

Wahnsinn!

Für Synthia gab es keinen Zweifel mehr, ihre Ablösung war bereits im Gange.

Und nun war sie mit Loos alleine auf diesem beschissenen Hof. Sie parkte den Smart so in die Hofeinfahrt, dass er von der Straße her gesehen werden konnte. So hatte sie ein etwas sicheres Gefühl. Langsam stieg sie aus, ließ die Fahrertür weit offen und lehnte sich an den Wagen. Nervös beobachtete sie das Hofgelände. Die Haustür des Wohnhauses war geschlossen, die Lappen vor den Fenstern zugezogen. Ihr Blick wanderte zu der Scheune hin und sie bemerkte, dass die niedrige Tür neben dem geschlossenen Tor offenstand. Loos musste in der Scheune sein. Offensichtlich machte er sich am Transporter zu schaffen. Spontan wollte sie hinübergehen, überlegte es sich dann aber anders.

Sie drückte im Smart mehrmals auf die Hupe und blieb abwartend am Wagen stehen. Nichts rührte sich, keine Bewegung, kein Rufen, nichts. Sonst stürmten die Männer schon beim kleinsten Geräusch auf den Hof. Sie hatten permanenten Stress, dass jemand entdecken könnte, was sie in der Scheune trieben.

Doch jetzt keine Reaktion.

Langsam löste sie sich vom Smart und ging zögernd auf die Scheune zu. Sie fühlte, wie ihre Haut anfing zu prickeln, Beklemmung beschlich sie. Bemüht, geräuschlos zu sein, drückte sie die Tür weiter auf und blickte in die Scheune. Auf dem weiß lackierten Metallkasten des Transporters war in der oberen Horizontale eine Werbefolie mit Klebeband fixiert. Das Poster versprach Urlaub pur, irgendwo in der Karibik. Pathos musste eine Sache anlässlich der anstehenden Tourismus Messe in Köln planen, überlegte Synthia. Da die Folie noch lose herunterhing, hatte Loos seine Arbeit unterbrochen.

Die Beklemmungen wurden stärker. Synthia fühlte, wie ihr Magen sich verkrampfte. Sie gab sich einen Ruck und ging auf die Rückseite der Halle zu. Dort standen die Schneidetische für die Folien, Hochdruckreiniger und der Steigerwagen. Durch die oben angebrachten blinden Fenster fiel diffuses Sonnenlicht herein. Irrlichter tanzten wie Schattengestalten durch den Raum.

Keine Schattengestalt war der Sack, der an einem Strick von der Plattform des Steigers herunterhing. Ein Sack, wie Synthia ihn von früher her kannte, wenn ihre Eltern Kohlen geliefert bekamen.

Entsetzt wich sie einige Schritte zurück.

Ungläubig starrte sie auf den Kopf, der oben aus dem Sack herauskam.

Loos.

Sein ohnehin schon grobes Gesicht sah aus wie eine groteske hässliche Fratze. Starr stierten seine hervorgequollenen Augen zur Decke hin. Synthia bekam vor Angst kaum noch Luft. Ihr Herz fing an zu rasen. Sie musste raus, weg von diesem Horror.

»Verdammte Scheiße, was ist denn hier los?«

Bei der tiefen Stimme von Pathos fuhr sie noch

mehr zusammen. Automatisch glitt ihre Hand in die Tasche ihrer Jacke und umfasste das Pfefferspray. Sie versuchte sich zu konzentrieren, durfte jetzt nicht schlapp machen. Langsam drehte sie sich um und blickte auf Pathos, der wie versteinert auf den Sack starrte.

»Diese Hunde«, presste er heraus.

»Wie haben die uns hier gefunden?«

Er fing den verständnislosen Blick von Synthia auf und grinste widerlich.

»Sei froh, dass du nicht hier warst, sonst würdest du jetzt neben Loos hängen.«

Synthia wurde es schlecht, sie taumelte.

»Was geht hier vor?«

»Siehst du doch.«

Pathos zeigte auf Loos.

»Die Dreckskerle haben ihn aufgeschnitten und ihm seine eigene Leber ins Maul gestopft. Soll heißen, dass wir hier verschwinden sollen.«

»Was sind das für Leute?«

»Kollegen von uns, die hier unser Gebiet übernehmen wollen.«

Pathos streckte den Mittelfinger nach oben.

»Aber nicht mit mir.«

»Seit wann weißt du davon?«

Herablassend blickte Pathos sie an.

»Seit dem Kongress in Köln. Ich hatte dir ja gesagt, dass ich dort nach neuen Möglichkeiten suchen würde. In dem Zusammenhang hat mich ein guter Freund vor diesen Typen gewarnt.«

Synthia fasste es nicht, dass Pathos sie einer solchen

Gefahr ausgesetzt hatte. Sie spürte, wie eine nicht zu beherrschende Wut in ihr hochstieg. Mit rasendem Puls ging sie auf ihn zu, ihre Hand verkrampfte sich um die Spraydose in ihrer Tasche.

»Und du hast es nicht für nötig gehalten, mich zu warnen? Du hast in Kauf genommen, dass ich so enden könnte wie Zimball und Loos? Du elendes mieses Dreckschwein«, brüllte sie, zog das Spray aus der Tasche und riss die Schutzkappe ab.

»Bist du verrückt geworden?«

Kreideweiß im Gesicht wich Pathos zurück.

»Steck die Dose weg, ich erkläre dir alles. Ich habe für uns ein neues Team organisiert. Jetzt werden wir richtig groß arbeiten.«

»Groß arbeiten?«

Synthia lachte schrill.

»Das Ausschlachten junger Menschen nennst du arbeiten?«

Angewidert blickte sie ihn an.

»Was hasse ich mich, dass ich mich jemals auf dich eingelassen habe. Was ich getan habe, kann ich niemals wieder gutmachen. Aber eines kann ich«, sie hob die Spraydose, »mich von dir Schwein trennen, und das sofort.«

Pathos blickte sich hektisch um, mit zwei Sätzen war er am Transporter. In dem Moment, wo er die Fahrertür aufriss, schleuderte ihn die Druckwelle der Explosion zurück. Sein Blick streifte noch die Fratze von Loos, als die Eisennägel der Sprengladung seinen Körper durchbohrten.

28

Abrechnung

Gerade hatte Wagenknecht in der Tiefgarage am Weiherplatz einen Parkplatz ergattert als ihr Handy sich meldete.

»Heike hier.«

Sie hörte sich aufgeregt an.

»Kareen, du musst sofort etwas unternehmen. Die drei Gesuchten sind hier auf dem Hof. Sie dürfen uns nicht entwischen.«

Wagenknecht wollte nähere Details wissen, als Heike Bachem aufschrie.

»Scheiße, Scheiße, hier fliegt alles in die Luft. In der Scheune hat eine Explosion stattgefunden. Eine Frau torkelt auf den Hof. Sie ist verletzt. Kareen, wir brauchen Rettungswagen und die Feuerwehr.

Sofort!«

Dann kam nichts mehr.

Tief in den Sitz gedrückt brauchte Wagenknecht eine Sekunde, um das Gehörte zu begreifen. Dann reagierte sie blitzschnell.

Geschockt blickte Blumberg auf den Hof. Ein Teil des Scheunendaches wurde durch die Explosion zerstört, die rückseitige Wand des Gebäudes war zur Hälfte eingestürzt. Er registrierte den zerfetzten Transporter, betrachtete die zerstörte Inneneinrichtung. Deutlich konnte er eine zusammengepresste Liege und eine riesige Lampe erkennen. Auf wunderbarerweise hatte der OP-Strahler die Explosion überstanden. Dann wurde er durch die Frau, die aus der Scheune torkelte, abgelenkt.

»Das darf doch alles nicht wahr sein«, brummelte er und griff nach seinem Fernglas. Entsetzt sah er, dass in dem Oberschenkel der Frau so etwas wie ein Flacheisen steckte. Und obwohl sie einen Schock haben musste, schleppte sie sich zum Smart hin.

Wahnsinn.

Blumberg hörte, wie Wolfsbach hinter die Bank kotzte. Max hatte sich unter ihr verkrochen und jaulte wie bekloppt. Für einen Polizeihund im Ruhestand war das einfach zu viel.

»Ich gehe runter.«

Heike Bachem wartete keine Reaktion ab. Mit der Pistole in der Hand lief sie über die Wiese auf das Chaos zu.

»Heike«, brüllte Wolfsbach, »warte, ich komme mit.«

Blumberg wartete nicht.

Er rief Max zu sich, redete beruhigend auf ihn ein und zeigte auf die verletzte Frau. Max grunzte kurz und spurtete auf den Hof zu.

Langsam folgte ihm Blumberg.

Wieder einmal hatte er das Bedürfnis, den ganzen Dreck hinter sich lassen zu wollen. Irgendwie hörte es ja nie auf. Früher nicht während seiner Jagd auf Schwerstkriminelle im Morast der Großstadt und heute nun dieser Terror hier in seiner kleinen bergischen

Welt. Den Blick auf die Katastrophe unter sich gerichtet, stapfte er stur darauf zu.

Unerträgliche Schmerzen durchjagten ihren Körper. Verzweifelt versuchte sie weiterzukommen. So fest sie konnte, presste Synthia den Oberschenkel zusammen um die Blutung zu stoppen. Ein Blick hatte genügt, um zu erkennen, dass ihr nur noch eine OP helfen konnte. Am liebsten hätte sie sich fallen lassen und wäre liegen geblieben. Für immer.

Klara!

Der Gedanke an ihre Tochter trieb sie weiter. Sie musste zu ihr, durfte sie nicht im Stich lassen. Tränen liefen über ihr Gesicht, verschwommen sah Synthia den Smart vor sich auftauchen. Nur noch ein paar Schritte, dann hatte sie es geschafft. Groteskerweise musste sie an den Autoverkäufer denken, der ihr das Automatikgetriebe aufgeschwätzt hatte. Jetzt war es ihre Rettung.

Fast schon hatte sie das Auto erreicht, als sie eine schwarze, kompakte Masse bemerkte, die von der Seite auf sie zu geprescht kam. Ein warnendes tiefes Grollen ließ sie stocksteif stehenbleiben. Als der Hund sich zwischen sie und dem Smart stellte, wäre sie fast über ihn gestürzt. Seine gebleckten Zähne und das warnende Knurren waren deutlich. Sie würde es nicht schaffen.

»Max, ist gut«, hörte sie eine Frau rufen.

Kaum noch fähig, sich auf den Beinen halten zu können, sah Synthia verschwommen eine Frau mit einer Pistole in der Hand auf sie zukommen.

Abwehrend streckte sie ihr die Hand entgegen und rief etwas, dass sie selbst nicht verstehen konnte. Schatten legten sich über ihre Augen und ein heftiges Zittern überfiel sie.

Es ist aus, schoss es ihr durch den Kopf. Alles war umsonst. Sie taumelte, sackte zusammen und nahm nichts mehr wahr.

29

Wagenknecht und das Bergische

Max, der unruhig um Blumberg herumwuselte, erinnerte ihn daran, dass sie langsam mal nach Hause mussten. Elsa würde bestimmt sauer sein. Die stand jetzt mit ihren kalten Reibekuchen da und zerbrach sich den Kopf, was ihre zwei Männer aufgehalten hatte. Blumberg grübelte, welch plausible Erklärung bei ihr ankommen würde. Eine plausible Erklärung, die ihn und Max als lupenreine Statisten darstellen würde.

Es würde nicht einfach werden.

Elsa würde am anderen Tag in der Zeitung lesen, dass es einen Sprengstoffanschlag im Zusammenhang mit den Organkillern gegeben hatte. Dass die Bande erledigt ist. Sie würde eins und eins zusammenzählen.

»Tja Max, wir werden es diesmal nicht einfach haben, dem Nudelholz zu entkommen«, brummelte er und anscheinend sah Max das auch so. Grunzend ließ er sich auf den Boden fallen, legte den Kopf auf die Vorderläufe und tat plötzlich so, als wenn er weder auf sein Leberwurstbrot noch auf sonst was scharf wäre.

Blinzelnd blickte Blumberg zu Kriminalrat Schneider hin, der mit der Hauptkommissarin den weiteren Ablauf diskutierte.

Ihre Blicke kreuzten sich.

Schneider sagte etwas zur Wagenknecht und kam auf ihn zu.

»Carl«, meinte er, »wenn ich das richtig verstanden habe, bist du hier für dieses Chaos verantwortlich. Das hier war deine Recherche.« Schmunzelnd klopfte er Blumberg auf die Schulter.

»Solche Typen wie du dürften gar nicht in den Ruhestand gehen. Ihr habt immer noch den besten Riecher. Über euch müsste lebenslanges Rentnerverbot verhängt werden.

Carl, danke!«

Versonnen betrachtete Schneider das Gewusel um den Tatort. Routiniert machten die Kriminaltechniker ihre Arbeit, Blitzlichter flammten auf, Leute von der Feuerwehr gingen fachmännisch gegen die Verwüstungen der Explosion vor. Rettungswagen und der Notarzt waren mit der schwerverletzten Frau unterwegs zur Klinik. Unbewusst schüttelte der Kriminalrat den Kopf. Dass ein solches Szenario sich einmal im Bergischen abspielen würde hätte er nicht für möglich gehalten.

Nun ja, vielleicht doch.

In seiner dienstlichen Vergangenheit hatte er schon so manch Unglaubliches erlebt. Eigentlich durfte ihn nichts mehr überraschen. Schließlich wandte er sich wieder seinem alten Freund zu.

Dezent deutete er auf die Hauptkommissarin.

»Carl, dadurch, dass es jetzt so ausgegangen ist, wurde ihr wahrscheinlich viel Frust erspart. Du musst es ihr ja nicht unbedingt sagen, aber es war geplant, dass schon morgen Ermittler aus Köln die Kollegen hier verstärken sollten. Irgendein Oberbonze hier bei euch muss beim Regierungspräsidenten mächtig aufgedreht haben. Wegen den Organmorden, mangelnde Sicherheit der Bevölkerung und so. Na ja, den Rest kannst du dir ja denken. Doch das ist ja jetzt ad acta. Die Killerbande gibt es nicht mehr. Und die drei aus der Rheinberg Klinik werden die nächsten Jährchen auch eine etwas andere Lebensart führen. Wirklich alle Achtung, unsere Leute haben gute Arbeit geleistet.

Aber Carl, noch was.

Ich habe ihr gesagt, dass ich sie gerne in Köln hätte. Dort hätte sie eine steile Karriere vor sich, doch sie gab mir einen Korb. Ihr Platz wäre hier im Bergischen, meinte sie. Hier wäre sie zuhause und sie fühle sich für die Sicherheit der Menschen hier verantwortlich.«

Mit zufriedener Miene nickte Blumberg und blickte zu Kareen Wagenknecht hin. Sie hatte sich einen weißen Schutzanzug angezogen und verschwand gerade in der Scheune. Um den Anblick, der sich ihr da bieten würde, beneidete er sie wirklich nicht. Uwe Kohlberg, der Einsatzleiter der Feuerwehr, hatte ihm die Situation bildlich dargestellt. Demnach hatte der Tote am Transporter nur noch ein halbes Gesicht und sein Oberkörper war völlig zerfetzt. Der Tote im Sack hing immer noch am Steiger. Die Nagelbombe hatte ihm ein Bein abgerissen, das in der Luft pendelte.

Grauenvoll, das Ganze.

Was hat die Frau für ein Glück gehabt, ging es ihm durch den Kopf, dass sie relativ glimpflich davon gekommen ist. Sie wird schnell wieder fit sein. Körperlich zumindest. Psychisch wird sie schwer zu tragen haben. Er hatte mitgekriegt, wie sie, während die Notärzte sie versorgten, nach ihrer Tochter geschrien hatte.

Immer und immer wieder.

Furchtbar.

Weiter wollte er nicht denken.

Er wandte sich dem Kriminalrat zu.

»Ja, Fritz, mit der Wagenknecht hat das Bergische das große Los gezogen.

Und«, ernst sah Blumberg den Kriminalrat an, »sie hält sehr viel von dir. Sie vertraut dir, Fritz. Du darfst sie nicht enttäuschen.«

Sichtlich bewegt reichte Schneider seinem alten Freund die Hand.

»Danke, Carl. Es tut gut, das zu hören. Solange ich etwas zu sagen habe, werde ich meine Hand über sie halten, darauf kannst du dich verlassen. Davon abgesehen«, er blinzelte vergnügt, »würde meine Marianne mir das Leben zur Hölle machen, wenn ich ihrer Kareen nicht helfen würde. Für meine Frau ist sie ja so etwas wie eine Ersatztochter. Wenn Marianne sie betütteln kann, lebt sie richtig auf.«

»Bei uns ist es nicht viel anders«, kommentierte Blumberg. »Elsa hat auch einen Narren an ihr gefressen.«

Schneider blickte ihn verschmitzt an.

»So wie du Carl.

Stimmt's?«

»Stimmt!«

eBooks
sofort zum Lesen

Print-Ausgaben
eBooks:

Erhältlich bei Ihrem
Lieblings-Buchhändler
und in den Online-Shops:

* * * eBooks sofort zum Downloaden

Langeoog
Haie

Zum Buch

Eine junge Frau, auf grausame Weise ermordet, ist nicht gerade das, was Kathrin Hansen sich auf Langeoog gewünscht hätte. Ihr Lebensgefährte liegt in der Notfall Klinik, weil er zuvor diese Frau schützen wollte. Eine Fremde, ohne Identität. Ihr Aufenthalt auf der Insel wirft Fragen auf. So richtig verwirrend wird es, als alles auf einen Ritualmord hinweist. Auf eine Bestrafung, die in Ländern des Islam praktiziert wird. Glaubte Kathrin Hansen, schlimmer könnte es nicht kommen, bringt sie der Mord an einer alten Insulanerin völlig aus dem Tritt. Das Opfer ist eine Freundin von ihr, die sie seit ihrer Kindheit kennt. Eine Frau, die überall beliebt ist. Doch nach dem Motto: Alle guten Dinge sind drei, gibt es einen weiteren Toten obendrauf.

1. KAPITEL

In Vorfreude auf einen schönen Abend mit Hindrik verließ Kathrin Hansen am Bahnhof Langeoog die Inselbahn und staunte mal wieder über das Gedränge bei der Gepäckausgabe. Mit zusammengekniffenen Augen beobachtete sie einen älteren Mann, der hektisch seinen Trolley aus einem der Bahncontainer zerrte und dem es nichts auszumachen schien, dass zwei fremde Gepäckstücke zu Boden polterten. Ohne < sich weiter darum zu kümmern, drängte er sich durch die Leute und zog davon. Ein Verhalten, das Kathrin Hansen in Rage versetzte. Doch sie wollte sich ihre gute Laune durch eine Konfrontation nicht verderben lassen. Mit den Gedanken bereits bei den Vorbereitungen für den Abend ging sie zu ihrem am Bahnhof geparkten Bike. Und wie konnte es auch anders sein, auf der Fahrt zur Dienststelle setzten leckere Angebote einiger Restaurants, und zu guter letzt auch noch die Ankündigung ihres Weinhändlers über einen jüngst eingetroffenen Chardonnay, ihrem knurrenden Magen gewaltig zu. Dadurch, dass sie einen Kleinkriminellen nach Wittmund zur Polizeiinspektion überstellt hatte, war sie zum Essen nicht gekommen. Sie erreichte die Dienststelle und nahm sich vor, den Rest des Tages dienstfrei zu machen. Während sie ihr Büro ansteuerte, überlegte sie bereits, was sie am Abend kochen könnte. Ihr kam das Angebot des Weinhändlers in den Sinn. Zu einem Chardonnay würde Fisch passen. Seelachs wäre nicht schlecht.

Gerade hatte sie ihre Umhängetasche abgelegt, als das Handy sich meldete. Erstaunt registrierte Kathrin Hansen im Display die Nummer der neuen Notfall Klinik. Hoffentlich nichts Ernstes, dachte sie, und nahm das Gespräch an.

Schlagartig war der Gedanke an ein leckeres Abendessen gestorben. Sie spürte, wie ihr Magen sich verkrampfte und das Herz anfing zu rasen. Aus den Augenwinkeln nahm sie wahr, das Kollegen ins Büro kamen und sich an den Besprechungstisch setzten. Fassungslos hörte sie, was eine gedämpfte Stimme ihr mitteilte.

»Ruhig gestellt?«, sagte sie ungläubig.

»Nein!«

Ihr glitt das Handy aus der Hand. Benommen setzte sie sich und starrte auf die Tischplatte. Beunruhigt bemerkten ihre Kollegen, wie die Schultern ihrer Chefin bebten. Ava Sari, die gute Seele der Dienststelle, ging zu ihr hin und umarmte sie.

»Kathrin, was ist passiert?«

Mit feuchten Augen blickte Kathrin Hansen hoch.

»Hindrik.

Er liegt in der Notfall Klinik.«

Im Raum wurde es mucksmäuschenstill. Die

Kollegen blickten auf die Frau, die ihnen allen schon mal in einer beschissenen Lage geholfen hatte, die sich vor sie stellte, auch wenn es mal nicht populär war. Und sie alle mochten Hindrik, ihren Lebensgefährten. Ein ruhiger, ausgeglichener Mann, wenn auch kein Polizist, war er doch einer von ihnen.

Durch Kathrin Hansen ging ein Ruck, sie musste sich zusammenreißen. Fahrig griff sie nach dem Handy, entschuldigte sich bei dem diensthabenden Arzt der Intensivstation für den Aussetzer und informierte ihn, dass sie sofort kommen würde. Sie beendete das Gespräch, wischte sich über das Gesicht und sah ihre Leute an.

»Hindrik ist gegen Mittag in die Klinik eingeliefert worden. Urlauber haben ihn bewusstlos am Strand gefunden. Es bestand der Verdacht auf innere Verletzungen.«

»Kathrin, weiß man schon, was genau passiert ist?«, fragte Maike Jansen gedämpft.

»Nur soviel, dass der Rettungsdienst ihn an den Flinthörndünen aufgenommen hat. Mehr konnte der Arzt mir nicht sagen.«

»Aber«, Maike Jansen blickte auf ihre Uhr. »Wenn Hindrik bereits gegen Mittag in die Notfall Klinik eingeliefert wurde, und jetzt ist es gleich sechzehn Uhr, wieso erfährst du erst jetzt davon?«

Verzweifelt zog Kathrin Hansen die Stirn in Falten.

»Hindrik war joggen. Mit Shorts und T-Shirt bekleidet, hatte er keine Papiere und kein Handy dabei. Von den Rettungsleuten kannte ihn keiner und erst im OP hat ihn die Anästhesistin erkannt. Ihr Sohn arbeitet bei Hindrik im Erholungsheim als Therapeut.«

Ruckartig stand Kathrin Hansen auf.

»Ich muss sofort zu ihm, ich muss sehen, wie es ihm geht.«

Maike Jansen nickte heftig.

»Okay. Olli und ich sehen uns in der Zeit am Strand um. Vielleicht gibt es Hinweise auf die Täter, oder wir finden Leute, die was bemerkt haben.« Maike Jansen blickte zu Friedrichs hin und meinte, sie dürften keine Zeit verlieren.

Mit einem mulmigen Gefühl sah Ava Sari zu Kathrin Hansen hin. Ihre Chefin kam ihr instabil vor, etwas, das sie an ihr nicht kannte.

»Kathrin, ich kann dich zur Klinik begleiten, hier ist sowieso gleich Schluss«, meinte sie besorgt.

»Danke Ava, aber das geht schon. Sobald ich Näheres weiß, schicke ich euch eine App.«

2. KAPITEL

Da Friedrichs auf die Schnelle noch etwas zu erledigen hatte, traf Maike Jansen ihn kurze Zeit später an der Mutter-Kind-Klinik. Im Eiltempo fuhren sie bis zum Strandzugang Flinthörndeich. Mit den Gedanken bei Hindrik, stellten sie die Räder ab und blickten hinunter zum Strand. Irgendwie kam Maike Jansen mit der Vorstellung, das Hindrik dort überfallen sein sollte, nicht klar. Nachdenklich blickte sie zu den Menschen hin, die sich entlang der Wasserlinie tummelten, beobachtete Kinder, die im Sand buddelten, während andere sich kreischend in die heranbrausenden Wellen warfen.

Zweifelnd schüttelte sie den Kopf.

»Olli, ich kann mir einfach nicht vorstellen, das Hindrik dort unten am Strand zusammengeschlagen wurde, in Gegenwart all der Menschen, das wäre doch bemerkt worden.«

Mit zusammengekniffenen Augen betrachtete sie die Dünenlandschaft, ihre Blicke folgten den Einbrüchen, die teilweise weit in die Dünen hinein reichten. Von oben waren Vertiefungen zu sehen und ihr Blick blieb an etwas Rotes in einer dieser

Senkungen hängen.

»Olli, hast du dein Fernglas dabei?«, fragte sie und nahm damit die Stelle näher in Augenschein.

»Ich glaube, ich habe hier was«, meinte sie nach einer Weile. »Könnte ein Stück Stoff, Kunststoff oder Ähnliches sein, auf jeden Fall etwas, das nicht in die Dünen gehört. Wir sehen uns das mal an.«

Während sie den Strandzugang hinunter stapfte, ließ sie die angepeilte Stelle nicht aus den Augen. Nach einigen Minuten erreichten sie einen Düneneinschnitt und Maike Jansen war sich sicher, genau in dieser Falte das rote Etwas gesehen zu haben. Langsam, den Boden stetig im Blick, ging sie in die Dünen hinein und glaubte schon sich geirrt zu haben, als eine langgestreckte Mulde sich vor ihr auftat. Ringsum abgeschirmt durch hohes Dünengras, war es ein geradezu idyllisches Plätzchen. Wenn es da nicht das Verbot gäbe, die Dünen nicht betreten zu dürfen. Beim näheren Herangehen erkannte Maike Jansen ein Stoffende, das im Wind flatterte. Kaum erkennbar, wurde der Rest des Textils von Sand bedeckt. Ein nicht ungewöhnlicher Fund, in den Dünen sammelten sich gerne vom Sturm angewehte Utensilien. Schon wollte Maike Jansen sich die Fundstelle näher ansehen, als Friedrichs sie zurückhielt.

»Warte«, sagte er und betrachtete aufmerksam die sandige, mit Bodenflechten durchzogene Erde. Er bemerkte niedergedrücktes Kriechgewächs und abgeknickte Zweige an einigen Wildrosensträuchern. Eindeutig menschliche Missachtung gegenüber der geschützten Natur.

»Maike, hier müssen vor kurzem Leute gewesen sein«, meinte Friedrichs. »Die Frage ist, was sie hier gemacht haben.«

Jetzt bemerkte auch Maike Jansen, was er meinte und musste an Hindrik denken. An dieser Stelle könnte es passiert sein, schoss es ihr durch den Kopf. Hier könnte man über ihn hergefallen sein, ohne dass es jemand mitbekommen hätte.

»Olli, kannst du dir vorstellen, das Hindrik hier in Schwierigkeiten geraten ist?«

Mit gerunzelter Stirn blickte Friedrichs sie an.

»Was sollte er hier gemacht haben?

Hindrik würde nie so weit in die Dünen hineingehen. Du kennst ihn doch, er hält sich streng an die Vorschriften.«

»Es sei denn, etwas Gravierendes hätte ihn dazu veranlasst«, sinnierte Maike Jansen und ihr Blick blieb an dem roten Stoffende hängen. Sie schüttelte den Sand von dem Gewebe und hielt ein leuchtend rotes Halstuch in der Hand. Zweifellos das Tuch einer Frau. Kritisch betrachtete sie es von allen Seiten und schätzte, dass es relativ neu sein müsste. Kaum getragen, vielleicht gerade mal zu einem Spaziergang am Strand. Jedenfalls sah es nicht danach aus, als wenn es vom Sturm gebeutelt worden wäre. Ehe sie gedanklich tiefer eintauchen konnte hörte sie, wie Friedrichs überrascht »was ist das denn?«, von sich gab. Sie blickte zu ihm hin und sah, wie er mit gespreizten Fingern etwas von der Erde aufhob.

»Was hast du da Spannendes?«, meinte sie, trat

näher an ihn heran und starrte auf die Spritze, in der sich Reste einer glasklaren Flüssigkeit befanden. Auf dem Spritzen Konus steckte eine verbogene Kanüle.

»Verdammt, das sieht danach aus, als ob sich hier Junkies herumgetrieben haben«, knurrte Friedrichs. »Und einige Meter weiter spielen Kinder, das darf doch nicht wahr sein.«

Maike Jansen nahm ein Papiertaschentuch, legte vorsichtig die Spritze hinein und betrachtete sie aufmerksam. Während ihrer Studienzeit hatte sie bei den Johannitern als Pflegehelferin gejobbt und oft genug zugesehen, wie ihre Kollegen den Patienten Spritzen setzten. Das Ding in ihrer Hand war von der gleichen Herstellerfirma und die Kanüle ebenfalls ein medizinisches Markenprodukt. Doch dann war da die Restflüssigkeit in der Spritze.

»Olli, ich weiß nicht«, meinte sie, »kannst du dir vorstellen, dass ein Junkie freiwillig auf den Rest seines Stoffs verzichtet? Stoff, der für ihn der Himmel auf Erden bedeutet und dazu noch richtig Kohle kostet? Ich tue mich da schwer.«

»Stimmt, aber was könnte es sonst für eine Erklärung geben? Vielleicht ein Urlauber mit Diabetes, der sein Insulin brauchte?«

»Nein, eine Insulinspritze sieht anders aus, die ist dünner und länger«, stellte Maike Jansen klar. »Hier hat sich was anderes abgespielt und ich werde das Gefühl nicht los, dass es mit dem Überfall auf Hindrik zu tun hat. Wir müssen dringend mit ihm reden.«

Beklommen zog sie ihr Handy aus der Tasche und

3. KAPITEL

Ruhelos schritt Bahira Amana durch das kleine Zimmer. Es musste etwas passiert sein, Ceylin hätte längst zurück sein müssen. Anna, ihre Betreuerin, hatte Ceylin mitgenommen, um sie für den Strand einzukleiden. Badesachen. Dinge, die sie in ihrem bisherigen Leben nicht kennengelernt hatte.

Danach käme sie, Bahira, an die Reihe.

Zuerst war sie enttäuscht gewesen, dass sie nicht mitgehen konnte, verstand dann aber das Argument von Anna, dass sie nicht mit zwei auffallenden Schönheiten durch Langeoog promenieren wollte. Sie müssten sich weiterhin in Zurückhaltung üben. Ihre Zeit, sich unbeschwert in der Öffentlichkeit zeigen zu können, würde noch kommen, so Anna. Dazu gehörte, dass sie die beantragten Aufenthaltspässe in ihren Taschen hatten.

Nein, zum Shoppen eine nach der anderen, hatte Anna bestimmt und Bahira hatte es dann auch verstanden. Sie und Ceylin hatten Vertrauen zu Anna und Lorenz gefasst. Ihre ständigen Begleiter, die sie in dem Auffanglager an der österreichischen Grenze angesprochen und ihnen einen Job angeboten hatten.

Einen Traumjob in einer seriösen Agentur in Deutschland. Seitdem hatten die beiden sich um alles gekümmert.

Anfangs waren Bahira und ihre Freundin extrem misstrauisch gewesen, allzu oft hatten sie gehört, dass die Not der Flüchtlinge ausgenutzt wurde. Erst gab es verlockende Versprechungen und am Ende wurden sie zur Prostitution gezwungen oder landeten auf der Straße im Drogenmilieu.

Ceylin hatte die meiste Angst gehabt.

Ihre ältere Schwester Aga war ein Jahr vorher aus Syrien geflüchtet. Nach monatelanger Flucht hatte sie gemailt, dass sie es über die deutsche Grenze geschafft hätte und alles sei gut. Ceylin sollte sofort nachkommen. Doch dann hatte Ceylin nichts mehr von ihrer Schwester gehört. Alle Nachforschungen liefen ins Leere. Auch ein Grund, warum sie nach Deutschland wollte. Sie musste Aga finden.

Auf der Flucht wurden ihnen dann die Ausweise und Handys gestohlen, für Bahira und Ceylin eine Katastrophe. Sie konnten sich nicht mehr ausweisen, ein nicht absehbares Warten und die Abschiebung standen ihnen bevor. Dass sie aus einem Kriegsland geflüchtet waren, hätte man ihnen glauben können oder auch nicht.

Das Jobangebot war die Chance, in das gelobte Deutschland zu kommen, und das Angebot war überzeugend. Anna und Lorenz hatten klipp und klar erklärt, dass sie für eine Kölner Escort Agentur Mitarbeiterinnen suchten. Ausgesuchte Damen, die bereit waren, reiche Geschäftsleute zu Meetings,

Messen oder gesellschaftlichen Verpflichtungen zu begleiten. Damit sie mit einer jungen Schönheit glänzen konnten, waren diese Leute bereit, horrende Honorare zu zahlen. Für Bahira und Ceylin hieße das pro Tag bis zu eintausend Euro.

Für jeden.

Ohne Sex. Sollten sie mit den Kunden ins Bett steigen, wäre das ihre Sache. Aber auch ihr Risiko. Gäbe es Schwierigkeiten, flögen sie aus der Agency raus. Auf ihre Frage, wieso Anna und ihr Kollege ausgerechnet in dem Auffanglager nach Mitarbeiterinnen suchten, hatten diese erklärt, es ginge um Sprache, Bildung und Aussehen. Gerade die sagenhaft Reichen aus Arabien und den Anrainerstaaten legten Wert auf Frauen aus ihrer Welt. Frauen, die ihre Sprache und Sitten beherrschten und dazu außergewöhnlich gut aussahen.

Für Bahira und Ceylin klang das plausibel und zu verlockend, um nein sagen zu können. Bahira war in ihrer Heimatstadt Hama Fremdenführerin gewesen, hatte Erfahrung mit Europäern gesammelt und zu Anna und Lorenz schließlich Vertrauen gefasst.

Es war dann auch alles glatt gelaufen.

Mit den Deutschen waren sie in einer schicken Limousine bis in den Norden ans Meer gefahren und dann auf dieser Insel gelandet. Immer hatte eine gute Stimmung zwischen ihnen geherrscht, ohne Anzeichen, dass etwas nicht stimmte. Auf der Insel bezogen sie ein am Rande des Ortes gelegenes altes Kapitänshaus, das als Schulungs-Center diente, so hatte Anna ihnen erklärt. Hier wurden sie auf alles vorbereitet, was sie für ihre zukünftigen Verpflichtungen als Begleiterinnen anspruchsvoller Kunden wissen mussten. Wie sie sich zu verhalten hatten, Umgang mit der Gesellschaft, Auftreten in der Öffentlichkeit, Pflege ihres schönen und eleganten Aussehens bis hin zu Tipps, wie sie sich die Herren vom Leibe halten konnten, ohne sie zu vergraulen. Nach der Schulung würden sie in Köln, in der Messestadt, gemeinsam ein Appartement beziehen. Bedingung: Herrenbesuche, auch private, waren dort strikt verboten. Ihnen kam das vor wie in einem Märchen, sie waren mit allem einverstanden.

Doch nun kam Ceylin nicht zurück.

Besorgt blickte Bahira zwischen den Scheibengardinen nach draußen. Die Sonne näherte sich dem Horizont und sie sah im Ort vereinzelt Lichter angehen. Um sie herum war alles totenstill. Gerade wollte sie sich aufs Bett legen, als sie hörte, dass die Eingangstür aufgeschlossen wurde. Erleichtert atmete sie auf, verließ das Zimmer und ging die Treppe hinunter in die Diele. Als sie verinnerlichte, das Anna sie kreidebleich anblickte, Lorenz mit gesenktem Kopf den Boden anstarrte, wurde ihr mit Entsetzen klar, das Ceylin nicht zurückgekommen war.

Anna Wiesental bemerkte die Panik in den Augen von Bahira und packte sie sanft am Arm.

»Wir müssen reden«, sagte sie und dirigierte Bahira zu einer kleinen Sitzecke. Fieberhaft überlegte sie, wie sie das Fehlen von Ceylin erklären sollte. Sie war verantwortlich für Ceylin, sie hätte nicht von ihrer Seite weichen dürfen.

Durchdringend sah Bahira ihre Betreuerin an.

»Wo ist Ceylin?«

»Wir wissen es nicht.

Ceylin ist nicht zurückgekommen.«

Bahira sprang auf, fasste Anna Wiesental an den Schultern und schüttelte sie heftig.

»Was redest du da, nicht zurückgekommen, Ceylin käme immer zurück, sie würde nie alleine weggehen.«

Behutsam nahm Anna Wiesental die Hände von ihren Schultern und drückte die junge Frau in das Leder der Couch.

»Und doch ist es so.

Nachdem wir für Ceylin die Strandsachen gekauft hatten, wollte sie diese unbedingt anprobieren.

Am Strand.

Alleine.

Sie wollte testen, ob der Bikini nicht zu viel von ihr preisgeben würde. Ich habe ihr gesagt, dass das keine gute Idee sei. Besser wäre es, sie würde warten, bis auch du deine Sachen hättest und ihr dann gemeinsam euer Stranddebüt geben könntet. Doch sie wollte nichts davon wissen. Sie müsste erst damit klarkommen, sich halbnackt in der Öffentlichkeit zu zeigen, meinte sie. Und das könnte sie nur, wenn sie alleine wäre. Schließlich haben wir uns darauf geeinigt, dass sie sich am Strand in der Nähe der Mutter-Kind-Klinik eine ruhige Ecke suchen sollte. Dort würde sie kaum auffallen. Lorenz und ich wollten in der Zeit ein paar Kleinigkeiten einkaufen und sie dann am Strand wieder abholen.«

Verzweifelt sah Anna Wiesental der Schönheit ihr gegenüber in die Augen.

»Als wir zurückkamen, war Ceylin nicht da. Ich war wütend, weil ich sie gebeten hatte, unbedingt auf uns zu warten. Nun, wir dachten, dass sie zum Schulungs-Center zurückgelaufen ist und haben Mia unsere Köchin angerufen. Sie hätte Ceylin ins Haus lassen müssen.

War aber nicht so.

Lorenz und ich bekamen Panik. Kilometerweit haben wir nach beiden Richtungen den Strand nach Ceylin abgesucht, doch keine Spur.«

»Das glaube ich nicht.«

Bahira sprang auf.

»Nie wäre Ceylin, ohne mir etwas zu sagen, weggegangen. Und wo sollte sie hier auf der Insel auch hin? Wir müssen sofort die Polizei verständigen.«

»Nein!«

Energisch stellte sich Anna Wiesental vor Bahira.

»Ihr habt noch keine Aufenthaltspässe, für die Polizei seid ihr Illegale, du würdest in irgendein Lager abgeschoben.

Willst du das?«

In Bahira arbeitete es, ihre Vergangenheit schlich sich in ihre Gedanken, sie hatte geglaubt, sie hätte es geschafft. Furcht überfiel sie. Schließlich schüttelte sie den Kopf.

»Natürlich will ich nicht abgeschoben werden, aber was können wir tun?«

»Wir können nur abwarten. Ich rufe meine Chefin an, sie wird uns sagen, was wir machen sollen.«

Schwer atmete Anna Wiesental durch.

»Hoffentlich schmeißt sie mich nicht raus. Ich hätte Ceylin nicht erlauben dürfen, alleine an den Strand zu gehen.«

»Wenn sie dich rausschmeißt, gehe ich mit dir«, murmelte Bahira und ging wie in Trance zu ihrem Zimmer.

Unter dem Pseudonym

Kim Lorenz

erschienen die ersten beiden Bände
um Hauptkommissarin Kathrin Hansen

EDUARD BLUM

Bergisch
Kunst

BLUM KRIMI

Zum Buch

Unglaublich, in dem sonst so friedlichen Bergischen wird auf der Aussichtsplattform der weltweit bekannten »Krombacher Insel« ein Kunsthändler brutal ermordet. Sozusagen im Fokus der Öffentlichkeit. In Mafiamanier scheidet der Geschäftsführer eines angesehenen Auktionshauses in einem Nobelpuff unfreiwillig aus dem Leben. Doch damit nicht genug, der Amerikaner, der aus den USA angereist ist um die beiden Ermordeten zu treffen, verschwindet spurlos im Bergischen Nebel. Die Geschehnisse bringen Kareen Wagenknecht, Chefin der Kripo Gummersbach, so richtig auf die Palme. Sie ist dem Himmel dankbar, dass sie auf den ehemaligen Leiter der Kölner Mordkommission, Carl Blumberg, trifft. Seine Inspiration bringt sie immer dann weiter, wenn gar nichts mehr geht. Nur seine Alleingänge sieht sie je nach Lage mit einem lachenden oder einem tränenden Auge. Und Max, sein Hund, kann richtig sauer werden, wenn sein Leberwurstbrot nicht pünktlich auf den Tisch kommt.

. . . Knurren zog Max ihn auf die neu angelegte Aussichtsplattform. Wie angeschossen blieb Blumberg stehen, verdattert starrte er auf die Szene.

Auf einer Rastbank saß zusammengesunken eine schwarz gekleidete Gestalt. Regungslos, den Kopf auf die Brust gesenkt, die Arme rechts und links oben auf die Bank gelegt, machte sie den Eindruck einer schlafenden Person. Friedlich, unspektakulär, wenn da nicht der große dunkle Fleck auf der Erde gewesen wäre. Blumberg ging einige Meter näher und erkannte das Gesicht eines Mannes.

Das blasse Gesicht eines älteren Intellektuellen. Fein geschnitten, goldgerahmte Brille, weiße kragenlange Haare, schwarzer Anzug, hellblaues Hemd, rote Fliege. Nur das kreisrunde Loch in seiner Stirn passte nicht ganz zu dem feinen Eindruck. Mit zusammengekniffenen Augen betrachtete Blumberg die Hände des Toten. An die oberste Holzleiste der Bank mit Kabelbinder fixiert, waren sie nur noch blutige Klumpen. Das flaue Gefühl, das sich bei ihm bemerkbar machte, wurde stärker und die Brandlöcher in der Brust des Toten machten es auch nicht besser. Sekunden später wurde er abgelenkt durch den Land Rover, der auf den Rastplatz fuhr. Steinfeld kam gerade richtig. Blumberg hob den Arm und gab ihm ein Zeichen, dass er stoppen sollte, die Spuren am Tatort durften nicht zerstört werden. Steinfeld verstand sofort, hielt sein Auto an, stieg aus und blickte zu dem Toten hin.

Zu Hause angekommen entschloss sich Blumberg

etwas typisch Bergisches zu kochen. Seine Tante Frieda hatte ihm nicht nur ihr Haus, sondern auch einen Ordner mit alten bergischen Kochrezepten vererbt. Elsa kochte hin und wieder eines dieser Gerichte, sie schmeckten superlecker. Er sah nach, was an Naturalien vorrätig war, blätterte in den Kochrezepten und entschied sich für Bergischer Grünkohleintopf. Das ging schnell und er konnte direkt für zwei Tage kochen.

Bergischer Grünkohleintopf

... R e z e p t – Z u t a t e n

1 Tiefkühlpackung Grünkohl, ca. 500-600g, ½ Liter Fleischbrühe, 100g geräucherten rohen Speck, ½ Pfd. Kartoffeln, 2 Mettenden, Salz, Pfeffer, Muskat, ½ Zwiebel gewürfelt.

Er setzte den Grünkohl mit der Fleischbrühe auf, gab die gewürfelten Kartoffeln hinzu und würzte das Ganze mit Salz, Pfeffer und ein wenig Muskatnuss. Den Speck schnitt er anschließend in kleine Stücke, ließ ihn aus und schmorte ihn danach mit den Zwiebelwürfeln leicht an. Anschließend kamen der Speck und die Zwiebel zum Grünkohl hinzu. Die Mettenden schnitt Blumberg mehrmals ein und ließ sie kurz vor Ende der Garzeit im Grünkohl ziehen. Damit nichts ansetzte, rührte er öfters um und schmeckte mit Salz und Pfeffer nochmals ab. Fertig war das Ganze.

Pingelig bemüht, original zu kochen wie Tante Frieda,

hatte er doch eine dreiviertel Stunde gebraucht und deckte nun in Vorfreude auf das Essen den Tisch. Max war natürlich wie immer nicht aus der Küche zu schlagen. Dieser Hund war ein richtiger Fresssack und wenn sein Herr und Meister kochte, wusste er, dass auch für ihn mal wieder etwas Besonderes abfiel.

Blumberg nahm sich ein gut gekühltes Veltins aus dem Kühlschrank, füllte den Teller mit Grünkohl, legte daneben die Mettwurst und gab als Abrundung noch etwas scharfen Senf aus der Kölner Senfmühle dazu.

Dann ließ er es sich so richtig gut schmecken.

Schmunzelnd ignorierte er Max, der auf seinen beiden Hinterläufen hoch aufgerichtet jeden seiner Bissen mit bettelnden Hundeaugen verfolgte.

Es schmeckte vorzüglich und ihm wurde mal wieder bewusst, wie gut es ihm doch wieder ging. Monatelang hatte ihm während seiner Krankheit überhaupt nichts mehr geschmeckt. Letztendlich hatte er immer weniger gegessen, sein Gewicht sank um fünfundzwanzig Kilo, die Muskulatur wurde so schlapp, dass er fast Anwärter für einen Rollator geworden wäre. Nach der lebensrettenden Operation hatte er dann aber wieder die Kurve gekriegt.

Ja, Tante Frieda, dachte er, eigentlich bist du zur richtigen Zeit gestorben. Just in dem Moment, wo nach dem ganzen Schlamassel Elsa und ich beschlossen hatten, nur noch bewusst und ohne Hektik den Rest unseres Lebens zu genießen, hast du für immer friedlich die Augen geschlossen und mir dein wunderschönes Häuschen hier im Bergischen vermacht.

Er sah Max an und lachte lauthals über seine abstrusen Gedanken.

Zum einen hätte er seiner Tante noch viele Jahre Lebensfreude gewünscht und zum anderen wegen dem geerbten Häuschen. Von wegen Häuschen, dieses Haus war schon immer sein Traumhaus gewesen.

Am Rande von Nümbrecht gelegen, Fachwerk Bauweise, anderthalbgeschossig, einhundertfünfzig Quadratmeter Wohnfläche. Doppelgarage mit Satteldach, Grundstück über zweitausend Quadratmeter groß. Lage mit fantastischem Blick über das Bergische.

Max alleine hatte einen eingezäunten Gartenbereich in einer Größe, auf die in Zeiten fast unbezahlbarer Grundstückspreise andere Leute ein Haus einschließlich Umlage bauten.

Blumberg hatte immer gerne in Köln gelebt, in dieser wunderbaren Stadt voll pulsierenden Lebens. Rheinische Kultur, der Dom, der Rhein, die Altstadt. Und eine Geschichte, die schon in der Römerzeit ihre Fundamente hatte. Während seiner Zeit bei dem Ersten Mordkommissariat hatte er die Stadt in- und auswendig kennengelernt. Die Viertel, die Ur Kölner, den rheinischen Humor. Wenn er auf Mörderjagd war, war es seine Stadt gewesen und man hatte ihm den entsprechenden Respekt gezollt. Doch nach der Krebsgeschichte wollte er nur noch frische, gesunde Luft einatmen, ursprüngliche Natur erleben, Tiere beobachten oder einfach nur spazieren gehen.

Als sie ins Bergische zogen, war es für Elsa anfangs ein Kulturschock gewesen, doch dann war sie hingegangen, hatte sich in dem großen Haus eine Malwerkstatt eingerichtet und Kurse gegeben, die bald schon eine feste Institution wurden. Sie richtete eigene Ausstellungen aus und ging auf Seminarreisen. So hatte auch sie die Erfüllung ihres Lebens gefunden.

Über diese Entwicklung war er einfach nur glücklich. Jetzt auch noch dieser dicke Mordfall, das Leben war doch schön. Und Max bekam heute ein besonders großes Leberwurstbrot.

Nachdem er die Küche aufgeräumt hatte, legte er sich auf die Gartenliege und freute sich auf sein geliebtes Mittagsschläfchen. Aber er konnte nicht abschalten, er musste an den Toten auf der Rastbank denken, an den irrsinnigen Mord hier im Bergischen. Das war einfach nicht normal. Seine Gedanken wurden durch das Vibrieren des Handys unterbrochen.

Elsa meldete sich.

»Carl«, wie immer fiel sie direkt mit der Tür ins Haus. »Stell dir vor, hier in Bad Reichenhall im Seminar sind doch zwei Kursteilnehmerinnen, die aus dem Bergischen kommen.

Die Sofie und die Hilde.

Sofie Seinisch kommt aus Heddinghausen und ist eine ganz Nette. Mit der gehe ich abends immer in den Gasthof *Zum Ochsen* was essen. Der ist praktisch direkt um die Ecke der Salinen, du weißt ja, dort sind die Seminare. Wir quatschen ein bisschen, nach dem anstrengenden Tag ist das immer ein schöner Abschluss.

Aber die andere, die Hilde Dickes, die ist ja wohl so was von eingebildet, die erzählt nur von ihren Ausstellungserfolgen und wie viel Geld sie damit verdient. Dabei ist die nicht in der Lage, auch nur annähernd das gesetzte Tagesthema zu erreichen oder einen geraden Strich zu ziehen.

Und weißt du, was das Schärfste ist?«

Blumberg wusste nicht.

»Sie bringt immer ihren Mann mit, der ihr die Paletten säubert und die Leinwände bespannt, dabei schielt dieser geile Bock doch nur nach den Akt Models, egal ob Weiblein oder Männlein. Vielleicht brauchen die das ja, um mal wieder, na ja, du weißt schon, was ich meine.«

Blumberg hörte geduldig zu, er wusste, bei dieser Tonlage war Elsa nicht zu bremsen.

»Aber Carl, nun sag mal, wie geht es dir? Denkst du an deine Tabletten und trinkst du auch genug? Du weißt ja, was die im Krankenhaus gesagt haben.«

Blumberg, der dieses Thema nun gar nicht diskutieren wollte, bestätigte, dass er an alles denke, dass es ihm super ginge und ansonsten gäbe es auch nichts Neues. Den Mordfall hielt er wohlweislich zurück. Elsa kannte ihn gut genug, um zu wissen, dass er dabei nicht außen vorbleiben würde. Während sie noch darüber diskutierten, ob er nach Reichenhall kommen sollte, um dort bis zu ihrem Seminarende einige Tage Urlaub zu machen, sah er im Display ein eingehendes Gespräch.

Blumberg war wie elektrisiert.

Merzbach und Söhne, das war doch das Auktionshaus, das das Bild *Dorfleben* aus dem Besitz der jüdischen Familie Stern von dem Kunsthändler Mansfeld zum Versteigern bekommen hatte. Und ausgerechnet der Geschäftsführer dieser Firma wurde in einem Puff im Bergischen ermordet. Dass er ermordet wurde, stand für Blumberg fest. Wenn die Staatsanwaltschaft ein Gewaltverbrechen nicht ausschloss, hieß das im Klartext, dass eins vorlag.

»Wenn das alles Zufall ist, kriegst du von mir jeden Tag ein doppeltes Leberwurstbrot«, meinte Blumberg zu Max, der momentan der Meinung war, bei einer Außentemperatur von dreißig Grad müsste er seinem Meister noch die Füße wärmen. Am liebsten hätte Blumberg sofort die Hauptkommissarin angerufen, um mehr über den Fall zu erfahren, fand es dann aber doch nicht so gut, letztendlich war er Privatmann. Zumindest optisch musste er sich heraushalten. Während er überlegte, was er unternehmen könnte, schellte es an der Haustür.

EDUARD BLUM

Masken
Tanz

BLUM KRIMI

1. KAPITEL

Während seine Hände rastlos mit den Holzfiguren spielten, hörte er angespannt zu, was an den Nebentischen erzählt wurde. Mit den Fingerspitzen fuhr er über die grob geschnitzten Formen und die Wirtin, die ihm den Wein brachte, blickte entsetzt auf zwei menschliche Körper. Hastig bekreuzigte sie sich, kehrte verwirrt zum Spültrog zurück und putzte mit roten Flecken im Gesicht Unheil ahnend die Krüge.

Fagoth Taklohs Augen glühten hinter der Maske. Seine Sinne schmerzten, so intensiv spürte er ihre Nähe. Heute würde sie kommen, das Blut sagte es ihm. Er presste mit den Händen so intensiv die hölzerne, weibliche Figur, als ob er sie zum Leben zwingen könnte. Dabei entging seiner Aufmerksamkeit keines der lautstark geführten Gespräche. Immer wieder wurde der Mut des jungen Herzogs gelobt, der mit der Herrschaft des Papstes im Land Schluss gemacht und die von Rom eingesetzten Bischöfe zum Teufel gejagt hatte. Es hieß, Roger von Rochefort würde selbst gegen Rom ziehen, wenn der Papst sich ihm entgegenstellen sollte. Nach einer Weile warf Fagoth Takloh enttäuscht über das unnütze Warten missmutig eine Münze auf den Tisch und wollte sich gerade erheben, als die Schanktür aufgestoßen wurde und drei Fremde den Wirtsraum betraten.

Ein gedrungener, mit einem gebogenen Kurzschwert bewaffneter Mann warf prüfend seine Blicke durch den Raum. Seinem Auftreten nach war er wohlhabend und es gewohnt, dass seinen Wünschen entsprochen wurde. Seine beiden Dienstknechte traten zur Seite und nahmen die letzte eintretende Person schützend in ihre Mitte.

Fagoth Takloh stieß einen Seufzer aus, gebannt blickte er auf die verhüllte Gestalt. Er hatte es gewusst, sie war gekommen, wie die Sterne es vorher gesagt hatten. Durch die schweren Umhänge konnte er die Körperformen nur erahnen, doch als sie die Kapuze zurückschlug, nahm er jedes ihrer Merkmale gierig in sich auf. Ihr Gesicht mit den großen, weit auseinanderstehenden Augen, der ausdrucksstarken Nase und der breite sinnliche Mund, spiegelte verführerisch die Frau in ihr wider. Er stöhnte auf, bald würden seine Träume Wirklichkeit werden.

Seine Finger glitten wieder über die weibliche Holzfigur, während der Schweiß ihm ätzend in den Augen brannte. Er verfluchte den Zwang der Maske und sah gebannt zu der Gesellschaft hin.

Aufgebracht sah Ripold Debieux den Wirt an.

»Es kann doch nicht sein, dass in der ganzen Stadt keine Unterkunft zu finden ist. Ich zahle, was ihr verlangt.«

Er griff in seine Ledertasche und holte eine glänzende Münze heraus.

»Hier, die gehört euch, wenn ihr uns einen warmen Raum zur Verfügung stellt.«

Jacob Pironé schüttelte den Kopf.

»Es ist unmöglich, die Gäste des Herzogs haben alle Quartiere belegt.« Bedauernd zog er die Schulter hoch, wobei sein Blick auf den Mann mit der Maske fiel. »Das heißt, es gibt vielleicht doch noch eine Möglichkeit.« Gierig blickte er auf die Münze und zeigte auf den Fremden. »Dieser Mann dort hat bei mir zwei Räume gemietet, fragt ihn, ob er euch einen überlässt.«

Ripold Debieux blickte auf den mit einem schwarzen Umhang verhüllten Fremden und musterte mit gemischten Gefühlen die Maske, die sein Gesicht verdeckte.

»Kennt ihr ihn? Er sieht schon etwas recht seltsam aus.«

»Nein, er ist gestern angekommen, hat für die Räume im Voraus bezahlt und vermeidet jeden Kontakt. Und es zieht einen ja auch nicht gerade zu ihm hin.«

»Nun gut.« Ripold Debieux holte eine kleinere Münze aus der Tasche und gab sie dem Wirt. Dann wandte er sich an seine Tochter und richtete ihre Aufmerksamkeit auf den Fremden. »Cathérine, wenn wir nicht auf der Straße schlafen wollen, müssen wir diesen Mann fragen, ob er uns einen Raum überlässt.«

Obwohl sie seine Augen durch die Schlitze der Maske nicht erkennen konnte, spürte Cathérine, wie der Fremde sie anstarrte. Etwas Unheilvolles ging von ihm aus. Plötzlich fühlte sie sich nicht mehr wohl in dem Gasthof. Im Hinblick auf ihre Lage stimmte sie aber schließlich zu.

»Du hast recht, bevor wir in einer stinkenden Gasse übernachten müssen, solltest du ihn fragen.«

Mittlerweile hatte die Wirtin ihnen zum Aufwärmen heißen, stark gewürzten Wein angeboten und Cathérine spürte bereits, wie er ihr zu Kopf stieg. Vor Müdigkeit konnte sie sich kaum noch auf den Beinen halten und atmete erleichtert auf, als sie sah wie ihr Vater sich von dem Fremden abwandte und ihr mit zufriedener Miene zunickte.

»Auch wenn der Fremde einen seltsamen Eindruck macht, ist er doch ein höflicher, gebildeter Mensch«, erklärte Ripold Debieux. »Ohne zu zögern hat er uns den größeren seiner beiden Räume zur Verfügung gestellt.«

Trotzdem beschlich Cathérine ein bedrückendes Gefühl, schrieb das aber letztlich ihrer Müdigkeit und dem Wein zu. Sie hatte nur noch den Wunsch, warm und trocken schlafen zu können. Schnell folgte sie ihrem Vater und den Dienstknechten nach draußen, um die wertvollsten Sachen vom Wagen zu holen.

2. KAPITEL

Ungläubig starrte Martin auf das alte Dokument.

»Ketzerei, das ist gottlose Ketzerei«, murmelte er aufgewühlt und las nochmals die letzten Zeilen. Dem Bibliothekar schien nicht bewusst zu sein, was für ein brisantes Schriftstück er ihm zum Übersetzen gegeben hatte. Sein Blick blieb an dem Abschnitt hängen, in dem die Byzantiner die Römer anklagten, dass sie aus ihren Reihen einflussreiche Adelige durch Intrige und Mord zum Papst erhoben hatten.

Martin stieß so laut die Luft aus, dass der Pfeifton die Stille des Skriptorium entweihte. Wenn das stimmte, war die Heiligkeit des Papstes nur verlogener Schein, fuhr es ihm durch den Kopf. Verwirrt und neugierig zugleich, konnte er es kaum erwarten, was die nächsten Zeilen für Ungeheuerlichkeiten preisgeben würden. Hastig tauchte er die Schreibfeder in das Tintenfass, als das helle Läuten der Klosterglocke ihn zur Andacht rief. Schon wieder Komplet, stöhnte er in sich hinein, das passte ihm jetzt gar nicht. Wenigstens noch eine Zeile wollte er übersetzen, als er erschrocken zusammen zuckte. Erstaunt blickte er den Mönch an, der geräuschlos ins

Skriptorium gekommen war und seine Hand mit der Schreibfeder niederdrückte.

»Martin«, sagte Bruder Clausus leise, »du wirst deine Arbeit für eine Weile unterbrechen müssen.«

Nichts Gutes ahnend blickte Martin in das runde, rötliche Gesicht des alten Klosterbruders. Ausgerechnet jetzt, wo er Dinge zu lesen bekam, die er vielleicht niemals mehr erfahren würde, sollte er die Arbeit abbrechen.

»Morgen früh wirst du dich auf den Weg nach Clervaux machen und dich dort in der Kanzlei des Herzogs melden«, erklärte der Mönch.

Ungläubig starrte Martin ihn an, er konnte nicht glauben, was Clausus da von sich gab.

Die rundliche Gestalt in der grob gewebten Kutte blickte ihn aufmunternd an.

»Herzog von Rochefort hat nach dem Tod seines königlichen Onkels eine Menge neuer Verordnungen erlassen, die sofort geschrieben werden müssen. Dazu braucht seine Kanzlei zusätzliche Schreiber aus den Klöstern. Auch uns hat man aufgefordert zu helfen, und da Cacharius krank ist, musst du die Aufgabe übernehmen.« Sorgenvoll stieß Clausus einen Seufzer aus. »Ich hoffe, du bist dir darüber bewusst, welche Verantwortung du trägst. Wenn der Herzog mit deiner Arbeit nicht zufrieden ist, wird unser Kloster es zu spüren bekommen und das würde dem Abt gar nicht gefallen.«

Martin konnte es immer noch nicht glauben. Zum ersten Mal in seinem Leben durfte er das Kloster verlassen und die Welt außerhalb der Mauern kennen lernen. Einmal andere Gesichter sehen, als immer nur die faltigen, ernsten Mienen in den grauen Kutten. Als ob der alte Mönch seine Gedanken erraten hätte, hob er den Zeigefinger und sah ihn mahnend an.

»Aber denke daran, dich von allen Versuchungen fernzuhalten, auch draußen musst du in Demut leben. Bis zur Stadt wird dich Bruder Franziskus begleiten, er hat auf dem Markt einiges einzuhandeln.«

Ohne weitere Erklärungen wälzte Clausus seinen mächtigen Körper träge durch den Raum und löschte mit Seufzen und Stöhnen die Kienspäne in den Wandhalter.

In Martins Kopf überschlugen sich die Gedanken. Erst die ungeheuren Anschuldigungen aus Byzanz gegen Rom, und nun die seit Langem erträumte Möglichkeit, einmal das Kloster verlassen zu können. Er spürte, wie Tränen der Freude über sein Gesicht liefen. Schnell wischte er sie weg, reinigte sorgfältig die Schreibfeder, verschloss das Tintenfass und rollte knitterfrei das alte Pergament ein. Entschlossen schob er dann alle Gedanken an den brisanten Inhalt beiseite. Auffordernd drängte sich wieder das Läuten der Klosterglocke in sein Bewusstsein und den Kopf voller Gedanken lief er zur Kapelle.

Noch vor der Morgendämmerung spannten sie den Maulesel vor den Holzkarren und brachen auf. Nach einer unruhigen Nacht schritt Martin aufgewühlt neben Franziskus her, er konnte es kaum erwarten, das Leben außerhalb der Abtei kennenzulernen. Außer zu den Klosterbrüdern fehlte ihm jegliche

Beziehung zu anderen Menschen. Eine Familie konnte er sich nur schwer vorstellen und bei dem Gedanken an eine Frau überfiel ihn geradezu Panik.

Nach einer Weile erreichten sie den breit ausgefahrenen Handelsweg und sie kamen ohne Störungen schnell voran. Gegen Mittag überholte sie eine Gruppe grölender Reiter, die sie ein faules Kuttenpack nannten. Franziskus beeindruckte das wenig, aus Erfahrung wusste er, dass sich so manch gottloses Gesindel in der Gegend herumtrieb.

Es war schon spät am Nachmittag als Martin bemerkte, dass der alte Mönch sorgenvoll die schwarzen tief hängenden Wolken betrachtete. Franziskus hatte sich vorgenommen, noch in der Nacht die Stadtmauer von Clervaux zu erreichen. Früh morgens, wenn die Tore geöffnet wurden, wollte er als erster auf dem Markt sein, um die besten Tuchwaren ergattern zu können.

Das Wetter prophezeite etwas anderes. Schon Minuten später goss es wie aus Kübeln geschüttet. Schlagartig wurde es kälter und schon bald froren sie in ihren klatschnassen, tief herabhängenden Kutten.

»Wenn wir uns nicht die Lungenpest holen wollen, müssen wir sehen, dass wir eine Unterkunft finden«, brüllte Franziskus gegen den peitschenden Regen an.

Zum Glück erreichten sie kurz darauf eine große heruntergekommene Holzhütte. Eiligst lösten sie das Maultier vom Wagen, rieben es mit Stroh aus dem Sack trocken, und banden es unter dem durchlöcherten Vordach fest. Damit sie bei dem prasselnden Regen in der Hütte gehört wurden, hämmerte Martin kräftig gegen das Tor. Trotzdem verging eine Ewigkeit, bis ein mürrisches Gesicht öffnete. Der Wirt musterte sie von oben bis unten, wobei seine Miene noch verdrießlicher wurde. Von ihrem Besuch schien er nicht allzu begeistert zu sein.

»Wenn es dann sein muss«, meinte er schließlich, »könnt ihr eure Sachen trocknen. Es gibt aber nichts zu essen und«, er grinste verschlagen, »ich habe schon eine Gesellschaft, ich hoffe, ihr kommt miteinander aus.«

Franziskus rang sich zu einer freundlichen Erwiderung durch und zwängte sich an ihm vorbei in die Hütte. Demütig den Kopf gesenkt, folgte Martin wortlos.

»Oh Gott, verzeih mir, ich glaube, wir sind in die falsche Hütte eingekehrt«, hörte er dann Franziskus mit belegter Stimme rufen. »Das hier ist eine sittenlose Gesellschaft.«

Jetzt sah auch Martin, was der Mönch meinte. Um das Feuer saßen Männer und Frauen, die ihre Kittel und Umhänge zum Trocknen über eine gespannte Leine gehängt hatten. Er starrte auf das Geschehen, während Franziskus sich bereits nach einer anderen Lagermöglichkeit umsah. Doch es gab nur den einen Raum, in dem es stark nach Schweiß und sauren Essensresten stank.

»He, ihr zwei Mönchlein, kommt her und wärmt euch mal richtig bei uns auf«, rief eine schon ältere Frau ihnen zu. Dabei machte sie solch einladende Bewegungen, dass Martin ihre langen Brüste wie die Klöppel der Klosterglocken pendeln sah. Hastig drängte Franziskus ihn in die hinterste Ecke des Raumes.

»Uns bleibt nichts anderes übrig, als hier zu bleiben, bis die Kutten trocken sind«, meinte er aufgebracht. »Aber ich versuche zwei Decken zu bekommen.« Tatsächlich kam er kurze Zeit später mit zwei dreckigen, verfilzten, aber immerhin trockenen Decken zurück. Erleichtert zogen sie ihre nassen Kutten aus und legten sich die Decken um. Es dauerte dann noch eine Weile, bis es am Feuer ruhig wurde und sie todmüde einschliefen.

Schon in aller Herrgottsfrühe nahmen sie die noch feuchten Kutten von der Leine, zogen sie an und verließen die sündige, aber doch immerhin wärmende Hütte.

»Unserem Herrn sei gedankt, dass wir die Stätte der Sittenlosigkeit heil überstanden haben«, betete Franziskus dann auch gleich mehrmals hintereinander. Martin nickte zustimmend, wobei er an die mahnenden Worte von Bruder Clausus denken musste. Er ahnte, dass es nicht leicht sein würde, den weltlichen Versuchungen zu widerstehen.

Ein Geräusch musste sie aus dem Schlaf gerissen haben. Cathérine schreckte hoch und blickte sich um. Ihr Vater schlief fest im hinteren Bereich des Raumes und ansonsten konnte sie nichts Außergewöhnliches feststellen. Um ihre Gedanken zu ordnen, blickte sie in die Flammen des Feuers, das erst wenig herunter gebrannt war. Lange konnte sie also noch nicht geschlafen haben. Sie dachte an den merkwürdigen

Fremden, der zwei Räume weiter seine Kammer hatte, als das schrille Auflachen einer Frau sie aus ihren Gedanken riss. Neugierig geworden, schlug sie die Felldecke zurück, stand leise auf und ging zur Kammertür. Behutsam, um kein Geräusch zu machen, öffnete sie die Tür und blickte in den dunklen Flur. Deutlich hörte sie im Raum des Fremden Stimmen und bemerkte einen fremdartigen Geruch, der sich schwer auf ihre Sinne legte. Blitzartig ging ihr durch den Kopf, dass ihr Vater einmal berichtet hatte, Medici im Orient könnten Duftstoffe herstellen, die stimulierend das Verhalten der Menschen beeinflussen würden. Dieser Geruch hier musste so etwas sein. Hastig schloss sie die Tür und ging zu ihrem Lager, über diese Dinge wollte sie sich keine Gedanken machen. Müde kroch sie in die Höhle der wärmenden Felle und schlief nach kurzer Zeit ein.

Sie wusste nicht, ob sie geträumt hatte, oder ob sie durch etwas geweckt worden war. Verwirrt setzte sie sich auf und horchte in die Dunkelheit hinein. Aus dem Raum des Fremden hörte sie die Schreie einer Frau, die nach einer Weile in ein schwaches Wimmern übergingen. Danach herrschte eine unheimliche Stille.

Cathérine zitterte am ganzen Körper. Sie überlegte, ob sie ihren Vater wecken sollte. Schließlich verwarf sie den Gedanken. Dass der Fremde mit einer Frau zusammen war und was sie trieben, ging sie nichts an. Sie kroch tiefer unter die schützenden Felle, zog sie sich über den Kopf und wollte nichts mehr hören und sehen.

Schon recht früh am anderen Tag nahm sie den Kübel für die nächtliche Notdurft und ging mit ihren Gedanken bei den Geschehnissen der Nacht in den Innenhof. Beim Entleeren des Kübels bemerkte sie in der Ecke, wo der Wirt das benutzte Stroh aus den Gästekammern hinwarf, ein zerrissenes gelbes Leinen. Ein Tuch, wie es die Huren der Stadt tragen mussten. Sofort fiel ihr das helle Blut auf, das sich auf dem Stoff abzeichnete. Sie war sich sicher, dass dieses Tuch der Frau gehörte, die sie nachts hatte schreien hören.

Nun wollte sie doch mit ihrem Vater reden und ihn drängen, eine andere Unterkunft zu suchen. Auf keinen Fall würde sie noch eine Nacht mit dem Fremden unter einem Dach verbringen.

Konzentriert in die Arbeit versunken, wurde Martin durch plötzlichen Lärm gestört. Verärgert klappte er den Windschutz vor der Maueröffnung hoch und blickte auf das Spektakel, das sich auf dem Marktplatz abspielte. Verwundert betrachtete er die vielen Leute, die sich um den Richtplatz drängten, um dem grausamen Schauspiel so nah wie möglich zu sein. Schreiende, bunt gekleidete Gaukler mischten sich unter das Volk, schwenkten auf langen Stecken aufgespießte, mit Schweineblut beschmierte hölzerne Hände und Köpfe und peitschten die Stimmung immer noch weiter an. Entsetzt sah Martin eine abgeschlagene Hand in einer Pfütze Blut liegen und wie Büttel den Gerichteten auf den Schandwagen warfen. Zwei Knechte zerrten währenddessen schon den nächsten sich wild sträubenden Verurteilten zum Richtplatz.

Das grausame Schauspiel wollte Martin sich nicht länger ansehen und widmete sich wieder seiner Arbeit. Schnell schrieb er den Brief zu Ende, drückte das herzogliche Petschaft in das Wachs und wartete geduldig, bis das Siegel hart wurde. Er blickte nochmals nach draußen und sah, wie eine Frau sich an den Schandwagen klammerte. Sie musste noch jung sein, langes schwarzes Haar fiel ihr weit über die Schulter, ihre magere Figur in dem sackförmigen Kittel machte einen armseligen Eindruck. Selbst aus der Entfernung konnte er erkennen, dass sie außergewöhnlich hübsch war. Sicherlich war der Gerichtete ihr Mann oder ein Verwandter, überlegte Martin mitfühlend. Wie das Schicksal dieser Frau aussehen würde, mochte er sich lieber nicht vorstellen.

Unwillkürlich wurde ihm bewusst, dass heute sein letzter Tag in der Kanzlei war. Der Herzog hatte den ausgeliehenen Schreibern ankündigen lassen, dass er sie ab dem kommenden Tag nicht mehr benötige. Martin seufzte verzweifelt, für ihn hieß das wieder zurück in die verschlossene Welt der Abtei. Dabei war ihm in den letzten Tagen immer klarer geworden, dass er nicht mehr im Kloster leben wollte. Obwohl er in der Kanzlei zurückgezogen leben musste, hatte er doch das Geschehen um sich herum mitbekommen. Die freien Menschen, ihre Lebensweise und die Unterhaltung mit ihnen, zogen ihn magisch an. Nur allzu gerne würde er in ihrer

Gesellschaft bleiben und ein normales Leben führen. Betrübt schüttelte er den Kopf, es war zwecklos, daran zu denken. Er war Novize, würde bald das Gelübde ablegen und danach würde ihn das Kloster nicht mehr hergeben.

Glücklicherweise wurde er in seiner gedrückten Stimmung von einem Schreiber aus der Kanzlei unterbrochen.

»Martin, ihr solltet Schluss machen, wir müssen zum Fest.« Der dürre, ausgemergelte Carloni rieb sich erwartungsvoll die knochigen Hände. »Es gibt jede Menge zu essen und zu trinken, der Herzog lässt sich nicht lumpen. Und viele Gäste sind gekommen, es wird interessant sein, die zu beobachten.«

»Ach ja.«

Martin wurde bewusst, dass auch er eingeladen war. »Wenn ihr einen Moment wartet, können wir zusammen gehen«, sagte er. Sorgfältig säuberte er die angespitzten Schreibfedern, verschloss das Tintenfass und legte das Petschaft samt Siegelwachs in das Fach des Schreibpultes. Wehmütig blickte er sich nochmals in die ihm so lieb gewonnene kleine Welt der Schreibkanzlei um und verließ dann niedergeschlagen mit Carloni das Gebäude.

Küchenmeister Jean Lusigne scheuchte seine Köche und Mägde wie eine Hühnerschar durch die Burgküche und Wirtschaftsräume. Schweißtriefend erteilte er immer wieder neue Anordnungen, wobei er im ständigen Wechsel lobte und fluchte.

»Stephan, wenn du noch einmal vergisst, das Spanferkel bei jeder Umdrehung mit Öl zu begießen, wirst du nur noch Kohl putzen. Maximilian, nimm deine Hände von Sybilles Hintern und walke stattdessen den Brotteig. Clementine, die Gänsefüllung ist dir heute besonders gut gelungen, nur nicht ganz so fest pressen.«

Jean Lusigne spürte, dass ihn sein flämisches Blut nicht zur Ruhe kommen ließ. Obwohl er für die Anfertigung der riesigen Mengen an gebratenem Fleisch, Gekochtes und Geschmortes, von den umliegenden Höfen Köche und Mägde als Aushilfen bekommen hatte, lebte er in der ständigen Angst, nicht zeitig fertig zu werden. Erst vor drei Tagen hatte ihn der Truchsess von dem Fest informiert. Dabei hätte er mit etwas mehr Zeit seine Kochkünste wieder einmal zeigen können. Träumerisch sah er die feinen Vögelchen vor Augen, die der unheimlich wirkende Fremde in einem Käfig mitführte. Gebratene Täubchen kunstvoll garniert als Vorspeise, das wäre es gewesen. Doch der Mann mit der Maske machte ihm Angst und er vermied es, in seine Nähe zu kommen. Die Leute munkelten, er wäre ein Magier aus Italien und könnte Katzen in Tauben verwandeln. Schaudernd dachte Jean Lusigne an die Augen des Mannes, die er für einen kurzen Moment durch die Schlitze der Maske gesehen hatte. Es war, als wenn er in flüssiges Feuer geblickt hätte. Kopfschüttelnd brach er die düsteren Gedanken ab und befahl einem Knecht weitere Fässer Wein aus den Erdhöhlen zu holen. Danach beaufsichtigte er kritisch das richtige

Stapeln der Fässer, prüfte, ob ausreichend gespülte Weinbecher bereitstanden und sank erschöpft auf den Küchenschemel.

In glänzender Laune empfing Herzog Rochefort seine Gäste im Rittersaal der gewaltigen Burganlage. Auf seine Einladung hin hatte sich eine große, bunt gemischte Gesellschaft versammelt. Edel gekleidete städtische Ministerialen, wild aussehende Kuriere, mit Kurzschwerter bewaffnete Ritter und einige freizügig gekleidete Frauen suchten seine Aufmerksamkeit zu gewinnen. Rochefort ging durch die Reihen der Tische, sprach jeden an und lobte die geleisteten Dienste seiner Vertrauten, die seit dem Tode seines Onkels etliche Beratungen mit ihm geführt hatten. Besonders lobte er die Arbeit der bescheidenen, unauffälligen Schreiber aus den umliegenden Klöstern, die Tag und Nacht die Dokumente geschrieben und vervielfältigt hatten.

Je später der Abend, umso ausgelassener wurde die Stimmung im Saal. Immer wieder brachten Dienstleute neue Krüge mit Wein und laufend wurden Speisen nachgelegt. Martin kam aus dem Staunen nicht mehr heraus und langte an seinem letzten Tag in Freiheit ordentlich zu. Berauscht und gelöst von seinen Problemen, hörte er dabei sehnsüchtig die Verse der Minnesänger, die über Liebe und Leid, edles Rittertum und über die Lieblichkeit der Frauen geistreich und oft auch anzüglich berichteten.

Eduard Blum
ist in Köln geboren
und lebt heute in Wiehl,
im Oberbergischen.
Als unabhängiger Autor
veröffentlicht er seine
Romane im Selbstverlag.

Titel:
Bergisch Kunst, Bergisch Beute,
Bergisch Sünde, Maskentanz,
Langeoog Haie, Langeoog Tod,
Langeoog Blut.

Langeoog Tod und
Langeoog Blut
sind unter dem Pseudonym
Kim Lorenz erschienen.

FSC
www.fsc.org

MIX

Papier aus ver-
antwortungsvollen
Quellen
Paper from
responsible sources

FSC® C105338